講談社文庫

魔《ま》偶《ぐう》の如き齎《もたら》すもの

三津田信三

講談社

魔《ま》偶《ぐう》の如き齎《もたら》すもの

目次

魔偶の如き

目次・各話扉イラスト　村田修

扉・目次デザイン　坂野公一（welle design）

齎すもの

［まぐうのごときもたらすもの］

妖《よう》服《ふく》の如き切るもの

一

志津子《しづこ》は右手に買物籠《かご》を下げ、上がり框《がまち》に置かれた回覧板を左手に持つと、慌てて砂村《すなむら》家の玄関から外へ出た。

「おい、さっさと隣へ持っていけ」

昭一《しょういち》に小言《こごと》を食《く》らって、「すみません」と頭を下げたからだが、内心では「今そうしようと思ってたのに」と大いに不満を覚えた。次いで「居候《いそうろう》の癖に」と、彼に絡まれる度《たび》に思う台詞《せりふ》をぐっと堪《こら》えた。

志津子の父親は戦争に駆り出されたまま、まだ復員していない。戦死の報があったわけではないので、母親も彼女も希望は持っていたが、それ以上の不安も実はあった。とにかく父親が帰ってくるまで、長女である彼女が踏ん張らなければならない。幼い弟と妹のためにも、安定した収入が必要だった。

しかし、何の取り柄もない未成年者の志津子が、家族を支えるだけの賃金を稼ぐのは並大抵《なみたいてい》ではない。そんなとき父親の俳句仲間の小佐野《おさの》が、自分が町内会長を務める神代町《かみしろちょう》の白砂坂《しらすざか》に建つ旧家の、砂村家での住み込みの仕事を紹介してくれた。小佐野は彼女の祖父くらいの年齢だったが、父親とは馬が合ったらしい。もっとも母親に言わせると、二人とも俳句の腕はかなりへぼだという。

あの東京大空襲で焼け残った神保町《じんぼうちょう》に隣接していたお陰《かげ》か、神代町も奇跡的に戦災を免《まぬが》れた家屋が多かった。それが特に顕著だったのが、この白砂坂である。元々は坂の上から下までの片側が、すべて砂村家の地所だった。だが、昭一の曾祖父の代で凋《ちょう》落《らく》がはじまり、あとは本当に白砂坂を転げ落ちるように、すっかり微禄《びろく》してしまう。その結果、先祖代々の土地も手放す羽目になり、今では二軒の砂村家が残っているだけである。

それにしても、どうしてこうなったの？

小佐野に連れられて、はじめて砂村家を目にしたとき、とっさに志津子は首を傾《かし》げた。なぜなら二つの砂村家の間に、まったく他人の家が二軒も入っていたからだ。

砂村家、服部《はっとり》家、島豆《しまず》家、砂村家。

白砂坂の上から下へと、そんな風に四軒の家が並んでいる。小佐野に聞いた話によると、服部家と島豆家が建つ土地には、砂村家の広大な庭が元々あったらしい。急《きゅう》峻《しゅん》な坂の傾斜を利用した、それは見事な庭園が広がっていたという。その庭を挟んで坂の上に母屋が、坂の下に離れがあった。離れと言っても母屋と遜色《そんしょく》のない造りで、普通の民家よりも大きかった。しかし、家の没落に耐え切れずに庭を切り売りした結果、そこに服部家と島豆家が出現する羽目になる。

そのため土地の人たちは、坂の上の砂村家を「上砂村《うえすなむら》」または「砂上《すなうえ》さん」、坂の下の砂村家を「下砂村《しもすなむら》」または「砂下《すなした》さん」と呼んで区別した。

……変なの。

そんな事情が分かっても、志津子が砂村家に抱いた余り良くない印象は、決して覆らなかった。小佐野から同家の奇妙な家族構成を聞いて、むしろ余計に強まったほどである。

二つの家の当主は、上砂村家が長男の剛義《つなよし》で、下砂村家は次男の剛毅《ごうき》だったのだが、問題は同居している二人の息子である。剛義の三男は昭一なのだが、彼は下砂村家に住んでおり、一方の剛毅の三男は和一《かずいち》なのだが、彼は上砂村家に住んでいた。つまり父親と息子が一緒に暮らすわけではなく、伯父と甥《おい》、叔父と甥の組み合わせで、それぞれが生活していたのである。

ややこしい。

単に息子を交換しただけと考えれば単純だが、志津子はそう思わなかった。実の父親が三軒隣に住んでいるのに、どうして互いが「おじ」の家に、わざわざ厄介になる必要があるのか。その理由も小佐野は教えてくれたのだが、砂村家に対する印象は更に悪化した。

　剛義と剛毅の一歳違いの兄弟は、子供の頃から仲が良くなかった。何かにつけて競争という形で、とにかく相手に勝とうとした。互いに病弱だったことも、それに輪を掛けた。この忌《い》むべき関係は、大人になっても残ってしまった。両親も二人の問題はよく分かっていたので、見合いも同時にさせた。そのせいで結婚式の時期も、ほぼ同じになったのだが……。

　何とも無気味なのは、ここからである。二人の長男の誕生が、生まれた月こそ違え同年になった。次男も同様である。そして三男は、遂《つい》に同年同月の生まれとなる。そのうえ互いの妻は、どちらも産後の肥立ちが悪くて、三男の出産後に亡くなる。それだけではない。先の戦争で二人の長男と次男の四人は、すべて戦死した。そのため互いの家で残ったのは、父親と三男だけになってしまった。

　この頃から――ちょうど日本の敗戦と時を同じくして――剛義と剛毅は身体《からだ》だけでなく、次第に心まで病みはじめた。しかも、その病み方が尋常ではなく、やはりと言うべきだろうか、気味の悪いことにまったく同じだった。

　自分の三男よりも甥の方が優れている。

　なぜか互いにそう思い込んだのだ。まず妻が逝《ゆ》き、長男と次男が母親を追ったところで、とんでもない道楽息子だけが残ったと、どうやら悟ったらしい。そんな我が三男に比べると、甥は何と見込みがあることか。そんな風に互いが、ほぼ同時に勘違いをしたという。

「二人の過去の競争を考えると、本当に皮肉なことだ」

小佐野はしみじみとした口調で、そう言った。もっとも問題の三男は、どちらも穀《ごく》潰《つぶ》しに過ぎないと、町内会長は吐き捨てるように続けた。

剛義の三男の昭一は、古本の蒐集家《しゅうしゅうか》だった。せっせと神保町に通っては、主に戦前の探偵小説の初版本を集めている。しかも彼は欲しいとなったら、どれほど高価な本でも買ってしまう。古書店にとって昭一は、言わば良《い》い鴨《かも》だったわけだ。

剛毅の三男の和一は、完全に山師の鴨だった。「上手《うま》い儲《もう》け話がある」という言葉にすぐ騙《だま》されて、家の金を持ち出してしまう。すると相手は、事業の資金になるはずの金を持ち逃げする。その繰り返しだった。

零落《おちぶ》れたとはいえ砂村家には、まだまだ資産がある。とはいえ自分で稼ぐことはせずに、ただ家の金を蕩尽《とうじん》しているだけの息子に対して、剛義と剛毅は「お前の代で食い潰すつもりか」と、遂に堪忍袋の緒を切った。

ところが可怪《おか》しなことに、二人の病んだ心には、自分の息子よりも甥の方が、遥《はる》かに好ましく映ったらしい。自分の妻をはじめ、長男や次男も我が子の方が優れていると競い合った彼らの過去からは、およそ考えられない展開である。ここに来て二人も、ようやく「隣の芝生は青い」という心境になったのだろうか。

剛義にとって甥の和一は、独立心旺盛《おうせい》な男に感じられた。確かに失敗続きかもしれないが、己で事業を起こそうとする姿勢が何より良い。ちまちまと古本を集めている辛気《しんき》臭《くさ》い昭一とは、本当に雲泥の差である。

剛毅にとって甥の昭一は、読書好きな教養のある若者に思えた。蔵書のために金を使っているとはいえ、それが初版本なら充分に資産価値がある。常に金を騙し取られる和一とは違う。それに和一は一度もまともな職に就《つ》いたことがないが、昭一は短期間ながら郵便局に勤めていた。それだけでも立派である。

という風に考えた父親たちは、到頭《とうとう》それぞれの家から三男を叩《たた》き出してしまう。つまり剛義は上砂村家から昭一を、剛毅は下砂村家から和一を、きっぱり追い出したのである。

それまで何の苦労もせずに育った二人は、たちまち路頭に迷った。幼い頃から「従兄弟《いとこ》に負けてはいけない」と、「お前の方が優れている」と、父親には言い聞かされてきた。それが掌《てのひら》を返したように、家を追われてしまった。どちらも道楽息子だったとはいえ、さすがに小佐野も少しは同情したという。

ただし、ここで皮肉な出来事が起きた。上砂村家を叩き出された昭一は、つい習慣から古書店へ行こうとして白砂坂を下り、下砂村家を追い出された和一は、前に金を貸した男に会うために坂を上った結果、二人は服部家と島豆家の間で出会う羽目になる。最初こそ睨《にら》み合《あ》っていたが、そのうち相手の冴《さ》えない様子から、意外にも同じ境遇にあると互いに気づくまで、それほど時間は掛からなかった。そうなると同類相憐《あわ》れむの言葉通り、今までは従兄弟同士にも拘《かかわ》らず、碌《ろく》に口も利かなかった二人が、服部家の前の縁台に仲良く腰掛けていた。そして互いに、どんな仕打ちを父親から受けたかを、滔々《とうとう》と語り合ったのである。

我が息子に愛想《あいそ》を尽かす一方で、なぜか甥は評価している。その卦体《けったい》な事実を知ったとき、果たして二人の胸に、どのような思いが去来したのか。残念ながら小佐野にも、それは分からない。町内会長が知っているのは、服部家の縁台から立ち上がった二人が、それぞれの「おじ」の家へ向かったことである。つまり昭一は叔父を、和一は伯父を頼ったわけだ。

以来、剛義の上砂村家に和一が、剛毅の下砂村家に昭一が住むようになる。実際に甥と生活をはじめたところ、恐らく駄目な点が多々あることに、剛義も剛毅も気づいたに違いない。しかし我が子に対する当てつけ故《ゆえ》か、もしくは兄と弟の確執からか、この奇妙な同居はその後もずっと続いた。

小佐野に言わせると、上砂村家と下砂村家の間に建つ二軒の家が、物理的にも心理的にも剛義と剛毅の兄弟を完全に絶縁させた、ということになる。彼らを辛《かろ》うじて繋《つな》いでいたのは、白砂坂とは反対の両家の敷地の隅《すみ》に、それぞれ立てられた電信柱と、その二本の電柱に渡された電話線だけだった。かつて母屋と離れでやり取りをするために、専用の電話を敷いた名残《なごり》である。よって今も服部家と島豆家の裏庭の中空を、電話線が走っていた。しかしながら肝心の電話は、とっくに使われなくなっているらしい。剛義と剛毅のどちらか一方が、電話機の受話器を持ち上げることは、まずないだろうという。

志津子が下砂村家に来たときには、そんな両家の異様な関係が、すっかり出来上がっていた。だからこそ小佐野に、彼女は注意を受けた。

「剛毅さんの前では、息子の和一君の話を絶対してはならぬ」

同じことが剛義に対しても言えたが、それ以前に志津子が上砂村家へ行く用事などあるわけがない、と小佐野は考えたのだろう。剛義と昭一の親子については、特に忠告は受けなかった。とはいえ万一そんな機会があれば、もちろん彼女も気をつけるつもりだった。だが今のところ白砂坂を服部家から上へ、まだ一度も行ったことがない。買物などは坂を下りれば事足りるため、そもそも白砂坂を越える必要が少しもない。下砂村家よりも一軒上の島豆家へ、こうして一週間に一度ほど足を運ぶのも、回覧板を隣家に届ける用があったからである。

「行って参ります」

志津子は家の奥に向かって、はっきりとした声で挨拶《あいさつ》をした。だが当然ながら、何の反応もない。昭一の返事など最初から望めないうえに、最近の剛毅は耳が遠くなっている。すぐ側《そば》にいても大声を出さないと、まったく聞こえない場合もあった。

「叔父さん、入りますよ」

だから今も昭一は、剛毅の部屋の前で大きな声を上げている。これが和一だったら何の断りもなしに入室してくると、前に彼女は主人から愚痴《ぐち》られたことがある。それに比べて甥は礼儀正しいと、どうやら言いたかったらしい。

もっとも二人の用事は、見事なまでに同じだった。金の無心である。それなのに息子よりも甥を評価する剛毅が、志津子には滑稽《こっけい》に映った。

剛毅の部屋に入った昭一の籠《こも》った声が、玄関まで届いている。内容までは聞き取れないが、高価な古書を買うための金を叔父に出させようと、正に口八丁で口説いている姿が目に浮かぶ。

だから私を、さっさと厄介払いしたかったんだ。

これまでに何十回となく、昭一が金の無心をする声を聞いてきた。今更それを恥ずかしがるのも変だが、彼女には理由が分かる気がした。

前に比べて旦那《だんな》様が、余り良い顔をなさらないからだ。

すんなりと古書購入の資金をせしめていた以前とは違い、今では苦労して叔父を説得しなければならない。そんな自分の必死で情けない声を、使用人の彼女には聞かせたくない。きっと昭一はそう考えたのだろう。

お金を稼ぐ苦労も知らない癖に、格好《かっこう》だけつけて。

玄関の戸を閉めて、飛び石を踏みながら門へと向かいつつ、志津子は思った。

半病人とも言うべき剛毅の世話は、確かに色々と大変である。とはいえ半《なか》ば寝ているような生活のため、蒲団《ふとん》の中に入っている間は余り煩わされない。それが救いだった。病人に有りがちな気難しさは少し見られるものの、とても耐えられないほど酷《ひど》くもない。あとは夕食の給仕のときに、その日の出来事を訊《き》かれるくらいである。ほとんど外出をしない剛毅にとって、近所で起きた他愛《たわい》のない話でも充分に面白いらしく、いつも熱心に耳を傾けている。

一方の昭一は、ほとんど手が掛からない。食べ物の好き嫌いは一切なく、彼女が作った料理も残さず食べる。部屋の掃除も自分でやるのは、大切な古書に手を触れられたくないからだろう。特に高価な初版本は油紙に包まれているため、たとえ誰かが触っても大丈夫なのに、他人が部屋に入ることを極端に嫌う。蔵書の自慢を四六時中するのは厄介だが、それも適当に聞き流していれば済むので負担ではない。

志津子が煩わされるのは、古着の繕《つくろ》いくらいだった。しかも制服ばかりである。生活に困って衣服を売る人が多かったせいか、古着屋には各種の制服が溢《あふ》れていた。それを偶《たま》に、彼が買ってくる。高い買物はしないようだが、もしかすると制服嗜好《しこう》ともいうべき隠された癖が、彼にはあるのかもしれない。だが彼女には、当たり前だが何の関係もない。

よって志津子も当初は、「私は働き口に恵まれてる」と喜んでいたのだが、そのうち昭一の盗み見るような視線に身震いするようになる。

物陰《ものかげ》から彼女のことを、本人に悟られないように、こっそりと覗《のぞ》く。そんな忌まわしい彼の行為に、あるとき彼女は気づいた。そういう場合、大抵は尻《しり》を舐《な》めるように見ていることが多い。後ろを向いていても、ぞっとするほど嫌らしい眼差《まなざ》しが感じられ、何度も彼女は振り返る羽目になった。その都度、すうっと柱や障子《しょうじ》の陰に消える彼がいた。面と向かうと、まともに顔さえ見られない癖に、こちらが余所見《よそみ》をしたとたん、じろじろと胸元を眺《なが》めはじめる。そういう陰湿なところが、昭一にはあると分かりはじめた。

「上砂村家で若い女を雇わないのは、和一が手を出すからなの」

島豆家の隠居の梅《うめ》が、志津子にそう言ったことがある。

剛義は「若いんだから当たり前だ」と問題にしなかったが、その度に騒動になるため嫌気が差したのか、いつしか年配の女性しか雇わなくなったという。

「それに比べたら昭一は、まだ増《ま》しかもしれないわね」

志津子が我が身の心配をする必要がないことを、梅は単純に喜んでくれた。

だが、そんな風に楽観していて良いのか。実は昭一も和一と同じではないのか。本当は危うくなり掛けているのではないか。という気持ちが、最近になって志津子に芽生えていた。昭一が元から持っている、あの陰に籠った性癖のせいだけではない。彼女が数日前に目撃した、何とも気味の悪いあの光景が、どうしても頭から離れなかったからだ。

門から外へ出て、数段の石段を下り、細い溝に架けられた短い橋を渡ると、左右に結構な傾斜を持つ白砂坂が延びている。右が上りで、左が下りになる。いつもは左手へ向かうのだが、回覧板を回すときだけは、逆の右手へ足を踏み出す。そのせいか、もう何度も島豆家を訪ねているのに、今でも新鮮な気分を覚える。梅と無駄話をするこの一時が、志津子にとって週で唯一の息抜きになっていることも、実は大きいかもしれない。

晩春の暖かな午後の日差しを浴びつつ白砂坂を上り、島豆家の石段を上がって門を潜《くぐ》ると、石畳の露地を進んで玄関戸を開ける。

「こんにちは、下砂村の志津子です。回覧板をお届けに上がりました」

当家の奥にいるはずの梅に、彼女は元気良く声を掛けた。

「はーい」

案の定すぐに返事があって、少し経《た》ってから盆に茶と菓子を載せて、いそいそとした様子で梅が姿を現した。

祖父母が四人とも亡くなっている志津子にとって、いつしか梅は本当の祖母のような存在になっていた。たった今の訪問時の挨拶も、下砂村家を出るときの挨拶も、梅に教わった言葉遣いである。それ以外にも彼女は、下砂村家で働くうえで必要な知識と知恵を、この梅から色々と教わっている。

「さぁて今日は、どんな連絡事項があるのでしょう」

いつもと同じ台詞を梅は口にしたが、それは一種の儀礼のようなものに過ぎない。表向きは目の悪い梅の代わりに、志津子が回覧板を読むことになっているが、実際は二人の女性によるただのお喋《しやべ》りだったからだ。

こうして志津子が梅の相手をすることについて、もちろん砂村剛毅は承知していた。下砂村家で彼女が働き出して、最初に島豆家を訪ねたあと、梅から剛毅に申し入れがあった。

「私もめっきり視力が落ちましたので、新しいお手伝いさんに毎回、どうか回覧板を読んで貰《もら》えないでしょうか。家族が帰ってくる夜までお隣に回さずに、うちに留《とど》めておくわけにも参りませんので、どうぞお助け下さい」

梅の目が悪いのは事実だが、代読云々《うんぬん》は言わば方便だった。一目で志津子を気に入った梅が、日中の独り身の淋《さみ》しさを紛《まぎ》らわすためと、はじめて住み込みで働く彼女に同情した結果、そういう申し入れを剛毅にしたのが本当である。その事実を梅は隠さずに、ちゃんと志津子に告げた。だから彼女も下砂村家での家事に関しての悩みを、何でも梅に相談するようになった。正に持ちつ持たれつの関係だった。

それに梅のために代読するといっても、ほとんどの場合まったく時間が掛からない。なぜなら読むべき内容があるのは、一、二ヵ月に一度だったからだ。そもそも一週間に一度の割合で、回覧板が回ること自体が変だろう。多くても一ヵ月に一回くらいではないか。当初は志津子も首を傾げていたが、梅の話を聞いて納得した。

本当に大切な連絡事項があるのは、やはり一、二ヵ月に一度だった。あとは町内会長の小佐野がガリ版で作る、言わば個人新聞が回ってくる。そこには「何々家の垣根《かきね》が先の大雨で破損した」だの、「何処《どこ》そこに犬の糞《ふん》をさせるのは止《や》めよう」だの、どうでも良い記事ばかりが書かれていた。それでも町内のことを「取材」している間は、まだ増しだった。楽しみにしている住人も、何人かはいたらしい。だが、そのうち小佐野は趣味の俳句を載せはじめた。しかも、お世辞にも上手とはいえない代物を。これには皆が困惑したものの、さすがに「止めろ」とは誰も言い出せない。

この話を梅から聞いたとき、志津子は父親を思い出して何とも言えない気持ちになった。

無事に復員できたら、父さんの俳句も載るかもしれない。

そのため彼女は、ガリ版の枚数が増え続けている俳句新聞を、他《ほか》の住人よりは好意的に見ていた。ただし読もうとは思わない。律儀に目を通しているのは、菰田《こもだ》家の隠居の由次郎《よしじろう》くらいだろうか。ちなみに菰田家は、上砂村家の坂上の隣に当たる。

今日の回覧板も俳句新聞のせいで、結構な分厚さがあった。でも重要なのは表の二枚だけだったので、彼女の代読も二分ほどで終わった。

あとは梅と早速、いつもの無駄話をはじめた。しかし、いくらも喋らないうちに、いきなり鋭く梅に訊かれた。

「ひょっとして気になってることが、何かあるんじゃないの？」

図星だったので、すぐさま志津子は打ち明けた。ただ、ある意味それを後悔する羽目になった。なぜなら彼女の体験を聞いて、梅が口にした「妖服《ようふく》」に纏《まつ》わる噂話《うわさばなし》というのが、余りにも忌まわしかったからだ。

「……ど、どうしたら、いいんでしょうか」

怯《おび》える志津子を宥《なだ》めたあと、いったん梅は奥へ入ると、一枚の御札《おふだ》を持って戻ってきた。

「これを服の胸元に入れて、肌身離さないようにしなさい。そして何かあったら、大声を上げること。すぐに私が駆けつけますからね」

隣家にいるとはいえ、老人の梅にどれほどの助けを求められるのか、正直なところ大いに不安である。でも志津子の心は、少しだけとはいえ晴れた。あの気味の悪い体験を話せたうえに、それを理解してくれた人がいる。そう思えることが、彼女にとっては重要だった。

いつものお喋りを終えて、志津子が梅と一緒に島豆家を出ると、もう服部家の前の縁台に登米《とめ》が座っていた。彼女は服部家の隠居であり、真夏と真冬の一時期を除いたほぼ毎日、梅と縁台で世間話をする習慣があった。偶にあとから菰田家の由次郎も加わったが、そういう場合は大抵、彼が俳句の話しかしないので、二人の老婦人に煙たがられていた。それでも概《おおむ》ね三人の仲は良かったと言える。

もっとも志津子が親しいのは梅だけで、あとの二人は苦手だった。はじめて梅に回覧板の代読をして、彼女と一緒に服部家の縁台まで行ったとき、いきなり登米に言われた。

「ついでだから、このまま砂上さんに回しといて」

重要な連絡事項にだけ目を通した登米が、回覧板を当たり前のように、ぬっと志津子に差し出してきた。相手が口にした「砂上さん」とは、もちろん上砂村家を指している。だからこそ彼女は、とっさに尻込みした。自分の主人である剛毅の手前、許可なく上砂村家へ行くことが、どうにも躊躇《ためら》われたのである。

ところが登米は、そんな志津子の反応を誤解した。どうやら「何て生意気な子かしら」と受け取ったらしい。以来、彼女が往来で挨拶をしても、ほとんど無視する始末である。

「こんにちは。回覧板です」

今もそう言ってお辞儀をしたのに、

「あら、何か臭くない？」

わざとらしく志津子に向かって鼻をひくつかせつつ、梅に尋ねている。

「そうかしら……」

梅は小首を傾げたが、当の志津子はかあっと両の頬《ほお》が熱くなった。

昨日の夜、彼女は風呂《ふろ》に入らなかった。いつもなら家事を終えたあと、剛毅と昭一の入浴が済んでいるのを確かめてから、彼女は残り湯を使う。だが昨夜は、迷った末に止めた。最近どうも昭一に、こっそりと覗かれている気がしてならない。脱衣所の戸に内鍵《うちかぎ》を掛ける。風呂の窓をしっかりと閉める。そういう対応はしているのだが、何しろ古い家なので隙間《すきま》がある。そういった細い切れ目から、凝《じ》っと見られている気がして仕方なかった。

それで昨夜は到頭、風呂を使うのを止めてしまった。まだ暑くないので大丈夫だと思ったのだが、一日中ちゃんと働いていると、やっぱり汗は掻《か》いてしまうらしい。

　志津子は二人にお辞儀をして、慌ててその場を離れた。あとは白砂坂を下り、夕食に必要な買物をした。普段はもう少し夕方になってから行くのだが、島豆家を訪ねた日は大抵そのまま出掛ける。いつもより時間を掛けて息抜きをするのも、この日だけである。

　以前に比べると闇市《やみいち》を利用しなくても、何とか買物ができるようになった。とはいえ彼女が余り不自由を感じなかったのは、剛毅から少なくない食費を預かっているからだろう。本当にあるべき所にはあるものだと、買物の度に彼女は痛感した。

「ただいま帰りました」

　買物を終えて下砂村家へ戻り、玄関で挨拶をしたが、家の中はしーんとしている。奥の部屋で寝ているはずの、耳の遠い剛毅には聞こえない。昭一は読書をしている場合、仮に来客があっても平気で居留守を使う。いずれにしろ彼女に応《こた》える者は、この家には誰もいない。

　前々から分かり切ったことなのに、家の奥から何の応答もない状況が、なぜか妙に恐ろしく感じられた。下砂村家には今、誰もいないのではないか。

　ううん、旦那様はいるに決まってる。

　昭一は古書店へ出掛けたのだとしても、剛毅が外出するとは思えない。そんな用事があったのなら、間違いなく事前に告げられたはずである。いつものように剛毅は、奥の部屋で寝ているに違いない。

そう思って納得もするのだが、依然として志津子は玄関の三和土《たたき》に佇《たたず》んでいる。上がり框に足を上げることが、どうしてもできない。その場で回れ右をして、表へ駆け出したい。そんな思いに駆られるばかりである。

やっぱり、この家には誰もいない……。

だから、上がりたくない……。

ふと気づけば、すっかり彼女は怯えていた。まったく訳も分からぬまま、ここから逃げ出したいと願っていた。

……何を考えてるの。

父親が無事に復員するまでは、母親を助けるためにも、幼い弟と妹を飢えさせないためにも、下砂村家の仕事を失うわけにはいかない。

梅から貰った御札を入れた胸元に右手を当て、志津子は殊更《ことさら》に足音を立てながら、上がり框から廊下へと歩を進めた。梅に教わった礼儀作法には反するが、今はそれどころではない。少しでも賑《にぎ》やかにしていないと、本当に挫《くじ》けそうである。

台所に買物籠を置いてから、再び彼女は声を上げた。

「ただいま、戻りました……」

元気良く発したつもりなのに、すうっと尻窄《すぼ》みに消えてしまい、薄暗い廊下に虚《うつ》ろに響いただけだった。そのため家内の無気味な静けさが、逆に増したように感じられて、ぶるっと背筋に震えが走った。

「……昭一さん？」

彼の部屋の前で、躊躇いがちに名前を呼ぶ。本当なら絶対に頼りたくないが、背に腹は代えられない。しかし室内からは、何の返答もない。

「失礼します」

断ってから襖《ふすま》を開けたが、彼の姿は見えない。やっぱり古書店へでも行ったらしい。普段なら安堵《あんど》したかもしれないが、このときは違った。あんな男でもいて欲しい。そう本気で思っている自分に気づき、彼女は驚くと共に戦慄《せんりつ》した。

早く逃げた方が……。

心は玄関まで飛んでいる。だが身体は反対に、奥の部屋へと向かっていた。剛毅の無事を確認しなければ……という気持ちが、不思議にもあったからだ。例の気持ちの悪い体験から、何か変事が起こることを、実は無意識に覚えていたからだろうか。

「旦那様、志津子です。島豆さんのお宅と買物から戻りました」

奥の部屋の前で、彼女は声を掛けた。いつもなら「お入り」と返事があるのに、うんともすんとも返ってこない。

「……は、入っても、宜《よろ》しいでしょうか」

更に声を掛けたものの、相変わらず無反応である。たちまち志津子は逃げ出したくなったが、少しも両足が動かない。こんなことなら先程《さきほど》、さっさと玄関に取って返しておくのだったと後悔したが、もう遅い。ここまで来た以上、剛毅と顔を合わせておかなければ、むしろ怖くて堪《たま》らないと思った。

「……し、し、失礼します」

がた、がた、がたっと襖を揺らしながら開けて、彼女は部屋へ入った。

「あっ……」

まず蒲団に寝ている剛毅が目に入り、安堵の余り声が漏れる。びくついていた自分が滑稽に感じられ、思わず笑いそうになったところで、ようやく二つの異変に気づいて、ぞくっとした。

一つは枕元の整理和箪笥《わだんす》の引き出しが、無造作《むぞうさ》にすべて引き出されていること。

もう一つは剛毅が蒲団を、なぜか頭まで被《かぶ》っていること。

箪笥の状態を見て、剛毅が寝ている間に昭一が金を盗み出したのではないか、と反射的に志津子は考えた。しかし、そんなことをすれば、あとから絶対にばれる。どれほど叔父から気に入られていようとも、そうなれば昭一は下砂村家から叩き出されるだろう。

そう思いながら彼女が、蒲団を頭まで被った剛毅に目を向けたとたん、ざわっと二の腕に鳥肌が立った。

どうして旦那様は、あんな風にして寝ているのか。

蒲団を頭まで被ることなど、これまでに一度もなかった。いつも顔は出していた。どんなに寒い日でも、それは変わらなかった。

なのに、なぜ……。

もう答えは分かっている気がした。でも、ちゃんと確かめないといけない。そんな役目は厭《いや》で仕方ないのに、一歩ずつ蒲団へ近づいている。そして枕元に座ったところで、つんと鼻を突く異臭を覚えた。

……怖い、怖い、怖い。

さっさと逃げ出したい感情とは裏腹に、どんどん右手が蒲団へと伸びていく。やがて指先が蒲団の縁に触れ、

「旦那様？」

という呼び掛けと同時に、ゆっくりと剝《は》いだ。と同時に、むわっと金気臭い空気に襲われ、

「げえぇぇぇっ」

志津子の口から、嘔吐《おうと》に近い悲鳴が漏れた。

剛毅は蒲団の中で、ざっくりと喉《のど》を切られて絶命していた。捲《めく》った蒲団の内側は、

彼の血潮で真っ赤だった。

思わず仰《の》け反《ぞ》った彼女は、次いで四《よ》つん這《ば》いになると、必死に襖を目指して這いはじめた。そうして廊下に出たところで立ち上がり、あとは脱兎《だっと》の如《ごと》く玄関を目指したのだが……。

「ぎやあぁぁぁぁぁっ」

生まれてから一度も上げたことがないほどの、何とも物凄《ものすご》く甲高《かんだか》い悲鳴が、廊下の途中で志津子の口から発せられた。

なぜなら玄関の薄暗い三和土に、季節外れの軍用の外套《がいとう》を纏《まと》った得体の知れぬものが、ぬっと立っていたからである。

二

刀城言耶《とうじょうげんや》は神保町の喫茶店〈ヒル・ハウス〉で、正真正銘の珈琲《コーヒー》を味わっていた。

「いやぁ、本物は香《かおり》も味も、やっぱり違いますね」

これで片手に怪奇小説か探偵小説でも持って、ゆっくりと読書ができていれば、もう言うことはなかったのだが、そうではない妙な状況に彼はいる。

日本の敗戦後、喫茶店は増え続けていたが、残念ながら多くの店舗が、まだ代用珈琲しか出せない有様《ありさま》だった。戦時中、珈琲は敵国の飲み物の烙印《らくいん》を押されたうえ、贅沢品《ぜいたくひん》とされた。そのため珈琲豆は輸入規制の対象となって物品税が課せられ、遂には軍にのみ支給される品物になってしまう。そこで登場したのが、代用珈琲である。大豆や麦などを炒《い》って、文字通り珈琲豆の代わりにした。

この代用珈琲だが、見た目は珈琲と遜色がない。ただし色合いだけで、肝心の香と味は残念ながら違う。それでも珈琲好きは、珈琲擬《もど》きで満足するしかなかった。その戦時下の苦労が戦後も続いていたのだが、今年に入ってから少しずつ改善されつつあった。

お陰で言耶も、こうして美味《おい》しい珈琲が飲めているわけだが、問題は彼の好きな書物の代わりに、目の前に一人の男が座っていることだった。

「ちょっと失敬するけど、あなたは刀城言耶君ではないか」

彼が神保町の馴染《なじ》みの古書店にいたとき、この三十前後の男性にいきなり声を掛けられた。

「はぁ、そうですが……」

相手は草臥《くたび》れた背広を着込んでおり、見た目は貧相に映った。ただし色白で聡明《そうめい》そうな容貌《ようぼう》には、むしろ高貴さが滲《にじ》み出ている。そのため線の細さを覚えたが、意外にも芯は強そうな感じを受ける。何ともちぐはぐな雰囲気を、その男は持っていた。

……ちょっと怖いな。

とっさに言耶がやや尻込みしたのも、相手から受ける矛盾した印象のためだったのか。それにしてもこの人物は、いったい何者なのか。こちらは少しも見覚えがないのに、向こうは彼を知っているらしい。

「曲矢《まがりや》刑事を覚えてるかな？」

そこで突然、意外な名前が相手の口から出た。そのとたん、言耶は嫌な予感に包まれた。

昨年の正月、まだ大学生だった刀城言耶は、本宮《もとみや》家の別邸である四《よ》つ家《や》での不可解な密室殺人事件に巻き込まれた。そのときの捜査関係者の中にいたのが、刑事の曲矢である。彼は言耶を容疑者扱いして、散々な目に遭わせた。そして二月の下旬に、今度は土淵《つちぶち》家の彌勒島《みろくじま》での足跡のない殺人事件に遭遇したのだが、そこで曲矢と再会する羽目になった。

あの刑事さんは、ちょっと苦手だな。

そんな相手を覚えているかと訊かれたのだから、言耶が警戒したのも無理はない。

「曲矢刑事から、あなたが見事に二つの事件を解決したと聞いてね」

「そういうわけでは――」

言耶は否定しようとしたが、男は聞く耳を持たない様子で、

「しかも二つとも、不可能犯罪だったという。だから私は、あなたの住まいを曲矢刑事から聞き出した。下宿先を訪ねたところ、留守だった。大家さんに訊くと、きっと神保町の古書店だろうという。そこで馴染みの店を聞き出し、こうして三軒目で見つけることができたわけだ」

「つまり……」

「私も曲矢と同様、刑事だ。実は今、ある事件で難儀《なんぎ》をしている」

「えっ、いや、あの……」

嫌な予感が的中した言耶は、何とかその場から逃げようとした。だが、かなり強引に「小間井《こまい》」と名乗る刑事によって、ヒル・ハウスへ連れ込まれた。もっとも「本物の珈琲を飲ませる」という彼の台詞に、ちょっと惹《ひ》かれたのは間違いないのだが。

言耶が珈琲を味わうのを待ってから、小間井は一方的に事件の説明をはじめた。困ったことになったなと思うものの、こうして珈琲を飲ませて貰った手前、このまま帰るわけにもいかない。仕方なく言耶はずるずると、刑事の話を聞く羽目になってしまった。

小間井は、まず砂村家の特殊な事情を語った。上砂村家には兄の剛義と、弟の三男である甥の和一が住み、下砂村家には弟の剛毅と、兄の三男である甥の昭一が暮らす。この四人の奇妙な同居関係を、下砂村家に住み込みで働く谷《たに》志津子の証言を基に詳述したうえで、一週間前に起きた恐るべき二重殺人事件について、刑事は淡々と話した。

言耶は気がつくと、いつも持ち歩いている大学ノートに、事件当日の人々の動きと時間の経過を、次のように纏めていた。

午後三時過ぎ、菰田家の由次郎が前庭に出て、俳句を作りはじめる。

午後三時五分頃、谷志津子が下砂村家を出る。ほとんど同時に昭一が、剛毅の部屋へ入る。

午後三時五分過ぎ、志津子が隣家の島豆家を訪ね、同家の梅と話し込む。

午後三時十分頃、服部登米が同家の前の縁台に座る。

午後三時十分過ぎ、昭一が下砂村家を出て、古書店へ行くために白砂坂を下る。

午後三時二十三分頃、昭一が神保町の馴染みの古書店に現れる。

午後三時三十五分頃、志津子と梅が島豆家を出て、服部家の縁台まで行く。梅は登米と残り、志津子は買物に行く。

午後三時三十五分過ぎ、登米が回覧板を上砂村家に届け、それを上砂村家の手伝いの渡辺清子《わたなべきよこ》が受け取る。このとき登米は、剛義の姿を見ている。和一には会っていない。

午後四時頃、清子が上砂村家を出て、買物のために白砂坂を下る。

午後四時十分頃、和一が上砂村家を出て、知人に会うために白砂坂を上がる。

午後四時半頃、志津子が下砂村家に戻り、殺害された剛毅を見つける。被害者の整理和箪笥から現金が消えている。

午後四時半過ぎ、清子が上砂村家に戻り、殺害された剛義を見つける。被害者の金庫から現金が消えている。


要領良く纏める言耶を見て、小間井が感心した声を上げた。

「ほうっ、さすが作家先生だけのことはある」

「先生は止めて下さい」

そう言耶は断ったが、大学の在学中に作家デビューしていたのは、紛れもない事実だった。探偵小説の専門誌『宝石』の懸賞募集に、東城雅弥《とうじょうまさや》の名義で短篇《たんぺん》「百目鬼家《どめき》の百怪」を応募して、見事に一等当選したのだ。その後も「蜉蝣庵《かげろうあん》」「夢寐《むび》の残照」「洞屋敷《うろやしき》の穴」など怪奇と幻想の物語を発表しており、大学卒業後は筆一本で生活している。実はのちに筆名を東城雅哉《まさや》と改め、刀城言耶最初の事件ともいうべき『九つ岩石塔殺人事件』で長篇《ちょうへん》デビューを果たすのだが、それはまた別の話のためここでは触れない。

「この二重殺人事件の犯人は、既に分かっている」

しかし小間井は、そんな言耶の返しなど少しも気にせず、そのまま事件の説明を続けた。

「二重殺人ということは、同一犯ですか」

「いや、そうではない。それでも当初は我々も、先々月から先月に掛けて、東神代町と神代新町という隣り合った地域で発生した強盗殺人事件の犯人が、更に隣の神代町で三番目の犯行を起こしたのではないか、という見方をしていた」

「あぁ、あの事件ですか」

「何の関係もないが、東神代町には私の実家がある。それで他の事件よりも、かなり気にしていたのだが――」

「それはご心配でしょう。無理もありません」

「未《いま》だに犯人は捕まっていない」

「結局そちらの二つの事件と、この砂村家殺人事件は、無関係なんですか」

「日本剃刀《かみそり》で被害者の首を裂き、現金を奪っているにも拘らず、現場の家に犯人が出入りした痕跡《こんせき》が見つからない。そんな二件の殺人事件と今回の事件は、非常によく似ている」

「でも違うと、警察は判断された」

「非常に分かり易《やす》い動機を持った、しかも取り調べでの挙動が不審過ぎる、正に容疑者らしい容疑者が、幸い二人もいたからな」

「あっ、だから二重殺人でも、犯人は別々なんですね」

「彼らは互いに示し合わせて、この事件を起こした。二つの町の事件を模倣して、連続強盗殺人犯に自分たちの罪を着せようとした。現場から現金を奪ったのは、そのための目眩《めくら》ましだった。彼らの真の動機は、遺産相続にあった。二人を事情聴取した結果、我々はそう確信したわけだ」

「具体的には？」

「下砂村家に住む昭一が、和一の代わりに彼の父親の剛毅を殺し、そして上砂村家に暮らす和一が、昭一の代わりに彼の父親の剛義を殺した――」

「交換殺人ですか」

言耶が驚いていると、小間井が場違いな笑みを浮かべて、

「やっぱり作家だな、なかなか面白い表現をする」

「探偵小説に於ける、この交換殺人という設定は――」

だが、言耶が肝心の蘊蓄《うんちく》を喋ろうとすると、それを刑事は強引に遮《さえぎ》って、

「ところが、その方法が分からない」

「どういう意味ですか」

この頃には言耶もすっかり、この事件に興味を覚えていた。

「上砂村家の剛義の殺害現場で、血塗《ちまみ》れの日本剃刀が見つかった。そこには被害者のO型の血痕《けっこん》が付着していたのだが、他にA型も検出されてな」

「下砂村家の剛毅氏の血液型が、正にA型なんですね」

「呑《の》み込みが早いな。ちなみに凶器から指紋はまったく出ていないし、犯人が返り血を浴びた形跡もない。その点は非常に上手く立ち回っている。剛毅の死亡推定時刻は、当日の午後三時から四時の間になる。一方の剛義は午後四時から四時半の間だ」

言耶はノートに目を落としながら、

「つまり昭一氏は、谷志津子さんが下砂村家を出た午後三時五分頃から、自らが同家を出る午後三時十分過ぎの間に、剛毅氏を殺害して現金を奪った。そして和一氏は、渡辺清子さんが上砂村家を出た午後四時頃から、やはり自らが同家を出る午後四時十分頃の間に、剛義氏を殺害して現金を奪った。そういうことでしょうか」

「二人の被害者の死亡推定時刻と、二人の容疑者の外出時刻に鑑《かんが》みた場合、志津子と清子の在宅時にわざわざ犯行に及んだと考えるよりも、彼女たちが家を出た直後に、それぞれのおじを殺害したとする方が、やはり自然だろう」

そう返しながらも小間井は、かなり戸惑いの表情で、

「ただ、そこで問題となるのが、凶器の日本剃刀だ。被害者となる父親を交換した二

重殺人を実行したからには、昭一から和一へと、この日本剃刀が渡っていなければならない。それなのに下砂村家を出た昭一は、そのあと馴染みの古書店に顔を出しており、午後六時過ぎに帰ってくるまで、完全に居所が分かっているんだよ」

「現場不在証明《アリバイ》があるわけですね」

「とはいえ古書店へ行く前に、さっと上砂村家まで坂を上って、襤褸《ぼろ》布にでも包んだ血塗れの凶器を、そっと郵便受けに投げ込むことは、二軒の家の立地からいっても充分にできたと思う」

とっさに言耶は頷《うなず》いたが、そう発言した小間井は反対に首を振りつつ、

「ところが、服部家の登米が午後三時十分頃から、同家の前の縁台に座りはじめて、そのあとすぐに出掛ける昭一の姿を見ている。しかも彼は、そのとき坂を下ったのであって、絶対に上ってはいないと、はっきり証言しているんだ」

「荷物は？」

「何も持っていなかった。もっとも物は日本剃刀だから、いくらでも隠せただろう」

「いったん坂を下ったものの、ぐるっと町内を回り込んで、それから坂の上に出たとすれば、充分に可能ではありませんか」

「その最短の道程を実際に辿《たど》ってみたが、普通に歩いて五分は掛かる。昭一が下砂村家を出たのが、午後三時十分過ぎだ。そして神保町の馴染みの古書店に現れたのが、

三時二十三分頃になる。下砂村家から同古書店までは、普通に歩いて十二分くらいだろう」

「どちらも走ったとすれば？」

「何とかなるかもしれない。ただし、古書店の主人によると、昭一の息は少しも乱れていなかったらしい」

「片方だけ走ったのだとしても、やっぱり息は荒くなるでしょうね」

「それに午後三時過ぎから、菰田家の由次郎が前庭に出て、俳句作りをしていた。その彼が『昭一が坂の上から現れて、我が家の前を通っていないのは確かだ。他に怪しい人物も見掛けてはおらぬ』と証言している」

「となると、あとは――」

「昭一が下砂村家を出る前に、隣接する島豆家と服部家の裏庭を密《ひそか》に通り抜けて、上砂村家へ行くしか手はない」

「でも、家人に見つかる危険があるうえ、やはり時間も掛かりませんか」

「剛毅を殺害して、現金を奪ってから――盗むのはあとでもいいが――かつての砂村家の庭を通って凶器を届け、下砂村家に取って返して門から外へと出る。これだけのことを昭一が、三時五分頃から十分過ぎの間にやるのは、まず無理だ。それに服部家と島豆家の庭の何処にも、そういう痕跡は認められなかった」

「当日の上砂村家の出入りは？」

「登米が縁台に座ってから、上砂村家を出たのは和一と清子の二人で、入ったのは清子だけだった。和一は手ぶらで、清子は買物籠を下げていた。これについては島豆家の梅も、登米とまったく同じ証言をしている」

「上砂村家の現場で見つかった日本剃刀で、下砂村家の剛毅氏が殺害されたのは、絶対に間違いないんですね」

「それは確かだ」

「わざわざ同じ凶器を使ったのは、二人の間でそれの受け渡しができない以上、自分たちが犯人であるはずがない――と主張できるからですか」

「取り調べでは、日本剃刀に付着した二人の被害者の血痕の件は伏せて、何とか口を滑らせようと試みた。今あなたが言った通りの主張を、どちらか一人でもしたら、なぜ血痕の件を知っているのかと、問い詰めようと考えたからなんだが……」

「駄目でしたか」

「二人とも同じことしか言わない。東神代町と神代新町の事件の犯人が、下砂村家と上砂村家を連続で襲ったに違いない――と」

「でも、登米さんも梅さんも、見知らぬ人物など見ていない」

「その事実を二人に突きつけたが、そもそも東神代町と神代新町の事件でも、どうやって犯人が現場の家に出入りしたのか、そこが大きな謎《なぞ》になっている。しかも、それを新聞が大々的に報じているから、二人にもまったく通用しない。むしろ登米と梅が、何ら怪しい人物を目撃していない事実こそ、白砂坂の事件の犯人が、東神代町と神代新町の強盗殺人事件と同一犯だという証拠ではないか、と言い出す始末だ」

「だから凶器の受け渡しの方法を暴き、二人に『参りました』と言わせるしかない、ということですか」

言耶の確認に、小間井は何とも言えない顔つきで、やや躊躇《ちゅうちょ》するように、

「もしも殺害の順番が逆だった場合、要は先に上砂村家で剛義が、その後に下砂村家で剛毅が殺されたのなら、まだ方法はあったと思う」

「教えて下さい」

「先程も話したように、上砂村家と下砂村家の間には、服部家と島豆家の裏庭を経由して、一本の電話線が延びている。かつて母屋と離れでやり取りをするために、専用の電話を敷いた名残らしい。白砂坂はかなりの傾斜があるため、電話線も斜めになっている。電柱には普通の電信柱と同様に足場がついてるから、電話線の所まで登ることは可能だ。例えば凶器の日本剃刀を襤褸の布切れにでも包んで、それに輪っかを結びつける。そして電柱を登って、その布切れの輪っかを電話線に引っ掛ける。すると輪っかが線上を滑って、上砂村家から下砂村家へと移動する。和一から昭一へと、凶

器が移送できるわけだ」

「面白い発想ですね」

「事前の打ち合わせは、専用の電話でこっそりできる。剛毅は耳が遠くなってるから、志津子が買物に出る時間帯に、上砂村家の和一から下砂村家の昭一に電話すれば、そのベルを聞かれる懼《おそ》れもない」

「徹底的に電話を利用している点が、素晴らしいです」

単純に喜ぶ言耶に対して、小間井は苦虫を嚙《か》み潰したような表情になると、

「昭一は探偵小説を読むからな。そんな小賢《こざか》しい奸計《トリック》を考え出したとしても、別に不思議ではない。だが実際には、下砂村家での昭一の犯行が先になる。しかも彼には、その後の現場不在証明がある。そんな状況で彼は、どうやって日本剃刀を和一に渡したのか」

「凶器が血塗れだったことを考えれば、なおのこと大変そうですね」

「そうなんだ。昭一は血痕が付着したままで、それを和一に渡す必要があった。この凶器の受け渡し方法が謎のままでは、如何《いか》に二人に動機があり怪しくとも、さすがに逮捕はできない。戦前の警察なら問答無用でやっただろうが、我々には無理だ」

「坂の上から下へと凶器を移動させるのは、まだ他にも色々と方法も考えられそうですが、その逆はなかなか難しそうです」

「仮に人力で投げるにしても、下から上だと大変だろう」

「しかも二つの砂村家の間には、服部家と島豆家が建っています」

「人間の手で投げたのでは、仮に届いたとしても服部家の庭までだな」

「刑事さんのお話を聞いた限りでは、僕もそう思います」

そこで言耶は少し考え込んでから、

「お話はよく分かりました。事件は非常に不可解であり、正直なところ僕も興味を覚え——」

「いや、ありがとう」

ほっと安堵した様子になった小間井に、言耶は慌てて片手を振りながら、

「そうじゃないんです」

「うん？」

「事件に興味を覚えたのは事実ですが、その解決に僕が、なぜ関わらなければならないのか、それが分からないんです」

「あぁ、そっちか」

小間井は何でもないことだと言わんばかりに、

「曲矢刑事から言われていたのに、事件の説明に気を取られて、すっかり失念していたよ」

「何をです？」

嫌な予感と好奇心の半々を覚えながら尋ねたのだが、その返答に言耶は思わず躍り上がりそうになった。

「今回の事件に絡む、もちろん怪異の話だ」

三

上下の砂村家で二重殺人事件が起きる二ヵ月と少し前のその日の夕方、剛毅から用事を言いつけられた志津子は、東神代町まで使いに出ていた。

用件は剛毅の知り合いの大滝《おおぜん》家に、風呂敷《ふろしき》に包まれた品物を届けるだけの簡単なものので、すぐに済んでしまった。先方が話し好きな人であれば、彼女も上がり框に腰を掛けて、茶を呼ばれつつお喋りに興じるのだが、今回は違った。

「砂村剛毅の旦那様から、こちらをお預かりして参りました」

梅に教わった通りの挨拶を志津子がすると、剛毅よりも年上らしい老人はにこりともしないで、むしろ苦々しい顔つきのまま風呂敷ごと受け取って、まったく無言のままぷいっと家の中に引っ込んでしまった。

な、何よ。

彼女は大いに腹が立った。こんな寒い中を使いに来た者に、労《ねぎら》いの一言も掛けないとは、どれほど冷たい人間なのか。普通なら熱い茶の一杯でも出すのではないか。

今のお爺《じい》さん、元軍人かな。

年齢の割には、背筋がぴんっと伸びていた。鋭い目つきも、横柄な対応も、如何にも元軍人の偉いさんといった感じがある。

あの箱の中には、いったい何が入ってたんだろ？

風呂敷越しの感触からも、それが木箱らしいと分かった。ただ結構な重さがあったことと、両腕に抱《かか》えて歩いているとき、こと、ことっ……と物音がしたため、箱の中に陶器の壺《つぼ》でも入っていそうな気がした。

壺の中には、いったい何が……。

と考えたところで、ぶるっと身震いに見舞われたのは、冷えた外気のせいばかりではなかったかもしれない。

旦那様は風呂敷包みを渡されたとき、肩の荷を下ろされたような顔だった。反対に大滝という老人は、風呂敷包みを受け取ったとき、厄介なものを押しつけられたと言わんばかりの様子だった。

剛毅と老人の関係は見当もつかないが、手元に置いておくのも厭な何かが、二人の間でやり取りされたことだけは、どうやら間違いなさそうである。

……何か気味が悪い。

そんな風に思いながら、志津子は帰路に就いた。寒気から一刻でも早く逃れようと、誰もが往来を急ぎ足で歩いている。それに釣られて彼女も、速足になり掛けたときである。

軍人用の外套に、ふと目が留まった。それは数メートル先の電信柱の陰に、ひっそりと佇んでいるように見えた。

食料品と同じく衣料品も不足していたので、軍の外套を着ている者など珍しくない。戦地で使用したものを本人が着ているか、元軍人が生活に困って古着屋に売ったものを、昭一のように買ってきて着用しているか、いずれの場合でも重宝されていた。だから殊更、彼女の注意を引くのも妙な話だったのだが……。

志津子は改めて、まじまじと外套を見詰めたところで、ぎょっとした。

首がない……。

そんな恐ろしい首なし人間が、こっそりと電信柱の陰に潜んでいる。そう見て取った彼女は、もう少しで悲鳴を上げるところだった。

……えっ？

それを辛うじて呑み込んだのは、自分の見間違いに気づいたからだ。

電柱に外套が掛かってるだけ……。

躊躇いつつも恐る恐る近づきながら、よくよく眺めてみると、首がないのではなく中身そのものがなかった。

なーんだぁ。

いつの間にか全身に入っていた力が、すうっと抜けた。そのまま電信柱の側を通り過ぎようとして、しかし彼女は反射的に立ち止まった。

あの外套は、どうして電柱に掛けられてるのか。

誰かが落としたものを、親切な人が拾って掛けたのか。でも、こんな寒い日に外套を脱いで、それを往来のど真ん中に忘れるだろうか。

第一あれほど立派な外套なら、とっくに盗《と》られていないと可怪しい。いつまでも電柱に、ああやって吊《つ》るされているのは不自然ではないか。

志津子は電信柱の横を通る人を、それとなく観察した。だが、外套に目を向ける者は誰一人いない。碌な防寒着も持たぬ寒そうな身形《みなり》の者さえ、あっさりと素通りをしている。そこに外套など、まるで存在しないかのように。

……厭だ。

その場で慌てて回れ右をして、少し遠回りでも別の道を帰ろうと、彼女が思ったときである。

ばさっ。

ちょうど電信柱の側を通り掛かった商人風の男性に、問題の外套が覆《おお》い被さるように動いた信じられない光景を、彼女は目の当たりにした。

その瞬間、先程まで見えていた外套が、ふっと消えた。当の男は急に立ち止まったあと、大きく身震いをしている。それから電信柱を繁々《しげしげ》と見詰めていたが、はっと気を取り直したようになって、再び歩き出した。

今のは、いったい……。

志津子が呆然《ぼうぜん》としている側を、商人風の男が通り過ぎた。擦れ違う刹那《せつな》、ちらっと彼女を見やった男の眼差しと口元が、にゅうっと嗤《わら》ったように歪《ゆが》んで映ったのは、単なる気の迷いだったのか。それとも……。

この日から三週間ほどあとの、やはり夕間暮れ、志津子は神代新町の御津《みと》医院まで出掛けた。当院には一ヵ月に一度の割合で、剛毅の薬を受け取りに行っている。だからその日も、いつも通り医院へ向かったのだが、その帰りに再びあれを目にした。

金物屋の軒先で、ぶらんと吊り下がる外套を……。

それなのに店の者も、その前を行き過ぎる通行人も、誰も気づいていない。皆が知らん顔をしている。

このまま眺めてたら、あれが人間に憑《つ》く瞬間をまた見てしまう。

そう思って恐れ慄《おのの》いた彼女は、足早にその場を立ち去った。本当なら気分転換になるはずの外出の用事が、これでは厭になるかもしれないと心配しながら。

この懼れは、不幸にも当たってしまう。それも最悪な形で。なぜなら二週間ほどのちに、その外套が神代町に現れたからだ。

その日の夕方、志津子は日課の買物に出掛けた。いつも通りに馴染みの店で夕食の材料を買って、下砂村家へ戻り掛けたときである。

「ひぃ」

彼女の口から短い悲鳴が、思わず漏れた。

如何にも何気なく、ひょいと引っ掛けたかのように、少し先の民家の垣根の端《はし》から、あの外套がぶら下がっている。

その気色の悪い眺めは、最初に目にした電柱の光景と同じだった。先日の金物屋の軒先が例外で、電信柱や民家の垣根や樹木の枝などからぶら下がるのが、この外套の本来の姿なのかもしれない。そんな風に感じられるほど、物凄く自然に見えた。

問題の家の前を通らないと、かなり迂回《うかい》する羽目になるため、彼女は道の反対側の塀にほとんど背をつけるようにして、外套の前を通り過ぎた。道行く人たちには奇異な目で見られたが、他人の眼差しなどに構っていられない。

ちょっとでも油断をしたら、あれに憑かれる……。

このとき志津子は、その心配しかできなかった。充分に距離を取って、その垣根の前を通り過ぎている間も、ばさばさばさっ……と今にも外套が飛びながら襲ってくるのではないか、と本当に気が気でなかった。

東神代町から神代新町へ、そして神代町と、あの外套は西へ移動しているらしい。それが本当なら、一刻も早くここから去って欲しい。そう彼女は祈った。

翌日の夕方、まだいたら厭だなぁ……と思いながら、彼女が下砂村家の石段を下りていると、白砂坂の一番下の電信柱に、あれがぶら下がっていた。

こっちに来る。

そのうち下砂村家の前を通ることになる。まさか門の中までは入ってこないだろうが、家の前にいるときに、もしも買物に出てしまったら……と想像して、彼女は震え上がった。

そこへ古書店の帰りらしい昭一が、坂の下へ現れた。

「あっ、駄目です……」

しかし志津子の声が届く前に、彼が電信柱の側を通り掛かって、

……ばさっ。

いきなり外套が覆い被さる悍《おぞ》ましい様を、彼女は目の当たりにした。その瞬間、ざわわわわっと項《うなじ》が粟立《あわだ》った。

昭一は電信柱の真横で、びくんっと身体を大きく震わせたあと、しばらく立ち竦《すく》ん

でいた。それから急に足早になって、どんどん彼女へ近づきはじめた。

彼がここへ来る前に、さっさと逃げたい。そう思って焦るのだが、両足が少しも言うことを聞かない。どんどん彼が迫ってくるのに、まるで根《は》が生えたように、その場に釘《くぎ》づけ状態である。そうこうするうちに、彼が目の前までやってきた。

……襲われる。

とっさに身体を竦めた志津子に、しかし昭一は何もしなかった。ただ、彼女を正面から凝っと見詰めたあと、ぬたぁっ……とした滑《ぬめ》った嗤いを残して、下砂村家へ入っただけである。

だが、彼に嗤われたとたん、彼女の全身に鳥肌が立った。いつも盗み見ることしかできなかった彼が、堂々と――という表現は変かもしれないが――彼女を見やったのだ。しかも、嫌らしさに満ちた嗤いを向けてきた。まるで彼の両の掌で、全身を執拗《しつよう》に撫《な》でられたかのような、そんな不快感を彼女は覚えた。

それから何日間も志津子は怯え通しだったが、あの忌まわしい二重殺人事件の起きた日に、すべてを島豆家の梅に打ち明けた。これで少しは心が晴れるかと思ったのだが、彼女の話を黙って聞いたあと、梅がとんでもないことを言い出した。

「私が若い頃に住んでいた地域で、あるとき小火《ぼや》騒ぎがあったの。といっても板塀や門柱が焦《こ》げるくらいで、被害は大したことなかったけど、いつ大火事になるかもしれないでしょ。そこで自警団が組織されて、夜の見回りが行《おこ》なわれた結果、ある大店《おおだな》の奥様が捕まってね」

「そんな方が、放火をしてたんですか」

梅はこっくり頷きつつも、

「ところが、本人は放心状態で、自分が何をしたのか少しも分かっていない……そんな風に見えたらしいの。火つけの現場を押さえられているから、決して言い逃れはできないはずでしょ。それなのに彼女は、本当に戸惑ってるようだった……って」

「……何か、気持ち悪いです」

「相手が大店の奥様だったので、そのまま警察に突き出して良いものかどうか、自警団の人たちも困って、結局は彼女の旦那様とも相談して、しばらく様子を見ることになったの。でも、犯人は彼女だっていう噂が、あっという間に広まってしまった。するとね、妙なことを言い出す人が現れて……」

それから梅は、恰《あたか》も内緒話をするような口調で、

「何かっていうと、最初の小火騒ぎが起きる前日に、その大店の奥様が往来を歩いていたとき、電信柱に掛かっていたらしい青いワンピースが、まるで生きているように、ふわっと彼女に覆い被さるのを見た……という人が現れてね」

「……い、い、一緒」

興奮の余り満足に喋れない志津子を、梅は宥めるように見詰めてから、

「ただ、それを真に受ける人は、さすがにいなかったみたい」

「その奥様は？」

「旦那様が油断した隙に、また放火してしまって……。しかも今度は大火事になって、何人も死んだの。だから警察に捕まって、死刑になったと聞いたわ」

「…………」

志津子が何も言えないでいると、

「放火事件の数ヵ月後、同じような青いワンピースの噂が、隣町から伝わってきてね。その頃には、もう怪談話のようになっていたの。そして更に隣の町で、子供の誘拐未遂事件が立て続けに起こって……」

「青いワンピースのせいですか」

「そう思う人は、少なからずいたわね。誰が言うともなく、妖怪《ようかい》の『妖』に衣服の『服』と書く『妖服』だって、それが呼ばれ出したのは、そのときだったかしら」

志津子は頭の中に、「妖服」という異様な二文字を思い浮かべた。そして彼女が目にしたあの外套も、同じ「妖服」だったに違いないと考えた。

それから梅は、志津子に御札をくれたのだが、砂村家の二重殺人事件の半分は、そのとき既に起きてしまっていたのである。

四

「よ、よ、妖怪の服……と書く、妖服ですって！」

刀城言耶の大声が、ヒル・ハウスの店中に響き渡った。

「えっ、ちょ、ちょっと……」

店員と客の全員が、二人の方を見詰めている。その視線の集中砲火に、小間井は完全に辟易《たじ》ろいだらしく、

「こ、声が大きいよ」

慌てて言耶を制しようとしたが、当人は少しも状況が分かっていないのか、むしろ滔々と喋りはじめた。

「衣服の妖怪には一反木綿《いったんもめん》や襟立衣《えりたてごろも》や小袖《こそで》の手《て》があり、それが布だけになると茶袋《ちゃぶくろ》などがいますが、妖服と呼ばれる怪異は、寡聞《かぶん》にして知りません。でも、その現象に鑑みると、どうも小袖の手に似ている気もします」

「おいおい――」

「あぁ、小袖の手というのは、江戸時代の話になります」

「いや、別に――」

「ある商人が娘のために、古着屋から綺麗《きれい》な着物を買ってきた。娘は喜んで着たものの、そのあと病で臥《ふ》せてしまう。数日後、商人が家に帰ると、顔色が真っ青な知らない女がいた。よく見ると、なぜか娘の着物を纏っている。そして驚いている商人の前で、すうっと消えてしまった。急いで箪笥を検《あらた》めると、ちゃんと娘の着物は仕舞われている。とはいえ気味が悪いので、処分してしまおうと箪笥から出して、衣桁《いこう》に掛けておいた。すると小袖の両の袖口から、ぬうっと白い女の手が伸びるではないか。恐ろしくなった家の者が着物を解《ほど》いたところ、肩先から袈裟《けさ》懸《が》けに斬《き》られている痕《あと》が見つかった……」

「だから、私は何も――」

「つまり着物の元の持主は、刀で斬り殺されたらしい……と分かったわけです。となると妖怪というよりも、死者の恨みの念が籠った品物――そうですね、忌むべき物という意味で、『忌物』とでも呼べばよいでしょうか」

「そんなことを――」

「ああっ！」

そこで言耶が再び大声を上げたため、またしても注目を集める羽目になった。ただし今回、二人を見やったのは、先程の半分ほどの人数である。

「おい、声を落とせ」

「暮露暮露団《ぼろぼろとん》がいたのを、すっかり失念してました。人間が日常的に使う——」

「これほど難儀な癖があることを、曲矢はどうして言わなかったんだ」

小間井は一頻《ひとしき》り小声でぼやいたが、曲矢自身は幸運にも言耶の悪癖——自分の知らない怪異の名称を耳にすると我を忘れる——に、まだ一度も遭ったことがなかった。だから事前に注意などできなかったのである。

「着物や蒲団などが襤褸くなると、そこに人の念が籠って、暮露暮露団になるのです。もっとも鳥山石燕《とりやませきえん》は——」

遂には小間井も諦《あきら》めたらしく、そのうち黙って拝聴しはじめた。

「あっ、石燕という人物はですね——」

ただし言耶の話が脱線する度に、刑事の眉間《みけん》の皺《しわ》が増えていく。

ばんっ！

そして遂に、どうやら堪忍袋の緒が切れたらしい。いきなり小間井が机を叩いた。

その物音が店内に響いたが、今では誰も二人の方を見向きもしない。

「えっ？」

きょとんとする言耶に対して、

「もういいかな」

口調は落ち着いているものの、険《けわ》しい眼差しで刑事が尋ねた。

「はっ？」

なおも言耶は、鳩《はと》が豆鉄砲を食ったような顔をしていたが、

「あぁっ、すみません」

ようやく気がついたようで、姿勢を正して頭を下げながら、

「どうも知らぬ間に、夢中で語っていました」

「いやいや、面白かったよ」

などと返しながらも小間井の瞳は、相変わらず鋭い。

「同じ軍用の外套は、私も着たことがあるので、彼女の話を聞いたときは、不覚にもぞくっとしてしまったが……」

と話し掛けたが、それでは言耶の悪癖に再び火を点《つ》け兼ねないと思い直したのか、

「あなたさえ良ければ、事件の話に戻りたいのだが――」

「上砂村家から下砂村家へ渡された電話線ですが、それを使う方法はありますよね」

すると言耶が極《ご》く自然に、事件について話し出したので、

「あ、あるのか」

刑事は面喰《めんく》らったようである。

「電話線を張っている両家の電柱に、それぞれ滑車を取りつけます。滑車には釣り糸を通しておいて、そこに凶器を包んだ襤褸の布切れを結びつける。あとは下砂村家側

で滑車を回して釣り糸を動かせば、上砂村家側まで日本剃刀が運ばれるという寸法です。これなら坂の下から上へと、凶器を移動させることが可能です」

「なるほどなぁ」

小間井は納得したものの、残念そうに首を横に振った。

「前にも話した通り、二つの家を繋ぐものは、どう見ても電話線しかない。それで電柱をはじめ、電話線も細かく調べてみたんだが、何の痕跡も発見できなかった」

「そうですか」

しかし当の言耶は、特に意気消沈した様子もなく、

「滑車を使ったとしたら、電柱には絶対に痕が残ったでしょう。かといって使用せずに、電話線伝いに凶器を運ぶことは、ちょっと難しいですね」

「やっぱり無理か」

「今が夏なら、まぁないこともありませんが」

「どんな手だ?」

思わず身を乗り出す小間井に、言耶は半ば冗談のような声音で、

「最初に刑事さんが仰《おつしや》ったように、日本剃刀を襤褸の布切れに包み、それを輪っかに結びつけたうえで、電話線に引っ掛けます」

「その状態で下砂村家から上砂村家へ、凶器を送れると言うのか」

「もちろん、そのままでは駄目です。電話線は斜め上へ延びているので、どうしても動力が必要になります」

「滑車のような……」

「はい。もしも事件が夏に起きていたのなら、風物詩である花火が使えたかもしれません」

「何ぃ？」

「凶器を結びつけた輪っかに、小さ目の打ち上げ花火を装着して、一気に下砂村家から上砂村家へと飛ばすんです。電話線は両家の間にしか張られていませんから、上砂村家を越えて飛んで行く心配もない。近所で誰かが花火をする機会を窺《うかが》えれば、その音に紛れることもできます」

「とんでもない発想をするなぁ」

感心しているのか呆《あき》れているのか、その表情だけでは分からなかったが、

「花火が使われていないのは、さすがに分かっている。だが、他にもっと何か、別の方法があるんじゃないのか」

と続けて訊いたところを見ると、意外にも感心したのかもしれない。

「そうですね、あとは強い風でしょうか。下砂村家での犯行後に、白砂坂の下から上へと強風でも吹いていれば、風船や小さな凧《たこ》を使って、やはり電話線沿いに凶器を移

送させることが、きっとできたと思います」

「けど当日、そんな風は吹いていない」

「仮に朝から強風であっても、いつ止むかもしれないのに、殺人など決行できたかどうか」

「他には？」

そう促《うなが》す小間井の両の瞳は、異様にきらきらと輝いている。

「ご期待に沿えず申し訳ありませんが、まったく痕跡を残さずに、電柱と電話線を利用した奸計は、もう思いつけそうにありません」

「そうか。良いところに目をつけたと、我ながら自信があったんだがなぁ」

刑事はがっかりしたようだが、次の言耶の指摘で、再び身を乗り出してきた。

「むしろ、そこから離れるべきでしょうか」

「他に手があると？」

「それこそ最も単純な、手渡しですね」

これには小間井も、かなり懐疑的な眼差しで、

「それが不可能だからこそ、ここまで検討したような、如何にも探偵小説的な機械的奸計を、あなたも推理したんじゃないのか」

「はい、その通りなんですが、そこで成果を出せないのであれば、諦めも肝心だと思

います」

うっ……と刑事は返しに詰まってから、

「手渡しができたとして、どんな方法がある？」

「そもそも逆だったのではないでしょうか」

「何が？」

「昭一氏が日本刺刀を和一氏に渡しに行ったのではなく、和一氏が凶器を昭一氏の所まで受け取りに行ったのだとしたら、どうですか」

「……逆か」

「服部家の登米さんは回覧板を、上砂村家に届けています。そのとき彼女が目にしたのは、それを受け取った渡辺清子さんと、在宅していた剛義氏の二人でした。和一氏の姿は見ていません。事前に剛毅氏殺害の時間を打ち合わせしておけば、犯行後に下砂村家を出る昭一氏に合わせて、和一氏も上砂村家を出ることができます。そして坂下には行かずに、坂上を通って遠回りをして、古書店に向かっている昭一氏に追いつき、そこで凶器を受け取って上砂村家に戻ることは、充分に可能ではありませんか」

言耶の推理に、小間井は凝っと耳を傾けてから、

「清子の証言によると、買物に出るまで、剛義も和一も家にいたということだったが、ずっと彼女が見張っていたわけではないからな」

「昭一氏が谷志津子さんに、早く回覧板を持っていくようにと小言を口にしたのも、和一氏と打ち合わせをした剛毅氏殺害の時刻が、刻々と近づいていたからです。犯行が遅延すると、彼が下砂村家を出るのが遅くなります。時間通りに上砂村家を出た和一氏と、それでは齟齬《そご》が生じてしまいます」

「筋は通るな」

刑事は納得し掛けたに見えたが、

「いや、駄目だ」

肝心なことを思い出したと言わんばかりに、大きく首を横に振りながら、

「菰田家の由次郎が、三時から前庭に出ていた。そして怪しい人物は、誰も家の前を通っていないと証言している。彼に事情聴取をしたのは、もちろん事件後になるから、怪しい人物には当然ながら和一も含まれていた」

「やっぱり凶器は、昭一氏から和一氏に渡された……ということですか」

「しかしな、どんな方法が、まだ考えられる？」

しばらく言耶は俯《うつむ》いて考え込んだあと、はっと顔を上げると、

「いったん白砂坂を下ったように見せ掛けて、すぐに昭一氏がある手段で坂を上がり、上砂村家まで行く方法です」

「そのままじゃないか。で、ある手段て何だ？」

「自転車です」

「いやいや、そんな物に乗ってても、登米と梅の二人には気づかれるだろ」

「いえ、自転車に乗ってたからこそ、二人は見過ごしてしまったのです」

「どうして？」

「郵便配達夫の格好を、昭一氏がしていたからです」

あっ……と小さく口を開いたまま、小間井は何も言えないでいる。

「昭一氏は短期間ながらも、郵便局に勤めていました。また彼は、古着で制服を買う趣味もあります。よって郵便配達夫の制服を持っていても、少しも不思議ではありません」

「それを利用したのか……」

いったんは合点《がてん》がいったようだが、すぐに刑事は慌てた様子で、

「しかし、昭一が下砂村家を出たとき、手ぶらだったぞ」

「その日の午前中にでも、坂を下った何処か目立たない場所に、予《あらかじ》め制服と自転車を隠しておいたのではないでしょうか」

「……なるほど」

「事件当日の昭一氏の動きは、こうなります。午後三時五分頃に、谷志津子さんが下砂村家を出るのを見計らって、剛毅氏の部屋に入って日本剃刀で同氏を殺害する。そ

の間に志津子さんは隣家の島豆家を訪ね、同家の梅さんと話し込む。昭一氏は叔父を殺《あや》めたあと、大切な古書を包むのに使っている油紙で、被害者の血が付着した凶器を包み、それを封筒に入れる。封筒には念のため、上砂村家の住所と和一氏の宛名《あてな》を書いて、切手まで貼《は》ってあったのかもしれません。午後三時十分頃に、服部登米さんが同家の前の縁台に座る。それを下砂村家の敷地内から覗いて確認したあと、昭一氏は同家を出て、如何にも古書店へ行く振りをして白砂坂を下る。志津子さんをはじめ、梅さんや登米さんの行動は、ほぼ決まっているようなものですから、昭一氏も充分に予測できたはずです」

「そうだな」

「白砂坂を下った昭一氏は、郵便配達夫の制服と自転車を隠しておいた場所に行く。そこで着替えて自転車に乗り、何食わぬ顔で坂を上って、上砂村家の郵便受けに、凶器を入れた封筒を投げ込む。あとは坂を下って、同じ場所に戻り、再び着替えてから、馴染みの古書店を訪ねる。そうして上砂村家殺人事件の現場不在証明を作る」

「見事に辻褄《つじつま》が合うな」

「この奸計で問題となるのは、制服は良いとして、自転車と鞄《かばん》まで本物を使ったのかどうか、という点ですね」

「すべてを用意するのは、さすがに無理か」

「ただ、制服を着用するだけでも、十二分に騙せたのではないでしょうか。なぜなら一度『郵便配達の人だ』と認めてしまえば、人間は自らの判断に囚《とら》われてしまうからです。むしろ問題となるのは、予め制服と自転車を隠しておける場所の有無です。そこで彼は、二度も着替える必要がありますからね」

「そのことなんだが……」

小間井は急に困惑した顔になると、

「いったん坂を下った昭一が、ぐるっと町内を回って坂の上へ出たのではないか、と疑った話はしただろ。だから私は白砂坂の下も上も、かなり隅々まで歩いてみた。しかし、制服と自転車を隠しておいて、かつ着替えができるような場所は、あの辺りにはなかったと思う」

「……そうですか」

「仮にあったとしても、このご時世だ。すぐに誰かが見つけて、これ幸いとばかりに失敬するんじゃないか」

「仰る通りです。それに郵便配達夫に化けた昭一氏の動きを考えると、いくら何でも不自然ですよね。坂下からやってきたと思ったら、上砂村家だけに配達をして、すぐさま坂を下ってしまうのですから。さすがに登米さんと梅さんも、きっと不審に思うでしょう」

「なかなか良い案だと、私は感心したんだけどな」

「……すみません」

言耶は頭を下げると、そのまま大学ノートに目を落とした。と同時に谷志津子の証言を反芻《はんすう》しつつ、改めて事件について考え出した。

その間、小間井は黙ったままだった。再び言耶が口を開くのを、ひたすら刑事は待ち続けているように見えた。

「……そうか」

やがて言耶がぽつりと呟《つぶや》くと、すぐさま小間井が呼応した。

「どうした？」

「まだ志津子さんが玄関の三和土にいるときに、昭一氏は剛毅氏の部屋に入っていますよね」

「耳が遠い剛毅に話し掛ける、いつも通りの彼の大声を聞いてるからな」

「彼女が家を完全に出てしまうまで、なぜ待たなかったのでしょう？」

「それは一刻も早く、剛毅を殺害……」

「する必要は、別にありません。志津子さんが玄関から出る、ほんの十数秒を待てなかった理由など、まったく何もないではありませんか」

「……だとしたら、なぜだ？」

「志津子さんが下砂村家を出るまで、剛毅氏が生きていたように見せ掛けたかったから……」

「な、何ぃぃ」

「剛毅氏の殺害は、彼女が家を出たあとで実行された。よって凶器の移送も、その後に行なわれた。そう警察に思い込ませるためだった」

「だったら、実際は……」

「志津子さんが出掛ける前に、剛毅氏は殺害されていた。死亡推定時刻から考えると、割と直前でしょう。そして彼女が家を出たところから、既に凶器の移送は開始されていた」

「ど、どういう意味だ？」

呆気《あっけ》に取られた顔の小間井に、言耶は答えた。

「油紙に包んだ日本剃刀は、回覧板の一番下に隠されていたのです」

「えっ……」

「本来の重要なお知らせは、表の二、三枚しかなく、その下は町内会長である小佐野氏の俳句新聞が占めている、というのが回覧板の実情です。そのため菰田家の隠居の由次郎氏くらいしか、回覧板を最後まで捲って見る人はいなかったわけです」

「その菰田家は、上砂村家よりも坂上にある」

「下砂村家の隣の島豆家では、同家の梅さんのために、志津子さんが回覧板を代読します。そのとき目を通すのは、俳句新聞の上のお知らせだけです。その隣の服部家の登米さんも、重要な連絡事項にだけ目を通すと、志津子さんが言っています」

「登米が回覧板を上砂村家に届けて、それを渡辺清子が受け取ったのは、午後三時三十五分過ぎだった。そして彼女も、恐らく回覧板を真面目《まじめ》に最後まで見なかった」

「和一氏は、清子さんが買物に出掛けるのを待って、剛義氏を殺害します。もちろん昭一氏も和一氏も、凶器に指紋がつかないように気をつけました。和一氏は現場に日本剃刀を残すと、それを包んでいた油紙だけを持って家を出ます。それから何処かで――川にでも流したのかもしれませんね――油紙を始末したのです」

「しかしな」

そこで刑事は、はっと我に返ったようになって、

「回覧板にそんな代物を挟んで、志津子や登米に気づかれずに済むか」

「小佐野氏の俳句新聞は、分厚くなる一方でした。それに比べると日本剃刀は、結構薄いですよね。充分に隠せたと思います」

「確かにそうか」

「でも危なかった場面が、一つありました」

「何処だ？」

「志津子さんが回覧板を、登米さんに手渡したときです。そのとき登米さんは敏感にも、血臭に気づき掛けたじゃないですか」

「あっ、あれか……」

「風呂に入っていないためだと、志津子さんは恥じたようですが、あれは凶器に付着した剛毅氏の血糊《ちのり》のせいだったのです」

「うーむ」

小間井は唸《うな》ったあと、

「だとしたら志津子と梅は、なぜ臭《にお》いに気づかなかったんだ？」

「というよりも登米さんの嗅覚《きゅうかく》が、むしろ鋭かったと言うべきかもしれません。二人が気づけなかった理由を敢《あ》えて挙げるとすれば、志津子さんは息抜きができるため、既に心は島豆家へと飛んでいたからで、そんな彼女の訪問を梅さんも楽しみにしており、あとは互いがお喋りに夢中になっていたせいではないでしょうか」

「なるほど」

納得している刑事に、言耶はやや焦った口調で、

「事件が起きたのは、一週間前なんですよね」

「ああ、そうだ」

「だったら次の回覧板は、まだ回っていないかもしれません。つまり事件当日の回覧

板の表面や俳句新聞の最終頁《ページ》裏に、ひょっとすると血痕が微量に残っている可能性が——」

言耶が言い終わる前に、小間井は席を立っていた。

「ありがとう、世話になった」

そして店の支払いを済ませると、

「この礼は、いずれするから」

と振り返って言うが早いか、急いでヒル・ハウスを出ていった。

五

「……捕まったのか」

砂村家二重殺人事件の犯人として、砂村昭一と和一の従兄弟同士が逮捕されたと新聞報道があったのは、刀城言耶がヒル・ハウスで小間井刑事と会った二日後だった。

驚愕《きょうがく》の交換殺人！

どの新聞も煽情的《せんじょうてき》な記事を載せている。それぞれの父親の遺産狙《ねら》い、という動機面はあっさり扱っているのに、凶器の移動による計画的交換殺人の部分は、かなり詳細に記述されていた。その中には戦前の新聞のように、探偵小説の害を声高に訴える記述もあって、言耶を心底うんざりさせた。

翌日、小間井から呼び出しがあった。言耶がヒル・ハウスへ行くと、既に刑事は席に座って、優雅に洋もくを燻《くゆ》らしながら、本物の珈琲を飲んでいた。

「お陰様で、事件を解決できたよ」

律儀に立ち上がって礼を述べる刑事に、言耶は恐縮しながら、

「逮捕したばかりで、まだお忙しいのではありませんか」

「いや、少しばかり出てきたところで、別に問題はない。あなたは何と言っても、功労者なんだからな。珈琲をご馳走《ちそう》したくらいでは、まったく追いつかない。近いうちに私の自腹で、きちんと一席を設けるつもり――」

「いいえ、どうかお気遣いなく」

慌てて言耶は辞退をすると、逮捕に至るまでの経緯を聞きたいと頼んだ。

「回覧板と俳句新聞からは、残念ながら血痕は見つからなかった」

早速、小間井が話し出した。

「駄目でしたか」

「しかしな、微量の血痕が出たと、はったりを嚙ました。そのうえで、あなたの推理を伝えた。二人は当然、別々に取り調べをしていた。『相手が吐く前に自白した方が、罪が軽くなるかもしれない』と二人を揺さ振りつつ、特に和一には『この奸計を

考えたのは、昭一じゃないのか。このままでは、お前も一緒に計画を練ったことにされてしまうぞ』と脅した」

「それで？」

「この状況で最初に吐くのは、まず和一だろうと思ってたら、なんと昭一だった」

「どうしてですか」

「例の奸計が見破られたことで、かなり落ち込んだらしい」

「……はっ？」

驚く言耶に、小間井は苦笑を返しながら、

「だから、あとは楽だった。すらすらと供述したからな」

そこから事件をお浚《さら》いするような会話が続き、それも一段落ついたときである。

「事件の解明に夢中でしたので、お訊きする暇がなかったのですが――」

やや遠慮がちに、言耶が切り出した。

「何でも尋ねてくれ」

すぐさま刑事は返したものの、

「剛毅氏のお使いで、谷志津子さんが木箱に入った壺らしきものを、東神代町の大滝という元軍人と思《おぼ》しき人物に届けていますが、あれは何だったのでしょう？」

と訊かれたとたん、途方に暮れた顔になった。

「すまないが、それは私にも、さっぱり分からない」

「そうですよね」

いったん納得してから、言耶は更に、

「では、もう一つ。志津子さんが剛毅氏の遺体を見つけたあと、下砂村家から逃げ出そうとしたところで、玄関の三和土に例の外套を纏った何かを見ていますが、あれの正体は……」

「もちろん幻覚だろう」

すると小間井が即答した。

「雇主《やといぬし》の凄惨《せいさん》な死体を目にして、余りにも動揺した彼女が、そんな代物を見たとしても不思議ではない。事件の前から目撃している外套も含めて、彼女にはその手の気質があったわけだ。そこに島豆家の梅の――妖怪の衣服と書く妖服だったか――例の怪談が加わったせいで、余計に酷くなってしまった」

「そういう解釈に、やはりなりますか」

あっさりと言耶が受け入れたのが、刑事には意外だったのか、

「ここだけの話にしてくれよ。実はな、私は個人的な興味から、志津子が白砂坂で見たという外套のことを、昭一に訊いてみたんだ」

非常に意味深長な表情と口調で、そう打ち明けた。

「彼は、な、何と？」

「そんな軍用の外套など、まったく知らないらしい。ただ、昭一の話を聞いていると、彼に外套が覆い被さったと志津子が言っていた正にその日に、あの和一との交換殺人の案が、天啓の如く閃《ひらめ》いたというんだよ」

「梅さんの話に出てきた、大店の奥様の例とは、完全に反対ですね」

「うん？」

「小火騒ぎを起こした奥様には、その自覚も記憶も残っていなかった。でも昭一氏は違います。むしろ妖服から悪魔の知恵を授けられ、それを認識したまま実行したかのようです」

「同じ妖服でも、種類が違ったからか」

「……かもしれません」

「いや。つまり妖服なんてものは、この世に存在してないってことだろう」

思い直したように断定する小間井に、言耶は反論することなく、

「東神代町と神代新町の事件は、どうなりました？」

「あっちは、まだ解決していない。こっちの事件とは無関係ながら、あなたが指摘したように、昭一が言うには自分たちの犯行を、あっちの犯人の仕業に見せ掛けたかったらしい」

そのまま東神代町と神代新町の事件の話が続き、それも終わったあと、

「わざわざご説明いただき、ありがとうございました」

言耶が礼を述べると、

「こちらこそ、大変お世話になった」

刑事が頭を下げて、二人は席を立ち掛けたのだが、

「やっぱりあなたには、話しておくべきか」

そう言って小間井が座り直したので、言耶はびっくりした。

「何でしょう？」

「取り調べの間、昭一と和一は、もちろん別々の牢《ろう》に入れていた。それぞれ独《ひと》りにしておきたかったが、この治安の悪いご時世では、そうも言っていられない」

「同房者がいたわけですね」

「最初の夜、昭一はある男と一緒だった。強盗傷害など複数の前科がある安岡《やすおか》という男で、しぶとく新たな容疑を否認している最中だった。彼を担当した刑事が言うには、昭一のことを『生意気な奴』とか『俺を無視しやがって』とか、安岡は当初かなり気に食わなかったらしい」

「同じ犯罪者とはいえ、少しも接点がなかったでしょうからね」

「にも拘らず安岡は、なぜか昭一に絡まなかった。こういう場合、昭一のような新参

者は、何かと甚振《いたぶ》られるのにな」

「相手が殺人犯だったから、ではないですか」

「昭一が何の容疑で牢に入っているのか、もちろん安岡は知らない。彼を無視していたらしいから、昭一が教えたとも思えない。仮に話したにしても、見た目も言動も坊ちゃん然としている昭一に、安岡が怯えるわけがない」

「だったら、どうして？」

　言耶の質問に、刑事は答えずに、

「二日目の朝、安岡が牢を替えて欲しいと言い出した」

「……なぜです？」

「牢の中に、もう一人いるから……と」

「…………」

「怖くて堪らないから、別の牢に移して欲しい。そのためなら自白しても良い……とまで訴え出した」

「しょ、昭一は？」

「自分たちしかいない、と言っていた」

　そう答えたあと小間井は、凝っと言耶を見詰めながら、

「しかし今になって考えると、昭一が口にした『自分たち』とは、彼と安岡のことで

はなく、彼と何か別のものを指していたのではないか……という気がしてならないんだけどな」

巫《ふ》死《し》の如き甦るもの

一

　薫風の香る季節を迎えて、朝から何とも清々《すがすが》しい日和《ひより》であった。こんなときは野山にでも行って、心地《ここち》好《よ》い日差しと微風《そよかぜ》を受けながら読書をする。それが真っ当な人間の行ないであると、刀城言耶《とうじょうげんや》は大いに感じた。

　だが、それには読むべき本が必要になる。いや、まだ目を通していない本なら下宿の部屋に山と積まれているのだが、なぜか言耶は神保町《じんぼうちょう》にいた。それも洋書専門の古書店で、怪奇小説の掘り出し物がないかと目を皿のようにして、本棚を眺《なが》めている最中だった。つまり季節に関係なく彼の日課を果たしていたに過ぎない。

「あのー」

　すると背後から、遠慮がちに声を掛けられた。か細い女性の声音で、如何《いか》にも縋《すが》りつくような響きである。

　反射的に言耶が振り返ると、制服に身を包んだ女学生が緊張した面持ちで立っていた。それも地方から出てきたばかりの、右も左も分からない少女のように見える。そんな子がどうして……と思ったが、わざわざ上京して英語の授業のための書籍を探しているのだろうと、すぐさま彼は合点した。ここは神保町なのだ。そういう熱心な学生がいるのは当然である。

「あっ、失礼」

言耶は目の前の本棚から、Edith Wharton『Ghosts』（一九三七）を一先《ひとま》ず抜き出すと、すぐに横へと移動した。

まだ棚の隅々まで確かめたわけではないが、あとから改めて見直せば良い。店の入口から奥へ順に眺めているとはいえ、それを乱されるのが絶対に嫌だというほど、彼も偏執狂ではない。その手の人種とよく出会うのが、実は古書店だったりする。だから少女の相手をしたのが自分で正解だったと、彼は自ら喜んだのだが……。

なぜか彼女は本棚に目をやらずに、ちらちらと言耶に視線を送ってくる。それが視界の隅に入るので、気になって洋書の物色もできない。

「僕に何かご用ですか」

思い切って単刀直入に尋《たず》ねると、いったん彼女は強張《こわば》った顔のまま俯《うつむ》いてから、意を決したように顔を上げて、

「……た、探偵さん、ですよね」

とんでもない台詞《せりふ》を吐《は》いて、彼をぎょっとさせた。

このとき言耶の脳裏にとっさに浮かんだのが、刑事の小間井《こまい》の顔だった。あの刑事に声を掛けられたのも、店こそ違え同じ古書店だった。そのお陰《かげ》で否応《いやおう》なく言耶は、神代町《かみしろちょう》の白砂坂《しらすざか》に於《お》ける砂村《すなむら》家の二重殺人事件に関わる羽目になった。つい先月のことである。

「えーっと、違います」

もちろん否定したが、その瞬間「えっ……」という表情を少女が浮かべるのを見て、なぜか彼は申し訳ない気持ちになった。

「作家の刀城言耶先生では、ないのですか」

その場合は筆名の「東城雅弥《とうじょうまさや》」であるため、この問いに「違います」と答えても嘘《うそ》ではないのだが、さすがに躊躇《ためら》いがある。

「いえ、そうですけど……」

そこで物凄《ものすご》く嫌な予感を覚えながらも、言耶が仕方なく頷《うなず》いたところ、

「……良かったぁ」

がっかりした顔から一転、彼女が満面の笑みを浮かべた。それは言耶の心をほんわりと温かくさせるほどの、何とも言えぬ笑みだった。

「私《わたし》、巫子見藤子《ふしみふじこ》と申します」

少女は深々とお辞儀をしたあと、急に真剣な顔になって、

「実は先生に、ご相談に乗っていただきたいことが――」

「ちょっと待って下さい」

すかさず言耶は口を挟むと、

「まず僕は、先生と呼ばれるような者ではありません。そして探偵でも、もちろんありません。ですから、もし何か――」

「あっ、忘れてました」

ぺろっと舌を出して藤子が微笑《ほほえ》んだ。先程《さきほど》までの緊張した感じが嘘のように消えている。

「刑事さんから、ひょっとすると先生は、探偵であることは認めずに、先生と呼ばれることも拒否するかもしれないって、私ちゃんと聞いてたんです。それなのに先生を前にしたら、あまりにも緊張して、すっかり失念してました」

「刑事さんって？」

恐る恐る言耶が尋ねると、

「私の村に東京から来られた、小間井というお名前の刑事さんです。先生には難しい事件を解決してもらったと、あの刑事さんは仰《おつしや》ってました」

やっぱり……と嫌な予感が当たったことを憂《うれ》いつつ、どのように巫子見藤子の誤解を解くべきかと言耶は考えたが、この頃になると店主と他《ほか》の客の好奇の視線が、痛いほど二人に集まり出していた。

墓穴を掘るのではないかと懼《おそ》れながらも、言耶は仕方なく彼女を喫茶店〈ヒル・ハウス〉へ連れて行った。そこで改めて「探偵ではない」と説明したのだが、「話だけでも聞いて下さい」と懇願《こんがん》された。「先生にお会いするために、節織村《ふしおりむら》から出てきたんです」と言われれば、さすがに邪険にもできない。

それにしても――。

曲矢《まがりや》刑事から小間井刑事へ、そして小間井刑事から巫子見藤子へと続く、この紹介の連鎖はいったい何なのか。

これが執筆依頼の繋《つな》がりだったら良かったのに。

言耶が心の中でぼやいていることも知らずに、藤子は珈琲《コーヒー》が来るのも待たずに問題の相談事を話し出した。

それは彼女の兄の復員からはじまるのだが、すぐに話は思いもよらぬ方向へと流れていき、はっと気づけば言耶は熱心に耳を傾けていた。

やっぱり墓穴を掘ったか。

自嘲《じちょう》気味に苦笑したものの、それほど後悔は覚えなかった。

なぜなら藤子が彼に語ったのは、出入口が見張られていた小さな集落の敷地《しきち》内から一人の男が忽然《こつぜん》と消えてしまう話だったからである。

二

巫子見藤子の話を纏《まと》めると以下のようになる。

西東京の終下市《ついかいち》から山を二つ越えた所に、彼女が生まれ育った節織村はある。名称から連想される通り村では昔から、節糸で織る平織りの絹織物《きぬおりもの》が盛《さか》んだった。これには玉繭《たままゆ》から採れる節の多い絹糸を用いるのだが、この糸が玉糸とも節糸とも呼ばれ、その技法は「節糸織」と言われた。

巫子見家は代々に亘《わた》って村の筆頭地主にして、且《か》つこの織物業の元締めだった。そう言われると藤子にも、裕福な旧家の出らしい上品さが確かに感じられる。

さすがに戦中と敗戦後の数年は、村の織物業も火が消えたように活気がなかった。それが出兵した村の男性たちの復員に合わせたかのように、少しずつ回復していった。もちろん夫や息子が戦死した家もあった。命は助かったものの身体《からだ》の一部をなくす大きな怪我《けが》をした者もいた。ただ幸いにもと言うべきか、出兵した男たちの皆が戦死したという家は一軒もなかった。誰かしら復員を果たしていた。いずれにしろ往年の節織村を取り戻すのも、もう時間の問題だと誰もが希望を持ちはじめた。

巫子見家の長男の富一《ふいち》は戦時中に戦死の知らせが届いたが、次男の不二生《ふじお》は敗戦後に半年ほど経《た》ってから無事に戻ってきた。しかも五体満足だった。彼らの父親にして同家の当主である富太郎《とみたろう》は、長男の死を大いに悲しみながらも、次男の復員を素直に喜んだ。

「富一は跡取りながらも、子供の頃から落ち着きがありませんでした。そんな兄に比べると不二生は、幼い頃から何事にも慎重でしてな。この二人が協力し合えば、我が家も安泰だったでしょう。けど兄弟仲が悪かった。どう転んでも、あの二人が仲良く家業を切り盛りすることなど、まぁ有り得なかった。そして戦争が兄弟の明暗を、こんな風に分けてしまった。しかし結果的に、我が巫子見家と村にとっては、これで良かったのかもしれません」

長男の月命日のために訪れた寺の住職に、そう富太郎が話すのを藤子は耳にした。

このときは富一が可哀想《かわいそう》に思えた。でも長兄が家業を継いだ場合、下手をすると巫子見家は傾き、節織村の織物業も衰退する懼れが確かにありそうだった。事業の何たるかも分からない彼女でも、さすがに何となく察することができた。

この兄弟は小柄な体形や精悍《せいかん》で整った容姿こそ似ていたが、性格はまったく違った。長男は社交的で人当たりが良かったものの、何事にもいい加減なところがあった。次男は大人しくて引っ込み思案ながらも、真面目《まじめ》で誠実な人柄だった。

「富一の社交性と不二生の実直さがあれば、正に理想的な跡継ぎなのに……」

酔った富太郎が必ず口にした言葉で、その後にこう続けるのが常だった。

「そんな二人の兄の良いとこを、ちゃんと富三《とみぞう》は持っている」

富三は巫子見家の三男だが、如何《いかん》せんまだ子供である。彼が一人前になるまで、富一が何とか頑張ってくれないか、というのが富太郎の願いだった。その祈りの相手が敗戦後は、長男から次男へと移ったわけだ。斯様《かよう》な背景があったからこそ、親としては富一の戦死を嘆きながらも、巫子見家の当主としては不二生が跡を継ぐことを歓迎した。

ところが、復員した不二生の様子が可怪《おか》しいことに、そのうち両親も藤子も気づき出した。まず極端に食が細くなった。戦場では飢えて大変だったろうと、母親が精一杯のご馳走《ちそう》を用意するのだが大して食べない。あまりにも貧しい食事に慣れてしまったせいか。当初はそんな風に捉《とら》えていたのだが、そのうち自分が生き残ったことに罪悪感を覚えているのかも……と藤子は考えはじめた。

「戦友たちの多くが死ぬ前に、僕に頼むんだ……」

折に触れ不二生がそう口にするのを、彼女は耳にするようになったからだ。ただし何を頼まれたのかは決して言わない。

瀕死《ひんし》の戦友たちが、「故郷の蕎麦《そば》が食べたい」「祖母《ばあ》ちゃんの作る餡子《あんこ》の餅《もち》が食べたい」と今際《いまわ》の際に呟《つぶや》く。その願いに対して「ほら、蕎麦だぞ」「餡子一杯の餅だぞ」

と言い聞かせながら水筒の濁《にご》った水を飲ませた、という痛ましい戦場の話は五万とある。それを藤子も知っていた。きっと兄にもそんな辛《つら》い体験があるに違いない。そう彼女は両親に訴えた。

「しばらくは本人の好きにさせておくか。織物業の仕事に関わらせるのは、ゆっくりと休養したあとにしよう」

そう富太郎も考え直したため、しょっちゅう不二生が家を空けるようになっても何も言わなかった。もっとも彼が頻繁に出掛けた先が、終下市の盛り場だったというわけではない。

「いっそ酒場の女にでも入れ揚げてくれた方が、どれほど増《ま》しだったか」

ただし富太郎はあとから、こう振り返ったという。

では不二生は、いったい何処《どこ》へ行っていたのか。それは村外れの「富士見山《ふじみやま》」と呼ばれる非常に低い小山だった。子供でも楽に登れる高さで、山頂から晴れた日には富《ふ》士山《じさん》が望めるため、そんな名称がついたらしい。とはいえ山の天辺《てっぺん》に祠《ほこら》があるわけでもなく、富士信仰のための富士塚と見做《みな》されている事実も一切なかった。

富士信仰とは富士山自体を神と見立てて崇拝する古神道であり、富士塚はその信仰対象の一つに当たる。元から存在する古墳や丘を富士山と見做す例と、築山のように人工的に富士塚を造営する場合があった。もし富士見山が富士塚だったとすれば、前者に当たるわけだ。

もちろん直接の信仰対象は富士山そのものになる。だが遠方の信者になると気軽に登れるわけもなく、かつては女人禁制だった事実もある。それに代わるものが求められた結果、富士塚が誕生した。富士信仰が最も盛んだった江戸時代の後期には、現在の都区内に当たる範囲だけでも五十ヵ所もの富士塚が造られたという。

そういう歴史が節織村の富士見山には何一つなかった。ただし巫子見家の土地であるうえ、「巫子見」が「富士見」とも読めることから、同家で一応は山を管理していた。自分の名が「富太郎」で、息子たちに「富一」「不二生」「富三」と、娘に「藤子」と名づけている割に、意外にも巫子見家の当主は富士見山に重きを置いていなかった。そのため管理といっても年に一度、繁茂《はんも》した草木の大雑把な手入れをするくらいで、あとは放置してある有様《ありさま》だった。

そんな小山に、なぜか不二生は頻繁に登り出した。しかも頂上に、いつまでも佇《たたず》み続ける。曇天《どんてん》や雨天でもお構いなしだったため、どうやら富士山を眺めているわけではないと分かった。だとすると彼は、いったい何をしていたのか。

その一方で不二生は大量の書籍を買い込み、富士見山に登っていないときは、部屋に籠《こも》って読書に耽《ふけ》った。それらは世界各国の神話や民話を集めた本ばかりで、その中でも特に創世神話を熱心に読んでいるらしい。

富太郎から相談を受けた住職は、こう見立てた。

「もしかすると不二生君は、何らかの信仰に目覚めたのではないか」

戦場での過酷で悲惨な体験のせいで、てっきり精神を病んだものとばかり思っていた父親は、この住職の指摘に一先ず安堵《あんど》した。

「たとえ何宗であれ好きなように信心させて、不二生が心の安らぎを得られれば良いと思います」

このとき富太郎はそう考えたのだが、事はそれほど簡単ではなかった。なぜなら不二生は特定の宗教に感化されたわけではなく、なんと一から彼独自の信仰を創造しようとしている節があったからだ。

「……いえ、正確には違うかもしれません。そんな風にご住職にも父にも見えただけで、兄が本当に考えていたことは、結局は誰にも分からなかった気がします」

この話を訥々《とつとつ》とした口調で語る中で、ふと藤子が漏らした言葉である。

復員から半年ほど過ぎた頃、不二生は村人たちを相手に、辻説法《つじせっぽう》のような行為をはじめるようになる。その内容は「これからの世の中、皆が平等でなければならない」という社会主義の思想に近いものだった。ただ、それを巫子見家の跡取りと見做されている者が行なったので、少なくない反響があった。もっとも大半の大人は、「不二生さんは戦争のせいで、少し可怪しくなられている」という反応を示した。ただし若者たちは違った。彼の演説に賛同する者たちが、ぽつぽつと現れ出した。

　すると不二生は富士見山の前に一軒の家を構えて、そこで村の者たち五人と共同生活を送りはじめた。それは小屋と呼ぶに相応《ふさわ》しい代物だったが、十人ほどが一緒に暮らせるほどの広さがあった。さらに彼は小山の周辺に井戸を掘り、畑地を作り、家畜小屋を設け――と自給自足の準備を進めた。一年ほど経った頃には、ほとんど「小さな村」とでも呼べる空間が、富士見山を背後に従えた格好《かっこう》で出来上がっていた。

　これらの資金は、すべて巫子見家が負担した。労働の多くは不二生と彼の思想に共感した村人たちが担ったが、当初は何かと金が入り用になる。その全額を巫子見家が払ったのである。

「いずれ家業を継いでくれるなら、それまでは好きなことをして構わない」

　富太郎の考えだったが、藤子は首を傾《かし》げた。どう見ても時が経つほどに、兄は自分の「小さな村」に益々《ますます》のめり込んでいくのが、手に取るように分かったからだ。

　しかも村人たちが「富士見村《ふじみむら》」と名づけた自給自足を目指す土地が、言わば社会主義思想の具現化だとしたら、節織村の織物業の元締めである巫子見家とは、正に資本主義社会の象徴ではないだろうか。

「社会主義ごっこが終われば、兄は家業を継ぐ。そう父は信じていました」

　富士見村内で自給自足が満足にできていたかと言えば、それは違った。主食である米をはじめ味噌《みそ》や醤油《しょうゆ》などは、どうしても「外」から買わなければならない。衣服にも同じことが言えた。そもそも大本の資金は巫子見家から出ているのだから、何をか言わんやである。

これらの現実を踏まえると富士見村の崩壊も、そんなに遠いことではないと富太郎は考えた。二、三年も続けば良い方だと捉えていたらしい。にも拘《かかわ》らず惜しげもなく不二生に金を使わせたのだから、このとき父親が次兄に覚えていた期待の大きさには計り知れないものがある。その事実に、のちに藤子は改めて気づいたという。彼女が村に入り浸っても父親が怒らなかったのも、いずれ不二生が巫子見家に戻ってくると、固く信じていたからに違いない。

ところが富太郎の思惑に反して、富士見村の「人口」は徐々に増えていった。そのため最初の小屋の周囲に、新たな小屋がいくつも作られた。適宜それらを渡り廊下で繋いだため、いつしか何とも複雑な構造を持つ集合家屋が出現した。富士見山から見下ろすと、まるで無茶苦茶に張られた蜘蛛《くも》の巣《す》のような格好になってしまった。

そんな外観にも拘らず富士見村内での「村民」たちの暮らし振りは、なかなか良かった。巫子見家をはじめ節織村の世話役や村人たちが、温かい目で富士見村を見守っていたお陰であり、何かと便宜を図った結果だった。

では、なぜ節織村の人たちは、それほど理解があったのか。村の中に別の村ができるなど、本来なら嫌うはずではないか。協力をしないどころか、妨害するのが普通かもしれない。しかし節織村の場合は、大きな二つの理由があった。

一つ目は、問題の村をはじめたのが巫子見の跡取り息子であり、当主の富太郎も一応は認めていたからである。ならば我々もしばらく様子を見ようと決めたらしい。

二つ目は、富士見村に参加した者たちの多くが、節織村にとって無難《ぶなん》な人物ばかりだったことにある。一家の主《あるじ》や跡取り、その家の嫁や嫁入り前の若い娘などが、もしも村造りに加わっていたら、恐らく何らかの騒動が起きていただろう。だが実際は、復員してきたものの職にも就かずに荒れるばかりの次男、婚期を逃したと見做されている長女、いつまでも親の脛《すね》を齧《かじ》っている三男、嫁《とつ》ぎ先から離縁されて出戻った次女、無事に復員したものの結局は病気で夫を亡くした未亡人……といった訳有の者たちがほとんどだった。都市部でなら特別視されないと思われる人たちでも、節織村では違った。村にも家にも居場所がなくて、肩身の狭い思いをせざるを得ない。そういう人々が富士見村に「入村」したのである。

糅《か》てて加えて富太郎が指摘したように、不二生たちが行なっていたのは所詮《しょせん》「社会主義ごっこ」に過ぎなかったことが、三つ目の理由になるかもしれない。

さらに一年が過ぎた。この頃には節織村の者だけでなく、富士見村の噂《うわさ》を聞きつけた他県からの参加者も増えていた。村内で収穫した野菜や育てた家畜の肉や卵を、節織村の人たちに売る余裕まであった。富太郎の考えとは裏腹に、このまま行けば自給自足も夢ではない境地まで、どうにか富士見村は辿《たど》り着《つ》こうとしていた。

「これまで甘い顔を見せ過ぎた」

富太郎も村の世話役たちも後悔したが、残念ながら後の祭りである。節織村内に存在する「もう一つの村」として、富士見村は確固たる実体を持とうとしていた。

このまま何事も起こらなければ、この村の中の村という奇妙な集団は、それなりに存続できたかもしれない。富太郎が当初「二、三年も続けば良い方」と予測したように、いずれは消滅しただろうが、ひょっとすると十年も二十年も栄えた可能性も一方にはある。

それが村の成立から三年と数ヵ月が過ぎた頃に突然、不二生が富士見村の周囲に高い塀を築き出して、節織村の人々を仰天させた。村境など最初からあるわけもないのに、なぜか彼は無理に線引きを行なおうとした。というよりも村を塀の中に閉じ込めたと見るべきか。

そうして不二生は、村から滅多《めった》に出なくなった。完成した塀の中に籠ってしまう。さらに社会制度を説くのではなく、自らの死生観を述べはじめた。

「急に宗教がかったのですか」

藤子の話の途中だったが、その場で言耶は尋ねた。

「はい。少なくとも私たちには、本当に寝耳に水でした。前にご住職が『信仰に目覚めたのではないか』と仰ったのは確かですが、もう誰もが完全に忘れておりましたから……」

「お兄さんがなさったのは、彼なりの理想の村を造ることだった。そこには何ら宗教色はなかった。そうですよね」

「はい、それは確かだと思います。ところが急に……。しかも、そういう場合は兄が教祖のような存在になって、皆を教化するのが普通ではないでしょうか」

「それもなかった？」

「結果的には、したことになるのかもしれませんが……」

歯切れの悪い彼女を急《せ》かすことなく、言耶が辛抱強く待っていると、

「あとから知ったのですが、実は村を塀で囲いはじめたとき、すでに兄は不治の病《やまい》に罹《かか》っていたのです」

唐突に藤子が意外な打ち明け話をして、彼を驚かせた。彼女に医学的な説明は一切できなかったが、もう不二生の余命は半年ほどしかなかったらしい。

「間違いありませんか」

「兄が私たち家族には内緒でかかっていた、終下市のお医者さんに父が確認しましたが、もう手の施しようがないと言われてしまって……」

「だからお兄さんは突然、宗教がかったわけですか」

言耶は腑《ふ》に落ちたのだが、藤子は納得していない様子で、

「自分が遠からず不治の病で死んでしまうと知り、兄が宗教に目覚めたのは理解できます。けど先生、そういうときその人は、どんな心境になると思われますか」

「あのー、先生と呼ぶのは――」

「恐らく宗教に、救いを求めるのではないでしょうか」

「あっ、はい。そうですね」

彼女の妙な迫力に、言耶がどぎまぎしていると、

「それなのに兄は、死を象徴するようなものばかりを、なぜか世界中から集めはじめたのです」

またしても藤子は信じられない話を口にした。

「例えば、どんなものです？」

「骸骨《がいこつ》が彫られた墓石、人間の骨で作られた壁飾り、遺体が次第に傷む様を描いた絵、死刑囚の脂肪から作られた蠟燭《ろうそく》、中世の拷問刑具……などです。それらを兄は高いお金を払って、次々に買い求め出したのです」

どう反応して良いのか、とっさに言耶は迷ってしまった。

墓石に故人の生前の姿ではなく恐ろしい死神や骸骨を彫る風習は、ヨーロッパでは

昔からあるため珍しくはない。人間の大量の骨で壁に装飾的な模様を描き、またシャンデリアを作って吊《つ》り下《さ》げている通称「骸骨寺院」がイタリアにはある。遺体の腐敗を冷徹に描いた絵は、日本にも九相図として存在している。死刑囚の脂肪を原料にした死体蠟燭は、中世に於いて黒魔術に使用されるものの一つで実在した。ただし今それを日本で入手できるかというと、かなり怪しい。恐らく偽物を摑《つか》まされたのではないか。拷問刑具は間違いなく複製品だろう。そう考えると人間の骨で作られた壁飾りも、本当は紛《まが》い物《もの》なのかもしれない。

という説明を彼はしたのだが、だからといって藤子が慰められたかと言えば、やはり違うようである。

「全部が偽物だったとしても、あれらを集め出したときの兄は、明らかに変でした。身体だけでなく頭も、きっと病んでいたのでしょう」

「自分が不治の病だと知って、それで逆に死に取り憑《つ》かれてしまった……という心理は分からなくもありません。ただ、そこから向かう先が、こういう場合は問題になります」

言耶の指摘に、彼女は不安そうな顔で、

「どういうことでしょうか」

「不二生氏は、富士見村の創設者です。そういう人が村内で、自らの死生観を語りはじめた。いくら本人が教祖になる気がなくても、周りが担ぎ上げるかもしれません。その結果、不幸にも行き着くところまで行ってしまう懼れが、まったくないとは言い切れない」

「行き着くところ？」

「集団自殺です」

はっと藤子は息を呑《の》んだが、次の瞬間ほっとした様子を見せながら、

「そうですね。確かにその心配は、大いにあったかもしれません。そうならなくて、本当に良かったと思います」

「不二生氏は自分の死生観を語り、死に関する物を集め、しかし教祖になる気配はなく——という状況の中で、いったい何をしたのですか」

好奇心を抑え切れずに言耶が尋ねると、こんな話をして正気を疑われるのではないか、という表情を彼女は浮かべつつ、

「いいえ、決して何かしたわけではありません。兄がやったのは、今のお話にあったことくらいです。ただし兄は、自分が不死の存在になったという妄想を、なぜか抱くようになってしまったのです」

三

「不治の病に冒されながら？」

こっくりと頷く藤子の顔には、どう考えても理解できないという苦悩の色が、かなり色濃く滲《にじ》み出ている。

「しかも不死だと口にしておきながら、自分は死んだあと復活するとも、兄は言ったのです」

「イエス・キリストのようですね」

感じたままを口にした言耶に、

「でも、そういう宗教色は全然なくて……」

彼女は困惑した様子のまま説明を続けた。

巫子見不二生は自分の不死のことを、なぜか「巫死《ふし》」と名づけたらしい。どういう意味が果たしてあったのか、そこまで藤子も聞いておらず、またさっぱり分からないという。

言耶は思った。相当こじつけめくが不二生の周りには、かなりの「ふし」が前々からあったのではないか。彼の名字「巫子見」にも、生まれ育った「節織村」にも、復員後に登り詰めた「富士見山」にも、その周辺に拓《ひら》いた「富士見村」にも、「ふし」と読める漢字が存在している。そこから不二生は「不死」を「巫死」と表現し直したのだろう。

この「巫」は「かんなぎ」とも読み、本来は託宣を受けるために神懸かる神職を指す。もっとも「巫」は女性を表し、男性の場合は「覡《げき》」または「祝《はふり》」と呼ばれた。ただし性別はこの際あまり関係ないかもしれない。

「不二生氏の言動に、富士見村の人々はどう反応したのですか」

ある程度の予想を抱きながら言耶は訊《き》いたのだが、

「村から出ていく人が、そのうち現れて……。そうなると一人、また一人と抜け出す者が増えていって、あっという間に当初の人数まで減りました」

その通りの答えが藤子から返ってきた。

「五人でしたか」

「富士見村の者で残ったのは五人ですが、その頃ちょうど村の噂を聞いて、新たに一人が入村しました。ですから六人です。ただし違っていたのは、人数だけではありません。その六人は、全員が女性でした」

死期の迫った不二生を見捨てなかったのが、すべて女性だった事実に、男である言耶が妙に居心地の悪さを覚えていると、

「……私、見たんです」

藤子が唐突にそう言った。

「えっ、何をですか」

しかし彼女は顔を真っ赤にしながら、肝心の話をしない。そこには激しい怒りと恥ずかしさが混在しているようで、言耶も先を促《うなが》すのが躊躇われるほどの顔つきをしている。

しばらく二人の間に沈黙が下りたあと、

「兄が彼女たちの頬《ほお》や首筋や腕や手を、しきりに舐《な》めているのを……」

いきなり藤子が、とんでもない目撃談を暴露した。その生々しい表現に、とっさに言耶は返す言葉が浮かばなかったのだが、

「そんな行為を彼女たちにしておきながら、一方で兄は訳の分からない仕打ちもしたのです」

彼女は吹っ切れたような様子で、さらに驚くべき不二生の行為を語った。

「……い、いったい何を？」

「まったく意味のない誓いです」

藤子は嫌悪感を丸出しにしたような口調で、

「彼女たちの一人ひとりに、見ない、聞かない、喋《しゃべ》らない、姿を見せない、片手を使

わない、歩かない——という苦行を無理矢理やらせたのです」

彼女の説明によると、確かに苦行としか言いようのない理不尽な仕打ちだった。〈聞かない人〉は耳栓をさせられる。〈見ない人〉は布の目隠しを、〈喋らない人〉は口を利いてはいけない。〈片手を使わない人〉は利腕ではない左手の使用を禁じられる。〈歩かない人〉は車椅子《くるまいす》でしか移動してはいけない。〈姿を見せない人〉はフードつきのガウンを着て顔を絶対に出させない。という狂気に満ちた要望を、不二生は六人の女性たちに強《し》いたのである。

「インドの修行者みたいですね」

言耶の感想に、藤子が目を丸くした。

「似たようなことを行なっている方が、インドにはいらっしゃるのですか」

「ヒンドゥー教の苦行者は、シヴァ神に自らの人生を捧《ささ》げるために、我々には考えられないような、とんでもない行にしばしば身を置きます」

「それは、どんな……」

「ずっと右手を上に挙げ続ける。後ろ向きにしか歩かない。日中は常に太陽に目をやる。片足だけで立ち続ける。バナナだけを持って山中に籠る。地面を転がりながら移動する。といった突飛な苦行です」

彼女は目を丸くしたまま絶句したが、

「しかも、そういった苦行を彼らは、なんと十年も二十年も休みなく続けます」

次の言耶の言葉で、さっと顔色まで変わった。

「それに似た激しい精神性が、不二生氏にも感じられるのですが――」

「いいえ」

藤子は慌てて首を横に振ったが、すぐに項垂《うなだ》れると、

「……やっぱり、ご指摘の通りかもしれません。ただ兄の誓いは、それほど長くありません。私が彼女たちから聞いたところによると、一年もありませんでしたから。来年の一月から二月くらいの間、春が訪れる前には終わるらしいのです」

「彼女たちが言う期限には、何か意味があるのですか」

「兄が、復活すると……」

「その頃に？」

と尋ねた彼は、そもそもの疑問を覚えた。

「失礼ですが、すでに不二生氏は、お亡くなりになっているのですか」

「それが、実は分からなくて……」

彼女の返答には驚いたが、言耶は飽くまでも冷静に、

「どういうことでしょう？」

「富士見村の三方は、兄が作った高い塀に囲まれています。残る一方には富士見山と

深い森があって、森には節織村の者たちも滅多に入りません。昔から迷って出られなくなると恐れられているからですが、わざわざ入っても狩猟ができるわけでも、山菜などが採れるわけでも、きっとないからでしょう。塀には観音開きの大きな扉が一つあり、その右側の扉にさらに小さな扉が作られています。人が出入りするだけなら、小さな扉で済ますわけです。ただ兄が可怪しくなって、六人の女性たちと籠ってからは、どちらの扉にも内側から閂《かんぬき》が掛けられて……。辛《かろ》うじて私は入れてもらえましたが、他の人は駄目でした。そんなとき、あの事件が起きたのです」

「事件？」

その言葉に彼が反応したのは、そこに小間井刑事が絡んでいるに違いないと、とっさに感じたせいである。

「富士見村から次々と抜ける人が出て、女ばかり五人が残ったときに、他所《よそ》から一人の女性が逆に入ったと言いましたけど――あっ、六人の女性の名前ですが、私は三人しか分かりません」

「それは節織村の人たちで、残りの三人は他所から来たから？」

「はい。ちなみに六人目は、フードつきのガウンを着て顔を出さない〈姿を見せない人〉になりました」

「だったら六人とも、〈何々ない人〉という呼び方をしますか。その方がややこしくなくて良いでしょう」

　言耶がそう提案したのは、なまじ藤子の顔見知りがいると、彼女が話し難《にく》くなるだろうと配慮したからだ。

「分かりました。それで〈姿を見せない人〉が入村したのが、先月の二十三日です。もしかすると私と二、三歳くらいしか違わない、未成年ではないかと思われる若い女性でした」

「藤子さんは、その方の素顔を見たのですか」

　言耶の質問に、なぜか彼女は少し悔《くや》しそうな顔をしながら、

「いえ。私が会ったときには、すでに〈姿を見せない人〉になっていました」

　ついでに彼は、他の人たちの大凡《おおよそ》の年齢と富士見村での滞在期間を尋ねた。

　一番の古株は四十前後の〈喋らない人〉で、富士見村が拓かれたときにいた最初の五人のうちの一人である。ちなみに残りの四人は全員が二十代で、不二生が可怪しくなるに従い次々と村を出てしまっている。それから村が体《てい》を成すまでの一年の間に、二十代半《なか》ばの〈見ない人〉と、三十前後の〈聞かない人〉が加わった。

　この三人が節織村の者たちではないかと、藤子の話を聞きながら言耶は考えた。外部に村の噂が伝わって、他所から入村者が現れるまでには、もう少し時間が掛かると睨《にら》んだせいだ。

二年目に二十歳前後の〈片手を使わない人〉が、三年目に三十代半ばの〈歩かない人〉が加わり、そして未成年と思《おぼ》しき〈姿を見せない人〉が入ったばかりになる。

「兄はそんな六人の女性と、富士見村で生活していました。自給自足は崩れ掛けていたようですが、彼女たちは畑仕事も家畜の世話もできました。私が行くと、豚肉で持て成してくれたものです。つまり七人が食べられるくらいは……あっ、もう一人おりました」

藤子が失念していたらしい八人目の存在に、言耶は興味を覚えた。だが、その人物の説明を聞いて、さらに彼は好奇心を刺激された。

「先月の二十六日に、彼はやって来たのですが――」

「男性なんですね」

「はい。ただし戦争のために、顔に酷《ひど》い火傷《やけど》を負ったとかで、すっぽりと布袋を被《かぶ》っているのです。村を訪ねてきたとき、すでに頭部は布袋で覆《おお》われていたので、誰一人として顔は見ていません。兄と同じく二十代後半らしいという以外は、ほとんど謎《なぞ》の人でした」

「彼のことは〈布袋の人〉とでも呼ぶとして、不二生氏は受け入れたのですね」

「来るものは拒《こば》まず、去る者は追わず。それが兄の方針でした」

「だから一気に、村人の数が減った」

「そう言えると思います。兄が巫死の布教でもしていれば、その内容の如何に拘らず、まだ残る人もいたかもしれません。でも兄は、自分が巫死であること、やがて甦《よみがえ》ること、それしか口にしなくなっていました」

　言耶は珈琲のお代わりを注文してから、先を促した。

「それで、事件というのは？」

「先月の二十七日に、我が家に駐在さんが見えました。しばらくしてから父に呼ばれて、私は〈布袋の人〉のことを訊かれたのですが、今もお話ししたように何も知りません。それでも富士見村に出入りしているのは、もう私しかいなかったせいで、駐在さんが根掘り葉掘り質問します。だから私、何があったのか説明してもらわないと、これでは答えようがないと言いました」

　ここまでの会話でも分かる通り、年齢の割に藤子はしっかりしていると、言耶も大いに感心していたのだが、それが裏づけられる話である。

「駐在さんは父に許可を求めてから、私に教えてくれました。実は都内で発生している連続強盗殺人事件の容疑者が、富士見村に逃げ込んだ可能性がある。この犯人は現場に折鶴を残すことから――一種の験《げん》担ぎでしょうか――通称『折紙男』と呼ばれているといいます。つまり〈布袋の人〉が、その容疑者だというのです。なぜなら先月の二十三日に入ったばかりの〈姿を見せない人〉が、強盗殺人の容疑者の歳《とし》の離れた妹だと分かっているから……だと」

「事件の容疑者を調べている過程で、身内である妹が急に家を出て、怪しげな村に参加したと分かった。念のために地元の駐在に問い合わせると、これまた如何にも怪しげな人物が、彼女の三日後に、なんと問題の村に入ったと連絡があった。そういうことですね」

「はい。都内から担当の刑事さんを呼ぶ前に、本当に〈布袋の人〉が連続強盗殺人事件の容疑者なのかどうか、駐在さんとしては確かめておきたい。それで父に相談に見えたようです」

「けど富士見村に出入りしている藤子さんにも、さすがに分からない。かといって村にいきなり踏み込むのも躊躇われる。駐在さんの判断も、なかなか難しいですね」

「この情報が入ると同時に――つまり我が家に来る前ですが――村の火《ひ》の見櫓《みやぐら》に上がって、駐在さんは富士見村の敷地内を覗《のぞ》いたそうです」

「なるほど」

「すると〈布袋の人〉が、兄と一緒に歩いている姿がありました。そこで駐在さんは村の青年団に、富士見村の見張りを頼んだそうです。唯一の出入口は、高い塀に設けられた大きな扉と小さな扉になります。その近くには、節織村の三、四軒の家が共同で、農機具を仕舞っておくために建てた物置小屋がありました。富士見村に出入りする者を確認するのに、ちょうど良い場所でした。そこなら塀の端《はし》から端まで見渡せますからね」

「あとは〈布袋の人〉が、どんな人相風体をしているのか、それを検《あらた》めるだけだった。しかし、頼みの藤子さんも知らなかった。だから仕方なく駐在さんは、担当の刑事を――」

と言い掛けた言耶に、藤子は頷きながらも意外な続きを語った。

「この時点で駐在さんが、小間井刑事に連絡したのは間違いありません。でも、その日の夜でした。交代で見張っていた青年団の一人が、富士見村の塀を梯子《はしご》で越える不審な男を、なんと目撃したのです」

「えっ、まさか――」

「その人物こそ連続強盗殺人事件の容疑者ではないか、と駐在さんは考えたようで、改めて小間井刑事に知らせたそうです。ちなみに梯子は、節織村の農家で盗まれたものでした。そうなると〈布袋の人〉は、まったく無関係になります」

「いずれにしろ富士見村に踏み込んで、村内を検める必要がある」

藤子は再び頷いたあと、二杯目の珈琲を少し味わってから、

「でも小間井刑事が節織村にやって来たのは、翌々日の午後でした。それに大人数だろうと思っていたのに、実際は二人だけでびっくりしました」

「容疑者の妹がいる村に、頭部を布袋で覆った男が入った。村の塀を攀《よ》じ登《のぼ》った男がいた。この情報だけでは弱かったのかな」

「我が家に見えた小間井刑事が、駐在さんと父に話されるのを聞いたところでは、容疑者と妹は腹違いの兄妹《きょうだい》で、そもそも仲が大して良くなかったらしいのです」

「それで望み薄だと考えられた。しかし万一もあるため、二人の刑事を派遣した」

言耶が事情を纏めると、彼女はやや皮肉な表情で、

「でも結局、村の青年団に協力を仰いで、十数人が富士見村の塀の前に集まりました。それが時代劇の捕物みたいで……」

「藤子さんも、その場に？」

「私は扉の前で、声を掛けてくれと頼まれました」

兄を裏切るような役目が、きっと彼女は嫌だったに違いない。だが本当に連続強盗殺人犯が逃げ込んでいるのなら、むしろ兄を救うことになると考え直したのかもしれない。

「私が小さい方の扉をノックして、いつものように名乗ると、〈喋らない人〉が開けてくれたのですが、真っ先に入ったのは小間井刑事でした」

「ちょっと話は逸《そ》れるけど――」

言耶は断ったうえで、富士見村に逃げ込んだと見做されている人物は、今年の二月

から三月に掛けて都内の東神代町と神代新町という隣り合った地域で発生した強盗殺人事件の容疑者ではないのか、そんなことを小間井が言っていなかったか、と藤子に尋ねた。神代町の砂村家二重殺人事件に関わった際に、この強盗殺人事件が話題になったからである。もしそうであれば、恐らく小間井も張り切ったに違いない。

「そう言えば、その事件の犯人である可能性も捨て置けないと、刑事さんは確かに仰ってました」

自分の読みが当たったことに気を好くしてから、言耶は富士見村を「手入れ」した話の続きを聞いた。

「扉の前と塀の左右には、青年団の見張り役が数人いました。私は中へ入れてもらえなかったので、仕方なく塀の前を移動しつつ、その向こうの様子に聞き耳を立てました。でも何人もが歩き回っている気配があるだけで、まったく何も分かりません。かなり時間が経ったあとで、村の火の見櫓に上がれば、はっきりと見えることに気づいたのですが――。そのときでした。大きな叫び声が塀のあちこちで響き出して、何やら騒ぎが起きたのが分かりました」

「見つかったのですね」

「あとから聞いた話によると、本当に大捕物だったみたいです」

「詳しく教えて下さい」

早くも興奮している言耶とは違い、藤子は逆に落ち着いた様子で、

「小間井刑事たちが富士見村に入ってから、実際に犯人が見つかるまでの間――あっ、その人物が本当に『折紙男』と呼ばれる強盗殺人犯だったと、あとで駐在さんに教えてもらいました――結構な時間が掛かりました。なぜならご説明した通り、村の中の小屋は建て増しに次ぐ建て増しのせいで、かなり入り組んでいます。その構造を利用すれば、いつまでも逃げ続けることが可能だったからです」

「一度は確認した部屋でも、決して安心できない」

「はい。だから刑事さんと駐在さんと青年団は、いくつかの組に分かれたうえで、敷地内を見張りつつ、枝分かれした小屋の端の部屋から順々に、犯人を追い立てるようにして、それこそ徹底的に検めたそうです。にも拘らず犯人は、なかなか見つかりません」

「富士見山の上にいて、こっそり様子を窺《うかが》っていたとか」

「その通り、小屋の中には隠れていなかったのです。けど富士見山ではありません」

「となると残るのは……」

「家畜小屋でした。そこに積まれた藁《わら》の中に、なんと身を潜めていたそうです。それを青年団の一人に発見され、扉のある塀の方へ逃げようとしましたが、何人もいたため回れ右をして、富士見山を目指したのですが――」

そこで彼女が急に顔を上気させて、

「私が塀の外にいたとき、村の中が騒がしくなったと言いましたが、それが大きくなったあと突然、ぱんっと乾いた音が聞こえたのです」

「銃声ですか」

「富士見山に逃げようとした犯人を、小間井刑事が撃ったそうです。このままでは背後の森に逃げ込まれると、きっと思われたのでしょう。でも、もう一人の刑事さんが慌てて止めたので、犯人には当たりませんでした」

恐ろしい刑事だなぁ……と言耶は呆《あき》れたが、もちろん口には出さない。

「まさか撃たれるとは犯人も思ってなかったのか、あっさりと捕まったそうです」

「それは逃げる気力も失《う》せたでしょう」

「犯人は無事に逮捕されて、これで目出度《めでた》し目出度しだったわけですが、青年団の一人が『そう言えば不二生さんの姿が見えないな』と言い出したことから、まったく予想外の新たな騒ぎが起こりました」

ようやく肝心の話になったため、それまで身を乗り出し気味にしていた言耶が、さらに聞き入る姿勢を見せた。

「富士見村の内部は、それこそ完全に調べ尽くされています。家畜小屋が検められたのは、本当に最後です。兄がいれば、とっくに姿を見られているはずなのに、誰も目にしていません」

「六人の女性たちと〈布袋の人〉は？」

「いの一番に小屋から出されて、扉近くの塀沿いに集められました。犯人の侵入については、全員が知らなかったと言ったそうです。犯人の腹違いの妹である〈姿を見せない人〉も同じです。ただ駐在さんによると、犯人は妹に接触したのではないか。でも彼女は匿《かくま》う気など少しもない。かといって警察に突き出すつもりもなく、そのまま放置した。要は一切の関わりを拒んだのではないか。そういうことらしいです」

「たった一つの出入口である塀の扉は、ずっと青年団によって見張られていた。そこから不二生氏は出ていない。にも拘らず村内の何処にもいなかった」

独《ひと》り言《ごと》のように言耶は呟いたあと、

「そうなると富士見山を越えて背後の森に入ったとしか、もう考えられないわけですが――」

「けど五人の女性たちは、それを否定しています」

「六人ではなく五人というのは……あっ、〈喋らない人〉は話せず、〈聞かない人〉は耳栓をしているからですね」

「いいえ、彼女は一言も口を利きませんが、他の四人の言葉に頷いたそうです。そして〈聞かない人〉には、紙に書いて教えたといいます。ただ〈姿を見せない人〉だけが、兄の行方については何も知らないと……」

「まだ入ったばかりだから、でしょうか」

「多分そうではないかと思うのですが……」

「いったい五人の女性たちは、どう説明したのです？」

「兄は巫死のために、いったんこの世から姿を隠したが、やがて復活のときを迎えたら、再び姿を現す。そんな風に言ったと聞いています」

「不二生氏の失踪《しっそう》について〈布袋の人〉は？　そして警察は？」

「どちらも関心を、まったく示しませんでした。ただし〈布袋の人〉は〈姿を見せない人〉と同様、本当に何も知らないのかもしれません」

そこで言耶は念のためにある確認をしたのだが、

「ちなみに『折紙男』の強盗殺人犯は、富士見村に逃げ込んだときに、不二生氏の姿を見掛けていないのですか」

藤子から返ってきたのは、ぎょっとする言葉だった。

「私を気遣《きづか》って下さったのか、小間井刑事が犯人に訊いたのですが……。『あの男は頭が可怪しい。この村ほど恐ろしい所はない』と、この話をするときだけ犯人は怯《おび》えたそうです」

四

巫子見藤子の話を聞いたあと、刀城言耶は節織村内にある富士見村まで、彼女と一緒に行く羽目になった。

「あなたの兄さんがいなくなった件は、警察ではどうにもできない。村の中にいたのに消えたと言われても、誰にも気づかれないように出て行ったのだろう――としか思えないからな」

小間井はそう断ったあとで、突如として顔を輝かせながら、

「しかし、この手の謎を解くのが得意な、作家の探偵先生なら知っているので、良かったら紹介しようか」

と続けたというのだから始末に悪い。そして藤子は一日じっくり考えてから、こうして言耶に会いに来たわけである。当初は迷惑に感じていた彼だが、その話を聞いてしまった今は、すっかり興味を覚えていた。

いったい不二生氏は何処へ消えたのか。

敗戦後の混雑が相変わらず酷い電車に彼女と乗りながらも、ずっと言耶は不可解な人間消失について考えていた。

普通に考えれば富士見山の裏に広がる森の中へ、独りで入っていったと見做すべきである。だが女性たちが否定しているうえに、そんなことをする理由が分からない。来年の復活を劇的に演出するために、それまで姿を隠したのかと思ったが、だとしたら観客を意識したことになる。この場合の観客とは、もちろん宗教上の信者を指す。だが彼は何ら宗教的な活動をしておらず、よって信者も存在していない。六人の女たちは、どちらかと言えば身内のようなものだろう。今更そんな演出を行なう必要が、彼にあったとも思えない。

それとも観客とは、村の駐在や青年団だったのか。不二生は強盗殺人犯の侵入に気づき、さらに〈姿を見せない人〉と話すのを盗み聞きした。そこで二人の関係が分かり、遅かれ早かれ警察が村に来ることを察した。そうなると村人たちも覗きに来る。好機到来とばかりに自らの消失劇を演じて、節織村の人々に己の巫死の死生観を広めようと考えた——のであれば、彼が富士見村を拓いて人々が集まっていたときに、とっくに布教していたはずである。村民たちが次々と出て行ったあとで、わざわざ実行するのは変ではないか。

まさか……。

女性の一人に不二生が殺されて、遺体は森に遺棄された可能性はないだろうか。動機は嫉妬《しっと》である。塀に囲まれた一つの村の中で、彼は六人の女性と生活をしていた。

そこに男女の関係が生まれた。それも特定の人とではなく、不二生は数人と契った。その不実がばれて、怒った一人が彼を殺《あや》めてしまった。本当なら駐在に連絡するところだが、残りの五人が犯人に同情した。そもそも悪いのは不二生である。彼の遺体を森の中に埋めるなどして隠し、巫死を利用して姿を晦《くら》ませたことにした。彼が復活するはずの来年まで、まだ八ヵ月ほどあるため、その間に六人はこっそり富士見村から逃げる。そういう計画なのではないか。

いや、しかし――。

一人の男を巡って女性たちの間で問題が起きた場合、往々にして殺意が向けられるのは男ではなく、女になる例が多い。二股《ふたまた》も三股《みつまた》も掛けている男が一番悪いのに、被害者であるはずの女たちの間で争いが起きる傾向がある。それとも不二生は例外だったのか。

あっ、やっぱり違う。

「折紙男」は「あの男は頭が可怪しい」と小間井に言ったという。つまり彼は、そう表現せざるを得ない不二生の何らかの言動に接したことになる。不二生が女性の一人に殺されただけだとしたら、そんな言葉は出てこないのではないか。

いったい「折紙男」は、不二生の何を知ったのか。

その何かは、彼の失踪と関係しているのか。

この村ほど恐ろしい所はない……とは、如何なる意味なのか。

一心に考え続けていたせいで、節織村までの遠い道程もあまり苦にならなかった。藤子はまず巫子見家で休んでもらおうとしたが、それを言耶は断ってすぐに富士見村へと向かった。彼女の両親に話を聞くのはあとで良い。今は一刻も早く問題の「村」を目にして、その場に我が身を置きたい。「現場」を実感したい。そう彼は願ったのだが――。

村外れに突如として現れた高くて長い真新しい塀の前に立ったとき、言耶は何とも言えぬ気持ちになった。

……卵の殻。

とっさに浮かんだ表現である。世間を拒絶して、この塀の向こうに籠っている。という感覚に囚《とら》われた。

巫死による復活とは、この塀の殻を破って世の中に出て行くことではないのか。だとすれば不二生の行為も、充分に納得できるかもしれない。己の再生に向けた前向きな行ないと言えなくもないからだ。

ただし問題は、この殻の中である。肝心の中身が腐っていたら、とても復活どころではない。そのまま死んでしまって終わりだろう。

……腐敗臭がする。

実際に臭気が塀の外まで漂っているわけではないが、言耶の脳髄《のうずい》の何処かが強く反応した。この中に籠る空気は尋常ではないと、しきりに警告を発している。

藤子が小さな扉を叩《たた》いて声を掛けると、かなり待たされてから内部で人の気配がした。でも扉は一向に開く様子がなく、その人物も黙ったままである。

「私です。巫子見家の藤子です」

彼女が名乗ると、ようやく扉が開けられ、一人の女性が顔を出した。その人を見て言耶は、すぐに〈喋らない人〉だと分かった。何も言わなかったせいではない。年齢から推察できたのである。

それにしても応対に出てくるのが、〈喋らない人〉では役に立たないだろう。そう言耶は思ったが、小間井たちが踏み込んだときも、この人物が顔を出したと聞いている。要は如何なる訪問者であれ、この村では少しも歓迎していない。そういう意思表示なのだろう。だとしたら協力を得られるわけもなく、これは難儀しそうだと彼は覚悟した。

しかし藤子は何ら動じることなく、「兄の失踪について調べてもらうために来てもらった探偵さん」だと、相手に言耶を紹介した。これが他の場合なら彼も大いに異を唱えるところだが、今回は我慢した。そうやって女性たちに重圧を掛けることが、この件では必要になると判断したからである。

案の定〈喋らない人〉の表情が強張った。口を開いていないからこそ、その変化が如実に目立ったのは皮肉だった。

よし、幸先《さいさき》がいいぞ。

言耶は素直に喜んだが、残念ながら束《つか》の間《ま》だった。なぜなら彼女の顔に、すぐさま微《かす》かな笑みが浮かんだからだ。それは「こんな青二才の探偵風情に何が分かる」と言わんばかりの、何ともふてぶてしい微笑みだった。

二人が案内されたのは、最初に建てられた大き目の小屋である。そこに六人の女性が揃《そろ》うのを待って、〈喋らない人〉から伝えてもらうのは無理なため、藤子が再び言耶の紹介をした。まったくの二度手間だったが、彼女は少しもめげていない。むしろ挑戦的に目の前の女性たちに、はったと視線を注いでいる。

このとき言耶は、全員が〈喋らない人〉と同様の反応を示したことに気づいた。まずは驚いて警戒するのだが、すぐに余裕の表情になる。それが早いか遅いか、また強弱に差はあったが、皆が見事に同じ変化を見せた。ちなみに耳栓をしている〈聞かない人〉には、他の女性たちが紙に書いて教えた。

そんな中で一人だけ、まったく反応の分からない者がいた。〈姿を見せない人〉である。彼女はイタリアのカプチン・フランシスコ修道会の修道士が纏うような衣服を着て、そのフードで頭部を覆っているため、顔だけでなく全身が見えなかった。それでも言耶が受けた印象では、他の五人と明らかに違う反応を示したように思えた。

戸惑い……。

探偵だと紹介された人間を前にして、どうすれば良いのか分からずに困っている。そんな風に映った。

まだ彼女は入村して間もないにも拘らず、強盗殺人犯の異母兄が村に侵入して大騒動になり、おまけに巫子見不二生が失踪してしまう。恐らく〈姿を見せない人〉の頭の中には、混乱しかないのではないか。

手掛かりが得られるとしたら、彼女からかもしれない。

この見立てに言耶は期待したが、裏返せば〈姿を見せない人〉の協力が望めない場合、かなりの苦戦を強いられる懼れがある。また彼女は入村して日が浅いため、仮に本人がその気になっても大した話はできない可能性もあった。

そんな心配をしている彼の横で、藤子は村内の捜索を自由に行なう許可を彼女たちから取りつけようとしていた。

「あなたは不二生さんが可愛《かわい》がっておられる妹さんなので、もちろん自由にご覧になっていただいて結構です」

代表して応《こた》えたのは〈歩かない人〉だった。〈喋らない人〉に次いで年上だったからか。

ただし〈姿を見せない人〉を除く五人の女性は、このときも何処か余裕の態度を見せた。いくら捜したところで不二生の行方が分かるものか――という自信に近いものを、彼女たちは持っているように感じられた。

つまり五人は、不二生氏が何処にいるかを知っている？

とっさに言耶が覚えた疑いである。これぱかりは藤子の話を聞いただけでは、絶対に察することができなかったに違いない。こうして富士見村を訪れて、彼女たちに対《たい》峙《じ》してはじめて、ようやく芽《め》生《ば》える疑問だった。

「あとから皆さんお一人ずつと、お話をしても構いませんか」

この彼の願いも、あっさりと〈歩かない人〉によって聞き届けられた。

そこから言耶は藤子と一緒に、まず富士見山に登った。建て増しに次ぐ建て増しによって全部の小屋が繋がっているという複雑怪奇な構造を、山頂から眺めて頭に入れるためである。

「……これは、なかなか大変だな」

予想以上の入り組み様に、彼は思わず弱音を吐き掛けた。たった二人だけでは、とても心許《こころもと》ないと思った。

ところが、実際に村内の家屋を一軒ずつ見て回り出すと、それが杞《き》憂《ゆう》だと分かった。個々の小屋の内部にはほとんど家具がなく、何処も室内を一目で見渡せたからだ。小屋によって差はあったものの、小さな机、椅子、壁に作られた棚、ベッドくらいしか目に入らない。何処の小屋にも畳はなく板張りである。最初に建てられた大き目の小屋に隣接して調理小屋があり、食事は全員が揃って摂《と》っているらしい。風呂《ふろ》と厠《かわや》の小屋も独立しており、やはり共同になっている。

「これではお兄さんが身を隠そうにも、ちょっと無理ですね」

そう言いながらも言耶は、屋根裏がないか、床下に地下の空間が作られていないか、隠し部屋が存在しないか、目を皿のようにして丹念に検め続けた。

特に念入りに調べたのは、不二生専用の小屋である。造りは同じながら、他の小屋よりも室内は広かった。ただし、そこには藤子の話にあったように、骸骨が彫られた墓石、人間の骨で作られた壁飾り、遺体が次第に傷む様を描いた絵、死刑囚の脂肪から作られた蠟燭、中世の拷問刑具などが所狭しと置かれており、かなり窮屈に感じられる。そのうえ理由は不明ながら、なぜか大量の薄《すすき》の葉が部屋の隅にあった。

だが、そういった異形《いぎょう》の品々が実は目晦ましであり、その中に身を隠せる空間が実は存在するのではないか、と言耶は大いに疑った。それで隅々まで調べたのだが、何の発見もない。

最後に本棚を見ると、藤子が説明した通り各国の神話や民話の本が揃えられていた。机の上には、アフリカ、トルコ、エジプト、古代ギリシャなどの民族学の本に交じって、佐々木喜善《ささききぜん》『聴耳草紙《ききみみぞうし》』や日本の昔話の本も置かれている。

「ここにあるのは、本物でしょうか」

そこへ藤子の不安そうな声が聞こえたので、彼が反射的に目をやったところ、兄の収集品を気味悪そうに見詰めている彼女がいた。

「これは確かに、墓石でしょう」

骸骨が彫られた長方形の石の横に、わざわざ言耶は移動すると、

「だからといって実際の墓だったとは限りません。墓用の石に骸骨を彫っただけ、という可能性もあるわけです」

「あっ、そうですよね」

彼女は少し安堵したようだったが、

「けど、この人骨の壁飾りは本物かな」

という不用意な発言に再び顔を曇らせたので、彼は頭蓋骨《ずがいこつ》部分を触りながら慌てて補足する羽目になった。

「とはいえ骨の色合いから見て、相当の年代が経っていると思われます」

それから言耶は序《つい》でとばかりに、

「あっちの死体蠟燭は明らかに偽物ですし、そっちの拷問刑具も複製品ですね」

残りの収集品も取るに足りない代物ばかりだと説明した。

「兄は高いお金をわざわざ支払ってまで、そんなものを集めていたんですね」

しかし藤子は、また別の理由で落ち込んだようである。

「第三者から見るとそうなりますが、不二生氏にとっては意味のある、大切なものだったのかもしれません。僕の怪奇小説や探偵小説の蔵書も、まったく興味がない他人が目にすれば、きっと無価値に映るでしょう」

「先生のご本は、きっとお仕事に役立っています」

でも兄の収集品は……と藤子が続ける前に、言耶は「ここに来た目的は、まだ果していませんよ」とでもいうように、

「さて、これで家屋のすべてを見終わりましたから、最初の小屋に戻りますか」

ジーパンの尻《しり》ポケットから取り出したハンカチで手の汚れを拭《ふ》きつつ、仕切り直すような口調で彼女を促した。

一番大きな小屋へ向かう途中、言耶は家畜小屋で働く〈布袋の人〉の姿を見つけた。襤褸《ぼろ》い布製の袋の両目の辺りにだけ穴を開けて、それを頭から被っている。話には聞いていても実際に見ると、ぎょっとしてしまう。

藤子にはその場で待っていてもらい、彼だけが近づいて話し掛けたのだが、まったく何の返事もない。

「いなくなってしまった不二生氏のことで、ぜひお話を伺いたいのですが――」

辛抱強く尋ねても、相手は首を振るだけで無言である。その仕草《しぐさ》が「喋りたくない」とも「何も知らない」とも、どちらにも取れるため始末に悪い。

なおも言耶は粘《ねば》ったが、〈布袋の人〉は小屋の掃除をわざと乱暴に行なう素振りを見せて、少しでも近づこうものなら頭からゴミを被せられ兼ねない様子で、本当に取りつく島もないため諦《あきら》めざるを得なかった。

仕方なく一番大きな小屋に戻り、六人の女性たちと改めて顔を合わせたとたん、言耶の様子が可怪しくなった。一人ずつから話を聞く段取りだったはずなのに、全員をただ見詰めるばかりで何も言わない。

いや、正確には五人と一人に分けたうえで、彼は眺めていたのだが……。

「先生、どうされたんですか」

藤子の小声に、はっと言耶は我に返った。

そこからは誰も使用していない小屋を借りて、六人の女性たち一人ずつとの面談がはじまった。藤子も同席したがったが、彼女と顔見知りの節織村の者が三人もいることを考えて、言耶は独りで行なった。藤子がいるために口が重くなるかもしれない。そう説明すると、不承不承ながら彼女も納得した。

一人目は富士見村が拓かれたときにいた五人のうちの一人で、最も古株の四十前後に見える〈喋らない人〉である。ただし名称の通り彼女は口を利かないので、言耶が持参した大学ノートに質問の答えを書いてもらった。そのため大きな制約を受けざるを得ず、満足のいく会話はできなかった。不二生の失踪について尋ねても、たった一言「巫死」とノートに記しただけで、あとは何も答えない。

二人目は最初の一年の間に加わった、二十代半ばの〈見ない人〉だった。彼女とは普通に話せたが、布の目隠しをしているため両目を見ることができない。昔から「目は口ほどに物を言う」と表現される通り、相手の眼差《まなざ》しで話の真偽が分かる場合も多い。それが最初から欠けているやり取りは、やはり彼女には不利だった。

三人目も最初の一年の間に参加した、三十前後の〈聞かない人〉である。耳栓をしているため筆談となったが、〈喋らない人〉以上に制約があってやり難かった。

四人目の二年目に入村した二十歳前後の〈片手を使わない人〉と、五人目の三年目に村人となった三十代半ばの〈歩かない人〉は、二人とも普通に会話ができた。だが、どちらも協力的とは言えなかった。言耶の質問には答えるのだが、常に最低限のことしか口にしない。しかも少しでも突っ込んだ問い掛けをすると、決まって「分かりません」と返ってくる。

ただ、全員に共通している返答が三つあった。一つ目は全員が不二生の失踪を「巫死」だと答えたこと。二つ目は誰もが不二生に好意を持っていること。三つ目は不二生から最も大事にされているのは、自分だと思っていること。

五人まで終わったところで、非常に少ない彼女たちとの会話の成果を、言耶は申し訳ない気持ちになりながらも藤子に伝えた。でも彼女の反応は、彼が驚くほど前向きだった。

「五人とも兄が好きで、しかも自分が一番愛されている——という自信を誰もが持っているわけですよね。だったら兄は、きっと無事でいます」

「うん。彼女たちと話しているうちに、僕もそう感じたんだけど……」

「何か否定する材料でもあったのですか」

急に不安そうな顔になった藤子に、言耶は考え込む仕草を見せながら、

「不二生氏について話すとき、『好意を持っている』『愛している』という表現の一方で、『好きでした』『愛していました』と過去形を使う人もいたのが、どうにも気になります」

「今はそうではない、という意味ではなく……」

「彼がもう存在していない、つまり生きていない、という風に聞こえました」

「それが五人の間で、ばらばらに分かれた……。なぜでしょう？」

果たして巫子見不二生は、生きているのか死んでいるのか。そして彼は、いったい何処にいるのか。

言耶は何も答えられないまま、六人目の〈姿を見せない人〉と対峙した。彼女は全

身を衣服で隠して、ぼそぼそと蚊の鳴くような小さくて低い声で喋った。そのため会話の大変さでは、他の女性たちと違わなかった。ただし苦労して話した甲斐《かい》が大いにあった。なぜなら物凄く饒舌《じょうぜつ》で、言耶が口を挟めないほどだったからだ。

「ここでは食べるのに困らないって、そんな噂を聞いた。でも来てみたら、ほとんど人がいなかった。しかも女たちが皆、気持ちの悪い修行をしてる。私もやらされるって分かったので、自分から『姿を隠す』ことにした。あの死に掛けた男――不二生さんは別に何も言わずに、この変な服をくれた。これなら誰かが捜しに来ても、私だってばれない。別に追われてるわけじゃないけど、用心するに越したことはないから。確かにここでは三度の食事が出た。白いご飯も肉も野菜も卵もあって、あんな贅沢《ぜいたく》は久し振りだった。でも、あの腹違いの男が迷惑にもやって来て、台無しにしてくれた。どうしようもない父親と互いに血が繋がってるだけで、私とは何の関係もないのに、本当に勘弁して欲しい。お陰であの男が警察に捕まったあと、女たちから嫌がらせをされた。私だけ食事が肉抜きになったし、風呂の順番にも入れてくれないし、話し掛けてもくれない。あからさまな仲間外れでしょ。それでも飢えないし、安心して寝られるし、風呂にも入れるから、当分ここに居座るつもりだったけど……」

そこで〈姿を見せない人〉が言い淀《よど》んだので、言耶が先を促すと、

「実は腹違いの男の事件のあとで、何だか急に少し怖くなってきて……。あの男がい

ないのに、女たちは気味の悪い修行を続けてる。さっさと止めたら良いのに、五人とも彼との約束を守ってる。変でしょ。可怪しいでしょ。莫迦《ばか》な女たちだなと、私は心の中で嗤《わら》ってた。けど、そのうちあの死に掛けの男が、ふと近くにいるような気がし出して……。私が部屋にいるときも、廊下を歩いているときも、風呂や厠に入っているときも、小屋の外に出ているときも、何処かから凝《じ》っとこっちを覗いてる……そんな気配をしょっちゅう感じるようになって、物凄く怖くなった。だから近いうちに、ここを出るつもり。あっ、女たちには言わないでくれる。持ち出せそうな物を纏めたうえで、こっそり出て行くから」

最後に言耶が不二生と五人の女性たちとの関係について、何か気づいた点はないかを尋ねたところ、

「あの男と女たちの仲は、かなり良かったと思う。夕飯なんて、今日は誰それと食べるって、ちゃんと決まってた。そう、あの男が一人の女と、別室で二人だけで食べるわけ。けど私が来る少し前から、それもなくなったみたい。女同士の仲も悪くはなかった。ただ五人の間には、妙な優先順位みたいなものが、なぜかありそうな気がした。それを決めたのは、恐らくあの男だと思うけど――」

彼女が述べた優先順位とは、高い方から〈見ない人〉、〈片手を使わない人〉、〈聞かない人〉、〈歩かない人〉、〈喋らない人〉の順番となる。

再び藤子と二人だけになると、言耶は〈姿を見せない人〉との会話内容を伝えた。

「お喋りだった割には、ほとんど役に立たないですね」

彼女は辛辣《しんらつ》な物言いをしながらも、ほっとした顔で、

「でも兄は無事でいるのだと、益々そう思えるようになりました」

「他の女性たちと不二生氏、それに五人同士の関係も、どちらも良好だと分かったから？」

「はい。ここでは第三者とも言える〈姿を見せない人〉が、そんな風に感じたわけです。だとしたら、それは信用できるのではないでしょうか」

「彼女の見立ては、ほぼ正しいのではないか、と僕も思いました。ただ、そうなると五人の優先順位が、いったい何を意味するのか……」

藤子は考え込む表情を見せつつ、

「富士見村に参加した古い順なら、まず〈喋らない人〉が来ますよね。でも彼女は最後になっています」

「だから年齢順かなと思ったんだけど――」

「兄が若い女性を贔屓《ひいき》にしたと？」

それが事実なら不快だというように、彼女は眉《まゆ》を顰《ひそ》めている。

「だとしたら、最も若そうなのは〈姿を見せない人〉だが、彼女は除外して良いでし

よう。次は〈片手を使わない人〉みたいだけど、彼女は二番目だった。しかも一番目の〈見ない人〉は、〈片手を使わない人〉より五歳は上に思える」

「私にも、そう映りました。だったら年齢順も、やはり違うことになります」

「最も愛されているのは自分である、と全員に不二生氏は感じさせていた。その一方で、優先順位をつけていたらしい。この矛盾は何なのか……」

藤子は急に「あっ」と小さく声を漏らすと、

「この〈何々の人〉の『何々』という部分こそ、もしかすると重要なのではありませんか」

「それを強要したのが、不二生氏だからか。順に並べると、〈見ない〉、〈片手を使わない〉、〈聞かない〉、〈歩かない〉、〈喋らない〉となるわけだが――」

しばらく二人とも黙って考えていたが、先に口を開いたのは言耶だった。

「……やはり意味があるとは思えない。少なくとも個々の行為にはないでしょう」

「全体には、何かあるんですか」

「不二生氏が彼女たちに求めた、一種の忠誠心のようなものではないだろうか。もちろん異様過ぎる発想だけど、それこそインドの行者《ぎょうじゃ》の苦行を参考にしたのかもしれません」

「そこまで兄の頭が可怪しくなっていたのなら、彼女たちの優先順位も、恐らく気紛《きまぐ》れではないでしょうか」

「……うん」

と彼は相槌《あいづち》を打ったあと、完全に黙り込んでしまった。藤子は何か言い掛けたが、彼の顔つきを目にして口を閉ざした。

「……頭の中だけで考え続けても、やっぱり調子が出ないな」

やがて言耶はそんな言葉を吐くと、彼女を促して一番大きな小屋へ戻り、そこに六人の女性たちを集めた。

「今から巫子見不二生氏が何処へ消えたのか、なぜ失踪したのか、今どうしているのか。その謎を皆さんと一緒に、できれば解き明かしたいと思います」

この宣言には、全員が驚きを露《あらわ》にした。そこには藤子も含まれていた。ただし彼女と〈姿を見せない人〉以外の五人は、たちまち不遜《ふそん》とも感じられる態度を彼に対して示した。耳栓をしている〈聞かない人〉は、相変わらず他の女性から紙に書いて教えてもらっている。

その場にいる八人は、秘密を暴《あば》こうとする言耶と藤子、それを守ろうとする五人の女性、完全に傍観者を決め込んでいる〈姿を見せない人〉という三つに明らかに分かれていた。

五

「これまでの経緯を、まず整理しましょう」

言耶は説明をはじめる前に、六人の女性たちと布袋を被った男性を、便宜上〈何々の人〉と呼んでいることを断った。

「先月の二十三日、〈姿を見せない人〉が富士見村に入りました。その三日後の二十六日、〈布袋の人〉が加わります。二十七日、巫子見家に駐在さんが来て、〈姿を見せない人〉の腹違いの兄が強盗殺人犯の『折紙男』であり、富士見村に逃げ込んだ惧れがあると話します。そのとき疑われたのが、すでに入村していた〈布袋の人〉でした。念のために駐在さんは、節織村の火の見櫓の上から富士見村の中を覗き、確かに〈布袋の人〉がいることを確認して、この村の唯一の出入口である塀の扉を青年団に見張らせました。そして駐在さんは、事件を担当する小間井刑事に連絡します。ところが夜になって見張りが、なんと塀を攀じ登る不審な男を目撃するのです。この男こそ『折紙男』ではないのか。いずれにしろ富士見村の内部を検めなければなりません。二十九日の午後、二人の刑事と駐在さん、それに青年団も富士見村に踏み込みました。このとき村内は徹底的に捜索されて、強盗殺人犯の『折紙男』は捕まります。

ただし同時に、不二生氏の姿がまったく見えないことに、青年団の一人が気づきます。仮に何処かに隠れていたとしても、『折紙男』を捜す過程で、絶対に見つかっていたはずなのに……。かといって塀の扉は、青年団によって見張られていました。そこから彼が出なかったことも、また確かです。そうなると残るのは、富士見山の背後の森しかありません。でも〈姿を見せない人〉を除く五人の女性の皆さんは、それを否定しました。藤子さんのお話を聞く限りでも、そんなことをする理由が不二生氏にはありません。では彼は、いったい何処へ消えてしまったのか」

言耶が一気に喋るのを待ってから、

「不二生さんは巫死をなさったのです」

はっきりとした口調で〈歩かない人〉がそう言った。

「その巫死なんですが――」

彼は非常に困惑した様子を見せながら、

「不治の病に冒されながら、自分は不死だという。しかし一方で、死んだあとに復活するともいう。明らかに矛盾していませんか」

だが、その問い掛けには誰も答えない。〈歩かない人〉の巫死の宣言で充分だと、どうやら他の四人も思っているらしい。

「そこで僕は、こう解釈しました。死ぬというのは一時的に姿を隠すことで、復活というのは再び姿を現すことだ――と。その前者が本当に偶々《たまたま》、『折紙男』の捕物と重なってしまったのではないか。不二生氏は前者の行為を、決して公にするつもりはなかった。この村の中だけで行なうつもりだった。ただし問題がありました。村に出入りしている藤子さんです。彼女の目を誤魔化す必要がある。でも、だからといって妹が来るたびに隠れるのも大変です。最も良いのは、これまで通りに普通の暮らしをしていながら、藤子さんには兄の姿が見えない。そういう状況を用意することでした」

「そんなの、無理です」

藤子の否定に、言耶は微笑みを浮かべながら、

「この村の中に一人、まったく顔を見せない男性がいますよね」

「えっ……〈布袋の人〉ですか」

「彼が何処から来た何者なのか、誰も知る人はいない。なぜなら最初から存在しない人間だったからです。つまり不二生氏の隠《かく》れ蓑《みの》として――」

「先生、すみません」

藤子が申し訳なさそうな声で、

「私の説明が悪かったのかもしれませんが、ここを訪ねてきた〈布袋の人〉に、兄はちゃんと会っています。彼の素性が不明なことも承知したうえで、兄は受け入れました。ですから兄が、〈布袋の人〉だというのは――」

「有り得ないとは言えない。二人が入れ替わったと解釈すれば、難なく解決します」

言耶の返しに、彼女は少しだけ言葉に詰まったが、

「……けど、そうなると〈布袋の人〉は、いったい何処へ行ったのですか」

「富士見山の向こう、深い森の中……」

藤子の顔が、かあっと真っ赤になった。

「あ、兄が、自分の隠れ蓑を手に入れるために、この村を頼ってきた何の関係もない人を、ひ、非情にも手に掛けたと、先生は仰るのですか。そんなの無茶苦茶です」

「彼の素性が、実は分かっていた場合は、どうでしょう？」

その問い掛けに、彼女は訳が分からないという顔をしたが、

「戦死したと伝えられた、不二生氏とは兄弟仲の悪かった、長男の富一氏だったとしたら……」

という言耶の指摘に、「あっ」と声を上げた。

「二人は互いに小柄で容姿も似ていた。これ幸いとばかりに富一氏を受け入れる振りをして、不二生氏が〈布袋の人〉と入れ替わったとしたら……」

「そ、そんな、恐ろしい、ことが……」

赤かった藤子の顔が、今度は青褪《あおざ》めている。しかし言耶の次の言葉に、またしても彼女の顔色が変わった。

「――という解釈をしたのですが、やはり無理があります。復員した富一氏が巫子見家へ戻ることなく、仲の悪かった不二生氏を訪ねるとは思えない。それに駐在さんが火の見櫓の上から、この村の中を覗いたときに、不二生氏と一緒に歩く〈布袋の人〉を目撃している。さらに小間井刑事たちが村に踏み込んだ際、頭から布袋を被っている不審な人物の顔を、まったく検めないわけがない。つまり〈布袋の人〉は、不二生氏ではないわけです」

「えーっと、先生……」

藤子が躊躇いつつも心配そうに、彼を見詰めている。ここに来て刀城言耶という人物に、ようやく不安を覚えたらしい。

そんな彼女とは逆の反応を示したのが、〈歩かない人〉だった。

「あの男が不二生さんかどうか、私たちの誰かに一言でも尋ねてくだされば、こんな回り道などしなくて済みましたのに」

そう言いながら笑っている。正確には嘲笑《あざわら》っているのだが、それは他の四人も同じだった。

「はい、その通りなんですが――」

だが言耶は一向に懲《こ》りた風もなく、さらに藤子と五人の女性たちを驚かせるような台詞を口にした。

「でも、そのお陰で気づけました。ここには顔を見せない者が、まだ一人いたと」

「まさか……」

藤子の視線は、真っ直《ます》ぐ〈姿を見せない人〉に向いている。

「不二生氏は小柄です。しかも〈姿を見せない人〉が着ている衣服は、すっぽりと全身が隠せてしまう」

「けど先生は、あの人と会話したんですよ」

「ぼそぼそと蚊の鳴くような小さくて低い声で、〈姿を見せない人〉は喋りました。あれなら誤魔化せたかもしれない」

そこで言耶と藤子は、ほぼ同時に〈歩かない人〉に目をやった。彼女の反応を見るためだったが、相手は笑っていた。それは先程よりも強い嘲《あざけ》りの笑いだった。

「――という解釈を次にしたのですが、やはり無理があります」

「当たり前です」

嘲笑《ちょうしょう》から一転、突き放すような冷たい表情を浮かべて〈歩かない人〉が応えた。

「食べ物だけを目当てに、この村にやって来たその子の姿を、私たち五人はちゃんと目にしていますからね」

「こんな茶番に、いつまで付き合わなければならないのでしょう」

次いで〈片手を使わない人〉が苦情を訴えたが、それは〈喋らない人〉が紙に書いた言葉の代読だった。

しかしながら言耶は、まったく気にした様子も見せずに、

「このように誤った解釈が続いたのは、まず不二生氏の行方を捜そうとしたせいではないか、と僕は考えました」

「それでは駄目なんですか」

藤子が不安そうな眼差しで、凝っと彼を見詰めている。

「彼は何処にいるのか、という問題から入ると、たちまち行き詰まってしまう。そこで僕は、もっと大きな視野で、この謎を捉えようとしました」

「どういうことです？」

言耶は〈姿を見せない人〉を除く五人の女性を順々に見やりながら、

「この富士見村を拓いたとき、不二生氏の脳裏には『理想の村造り』の構想があったのではないかと思われます。それを富太郎氏は『社会主義ごっこ』と呼びましたが、巫子見家や節織村の少なくない協力があった事実を考えれば、その表現は当たっていたと言えます。ですから何事もなければ村は、遅かれ早かれ立ち行かなくなっていたでしょう」

ここで〈歩かない人〉が何か言おうとしたが、それを〈喋らない人〉が止めて、身振りで先を促した。

「ところが不二生氏は、不治の病に罹ってしまいます。あの惨《むご》い戦場から生き延びて復員したのに、病気によって命を奪われる。彼の心中は、如何ばかりだったか……。この頃から彼は、自分は不死であると言い出す一方で、死んだあとに復活する——と矛盾した言説を述べはじめます。かなり屈折した複雑な心理状態に、このときの彼は陥《おちい》っていたのではないでしょうか」

わざと言耶は口を閉じたが、五人の女性たちは黙ったままである。

「そこまで振り返ったところで、引っ掛かりつつも意味が分からずに、つい見逃してしまった不二生氏の不可解な言動の数々が、次々と僕の脳裏に浮かび出しました」

「兄の……」

ぽつりと藤子が漏らした。

「復員した不二生氏を悩ませたのは、自分だけが生き残ってしまったという罪悪感なのか。戦友たちの多くが死ぬ前に、いったい彼に何を頼んだのか。世界の神話や民話を集めた中で、どうして創世神話に拘《こだわ》ったのか。アフリカ、トルコ、エジプト、古代ギリシャ、さらに佐々木喜善『聴耳草紙』だけが、なぜ机の上に置かれていたのか。何のために死に纏《まつ》わる品物を集めたのか。彼が復活を果たすのが、来年の一月から二月なのはなぜか。強盗殺人犯の『折紙男』が小間井刑事に話した、『あの男は頭が可怪しい。この村ほど恐ろしい所はない』という言葉には、如何なる意味があるのか。

どうして不二生氏は夕飯のたびに、一緒に食べる女性を選んだのか。最も彼に愛されているのは自分である、と全員に感じさせる一方で、その女性たちに優先順位をつけたのは、いったいどんな理由からか。この食事と順位の両方に、なぜ〈姿を見せない人〉は入らないのか。不二生氏のことを現在形で話す人と過去形で語る人に、どうして分かれるのか」

ここで言耶は改めて五人の女性たちに目をやりながら、こう言った。

「あなた方は、不二生氏を食べましたね」

物凄い勢いで藤子が彼の方に向き、〈聞かない人〉以外の四人が身体をびくっとさせたのが分かった。その仲間に〈聞かない人〉が加わるのもすぐだった。

「い、いったい、な、何を……」

おろおろする藤子に構わずに、言耶は視線を五人に定めたままで、

「戦場で死にゆく兵士たちが、自分を看取《みと》る戦友に対して、『俺を食べてくれ』と頼んだ……という話を聞いたことがあります。そのときは特異な例だと思ったのですが、実は同じような体験を持つ復員兵が他にもいると、次第に分かりはじめました。どういう気持ちでそんな台詞を吐いたのか、もちろん不明ですが、自分の死を無駄にしたくない……という願いがあったのではないでしょうか」

「兄は、その願いを……」

「聞き届けたのかどうか、それは知りようがありません。でも復員後に彼の食が細くなったことから、その可能性は高い気がします」

「そんな……」

「やがて不二生氏は、不治の病に罹ります。このとき彼の脳裏に去来したのが、戦場での戦友たちの悲愴な遺言だったとしたら……。しかも彼が集めた世界の神話や民話の中には──その中でも特に創世神話と、彼の机の上に置かれた本の地域には──自分を第三者に食べさせることによって、その人物が復活を果たす伝説が多くあります。『聴耳草紙』に収録された『端午と七夕』は、自殺した妻の肉を薄の葉に包んで食べる夫の話です。不二生氏の部屋には、大量の薄の葉がありました。また日本の昔話『山姥《やまんば》の仲人』には、あまりにも孫が可愛いので舐めているうちに食べてしまうお婆《ばあ》さんが出てきます。どちらも復活とは何の関係もありませんが、『愛するが故《ゆえ》に食す』という意味では同じです」

「あっ、まさか……」

小さく叫んだ藤子の顔は見ずに、言耶は続けた。

「あなた方の頰や首筋や腕や手を執拗《しつよう》に、不二生氏が舐めたのは、己の願望の裏返しだったのでしょう。彼は自分を、あなた方に食べて欲しかったのです」

藤子の荒い息遣いが、横から伝わってくる。

「夕飯のたびに一緒に食べる女性を選んだのは、その後の生殖のためです。昔から食と性とは、切っても切れない関係にありました」

「つまり、兄の復活とは……」

「五人の女性の誰かが、彼の子供を産むことでした。だから今から十月十日後となる、来年の一月から二月に復活すると言ったわけです。二ヵ月も幅があるのは、いつ誰が妊娠するのか、さすがに分からないからでしょう」

「彼女たちの優先順位は、どうなります？」

かなりの衝撃を受けながらも、真相が知りたいという気持ちが強いのか、藤子は気丈にも質問してくる。

「若い方が妊娠し易《やす》いけど、村に長くいる方が彼との接触の機会は多かった。今の時点で妊娠が判明している人がいない以上、あまり意味のない順ですが、それでも彼は拘った。そこに〈姿を見せない人〉が入らなかったのは、村での日が浅いせいと、そういう関係に彼となる時間がなかったからです」

ただし言耶は、飽くまでも五人の女性を相手にした。

「不二生氏が自殺したのかどうか、それは皆さんが一番ご存じでしょう。もしかすると皆さんの誰かが、彼に手を貸したのかもしれません。いずれにしろ彼は、自ら命を断った」

横で息を呑む気配がするのを、言耶は認めたあと、

「それから皆さんは――または何方《どなた》か一人が――不二生氏の遺体を解体しました。藤子さんが村を訪れると、豚肉で持て成したそうですから、そういう技術を持った人がいるのは確かです。あとは五人の夕食として、彼は食べられました。もちろん本人が望んだからです。そうして彼は、皆さんの一部になったわけです。それは取りも直さず来年の一月から二月に生まれるかもしれない、彼の子供の一部になることも意味していました」

そこで言耶は少し皮肉そうに、

「強盗殺人犯の捕物のあと、自分に肉をくれなくなったと〈姿を見せない人〉が言っていましたが、それは彼女に不二生氏を食べる資格がなかったからです」

すると突然、〈姿を見せない人〉が壁際に駆け寄ったかと思う間もなく、げえげえと嘔吐《おうと》しはじめた。どうやら盗み食いをしていたらしい。

「『折紙男』はこの村に侵入して、何処かに身を隠していたときに、不二生氏と彼女たち五人の会話を、きっと聞いてしまったのでしょう」

「あの男は頭が可怪しい……」

藤子が問題の言葉を口にした。

「残った不二生氏の骨は、皆さんの手によって、人間の骨で作られた壁飾りになった

のではないか、と僕は睨んでいます。元の壁飾りは、もちろん処分したのでしょう」

「けど先生、あの骨は古いものだって……」

「あの色合いで、最初はそう判断しました。しかし骨を触ったあと、僕は自分の手が汚れていることに気づいた。いや、それが妙だなと本当に感じたのは、家畜小屋で〈布袋の人〉にゴミを被せられそうになって、改めてハンカチについた汚れを意識してからです。つまり骨の壁飾りは古く見せるために、わざと色づけされていたのでしょう」

「それも、兄の……」

「きっと考えだったのです」

「だとすると、兄は……」

絞り出すような藤子の声が聞こえた。

「完全に頭が可怪しくなっていた……ということですか」

「その判断は、僕にはできません」

言耶は弱々しく首を振ったあとで、

「でも、この村で何が起きたのか。その解釈は間違っていないと思います。古来、女性は子供を産んで育てると同時に、男性を喰《く》らって死なせる存在でもありました。それがここでも起きたわけです。如何《いかが》ですか」

静かな口調ながら、五人の女性たちに迫った。

「今すぐ、この村から出て行って」

しかし彼の耳に届いたのは、〈歩かない人〉の素《そ》っ気《け》ない返事だった。

六

刀城言耶は富士見村を出たあと、藤子に連れられて巫子見家を訪れた。そこで富太郎に自分の推理を話した。飽くまでも「一つの解釈」に過ぎないと重々に断ったのだが、相手はそれを完全に受け入れた。そのうえで警察沙汰《ざた》にはせず、且つ次男の子を身籠《みごも》っている女性がいれば、巫子見家で世話をするとまで言った。恐らく世間体を考えた結果だろうが、それでも事件を不問に付す富太郎の決断に、かなり言耶は驚かされた。可怪しくなった不二生に対する期待など、とっくに失せていたからか。それよりも三男の富三を、何としても守ろうとしたためか。

いずれにせよ言耶が関わったのは、ここまでだった。あとは藤子から折に触れて届く手紙で、その後の展開を知っただけである。

一通目——言耶たちが富士見村を訪ねた翌日の早朝、〈姿を見せない人〉が村を去る。誰にも何の挨拶《あいさつ》もせずに、風呂敷《ふろしき》に一杯の食べ物を持って出て行った。また〈布袋の人〉も暇《いとま》を告げた。藤子によると、彼は言耶の推理を盗み聞きしており、それで村から出る決心をしたのではないかとのこと。五人の女性たちの懐妊が分かるまで、富太郎は取《と》り敢《あ》えず静観する構えらしい。

二通目――不二生の子供を妊娠したのは、一番年上の〈喋らない人〉だった。あとの四人もしばらく様子を見るが、かなり望み薄だという。富太郎は〈喋らない人〉を巫子見家で引き取ると申し出たが、五人の女性たちは引き続き富士見村での生活を希望した。双方で話し合った結果、少なくとも出産までは、これまで通りにすると決まった。

三通目――他の四人の女性たちに懐妊は認められず。しかし四人とも〈喋らない人〉の出産が無事に済むまで、このまま富士見村に留まるという。

四通目――これまでの三通では、ただ事実だけを淡々と記していた藤子の手紙が、本状で急に変わる。富士見村を訪れるのが、なぜか怖くなったと書かれている。理由は彼女にも分からないという。五人に変わった様子はなく、仲が良いのも相変わらずである。それなのに何かが少しずつ、確実に変化している気がして仕方がない。でも、いくら村の中を見回しながら考えても、その正体を摑むことができない。彼女が相当な不安に囚われていることが、文面から犇々《ひしひし》と伝わってくる。

五通目――しばらく間が空いてから届く。しかも富士見村に関することは、「彼女たちを見ていると、妙に恐ろしくなって参ります」という一行だけである。

六通目――五通目から数ヵ月後の十二月に届く。藤子が富士見村を訪ねるものの、まったく応答がない。扉は小さい方も大きい方も、内側から閂が掛かっている。富太郎が駐在に頼んで、梯子で村の中に入ってもらう。その結果、不二生の部屋で〈喋らない人〉の惨殺死体が発見される。彼女は腹を裂かれて、胎児を取り出された状態で絶命していた。他の四人の女性たちの姿は一人も見えず、富士見山の背後の森に逃げ込んだ形跡もない。また村中を捜索したが、遂《つい》に胎児の遺体も見つからなかった。もちろん警察沙汰になったが、富太郎が手を回して、報道機関に事件の詳細が漏れないようにした。

言耶は大いに興味を持ったが、かといって節織村へ駆けつけることはしなかった。なぜなら堪《たま》らなく怖かったからだ。

四人の女性たちが〈喋らない人〉の腹を裂いて殺して、胎児を持ち去った――と考えるのが合理的な解釈だろう。ただ、その四人と胎児はどうなったのか、そもそも動機は何か、という大きな疑問が残る。

そして言耶を恐れさせる、もう一つの解釈があった。胎児が自ら母親の腹を破って出て、何処《いずこ》かへと去ってしまった――という恐ろしい妄想である。しかも実際は胎児などではなく、それが不二生だったとしたら……。

巫子見不二生は巫死によって、本当に甦ったのではないか。

この妄想推理が頭から離れない以上、言耶が節織村へ行くことは絶対に有り得なかった。

獣《けもの》家《や》の如き吸うもの

一

獣家《けものや》
禁野《きんや》地方に伝わる家屋の怪異。山中で道に迷った旅人の前に現れる。泊まった者は精気を吸われて半病人になるか、または帰宅後に死ぬ。その時々によって家の大きさや様子が変わるため、仮に一度は難を逃れられたとしても、再び知らずに遭遇する場合もあり安心できない。

――閇美山猶稔《へみやまなおなり》『妖怪《ようかい》習俗事典』（英明館《えいめいかん》）より。

二

俺が禁野地方の大歩危山《おおぼけやま》の山小屋に、歩荷《ぼっか》として登りはじめたんは、中国との戦争が泥沼化しとった頃の春先やった。

もちろん当時は、そないな戦況なんぞ分からん。仮に大日本帝国軍が負けとっても、快進撃やと報道されたもんや。まぁ無学な俺は端《はな》から、新聞なんか読めんかったけどな。もっとも俺より学のある者も、やれ聖戦や、やれ日本は神国やと、国が平気で吐《つ》いた嘘《うそ》を心から信じとったんやから、どうもならんわ。国民の命なんか虫けらと同じやと思うとる、ほんまに恐ろしい時代やった。戦争に負けて、そら日本は悲惨な目に遭《お》うたけど、あのまま進んどったら、どんだけ酷《ひど》い国になっとったことか。

いや、そんな話はええか。

歩荷いうんは、荷物運びのことでな。何処《どこ》の山でも道路なんか通じとらんから、車で運ぶことなんかできん。仰山《ぎようさん》の重い荷を背負うて、えっちらおっちら山路を徒歩で登る、俺らみたいな者が必要になるわけや。そういう大変な苦労をして、山小屋に必要な食べ物や生活用品を届ける仕事が、歩荷や。

これが、そらきつうてなぁ。体格が良《よ》うて力自慢で、喧嘩《けんか》も負けたことがないいう荒くれ男が、そんなら俺に合《お》うとるから雇うてくれと来て、その挙句に山路の途中で立ち往生して、もう動けんて泣き言を口にするくらい、まぁ大変な仕事やった。身体《からだ》が大きい、力がある、足腰が丈夫《じようぶ》やいうだけでは、とても務まらん。

俺の家は貧乏やったから、そら幼《おさな》い頃から働かされた。昔は何処も一緒や言うけど、うちは他所《よそ》に輪を掛けて貧乏やったもんやから、物凄《ものすご》い重労働を小さいときから普通にやらされとった。それで知らん間に、身体が出来上がっとったんかもしれん。

いんや、身体だけやないな。とにもかくにも辛抱するいうことも、早《はよ》うから学んどった思う。

食うもんいうたら大麦の割飯《わりめし》か小麦粉の焼餅《やきもち》に、茄子《なす》や胡瓜《きゅうり》や大根や菜っ葉の漬物と汁が当たり前やった。あとはじゃが芋やな。着るもんは年中《ねんじゅう》同じで、綻《ほころ》んだら継ぎ当てしとった。その繰り返しやったから、終《しま》いには元の布が分からんようになって、継《つ》ぎ接《は》ぎだらけの別の着物になる始末でなぁ。いや、笑い話のようやけど、ほんまのことなんや。

小遣いが貰《もら》えるんは、年に一度の祭の日だけ。それも二銭か三銭やったから、一番安い菓子を買うことしかできん。それでもな、まだ小遣いを貰える子供は幸せや。もっと貧乏な家の子は、指を銜《くわ》えて見てることしかできんかった。

俺か。まぁ貰えたり、貰えんかったりやったなぁ。

学校も行けたり、行けんかったりや。何処の親も「勉強しとる暇があったら、さっさと仕事を手伝わんか」言うとったからな。仮に学校へ通えても、その前に朝の一仕事が当然あったし、帰ってきたらまたすぐに仕事を与えられたもんや。

遊ぶ時間なんかあるかいな。それこそ祭の日くらいやった。

いんや、百姓仕事のない冬の間やったら、少しはあったかな。毎日ほぼ学校へ行けたんも、やっぱり雪が積もっとる時期やった。藁《わら》で作った長靴を履いて、風呂《ふろ》敷《しき》に教科書と弁当を包んで、それを腰に下げて、雪に埋もれた山路を通うんや。他《ほか》の季節やと、家で作った藁草履を履いとったけど、雨が降ったら潤《ふや》けてぐちゃぐちゃになる。自然に脱げてしまいよるから、あとは裸足《はだし》で歩いとったな。

学校へ通ういうても、山路を上がったり下がったりばっかりで、そら二時間は掛かる。雪が積もっとったら、もっとや。大変やったけど、それ以上に偉い仕事から解放される喜びに、身体も心も浮き立ったもんや。

もちろん他の子も、俺と同じ思いやったろう。けどな、教科書を買《こ》うて貰えん子もおれば、弁当を持ってこれん子もおったから、実際はどうやったんか……。

とにかく子供がやらされるんが、水汲《みずく》みやった。村は山間部の高い所にあったから、井戸を掘っても水なんか出ん。共同の井戸が一つ、低地にあるだけや。そこまで何往復もして水を汲んでくるんやけど、これが辛《つろ》うてなぁ。せやけど水がのうなったら、なーもできん。人間が生きていくんに、水は何よりも大切やからな。それで暇さえあれば、「水を汲んでこい」いうことになるわけや。

結局どんな仕事をするんも、学校へ行くんも、全部が坂の上がり下がりやった。平らな所いうたら家ん中か、学校の校舎くらいや。そら足腰も丈夫になるやろ。

そういう子供の頃の苦労が、俺を一人前の歩荷にしたんやろうな。せやから親に感謝するかいうたら、それは違うか。この世に生んで貰《もろ》うて、赤ん坊のときに世話になったんは間違いないけどな。あとは自分の力でどうにか生きてきたと、ほんまに言えるからなぁ。

碌《ろく》に学校にも行けんかったから——俺は小学校の尋常科を六年で出とる。その上に高等科の二年があったけど、ほとんどの者が進学なんかせん。増《ま》して中学へなんぞ進む者は、まぁ珍しかった。それで俺は六年で出て、そっから製糸所の小僧へ行かされたんやが、三年か四年で奉公に出される者もおったから、まだ増しやったかもしれんけど。

いやぁ、そんなことはないか。満足に読み書きもできんまま、学校を出とるんやからなぁ。

それで製糸所奉公のあとは——って、こりゃ切りがないな。

要は俺にできるんは、どうしても力仕事になったいうことや。せやけど、そんな奴《やつ》は腐るほどおる。それこそ使い捨てにされるほどおったから、そういう中で己の食い扶持《ぶち》を稼ぐためには、なかなか他の者にはできんことをやらんといかん。それが俺の場合、歩荷やった。

さっきも言うたように、身体さえ丈夫やったら誰でも簡単にできるように見えて、ただの力莫迦《ばか》では少しも役に立たんかったから、俺のような者は重宝された。仕事はきつかったけど、その分の運賃も良かった。

うん、賃金やのうて運賃や。何より助かったんは、歩荷の食費が別やったことやな。登る山や荷物の中身にもよるけど、荷を背負って発《た》ってから山小屋に着くまでの間に、弁当を二つは食べとった。もちろん発つ前に、朝飯は普通に食うとる。山小屋に着いたら、そこでも飯を食う。それが当たり前でな。

歩荷の仕事が飯を食わす。

そんな風に言う山小屋の親仁《おやじ》がおったけど、正にその通りやった。せやから雨が続いて登山客が少のうなる時期の山小屋は、経営が大変なんや。俺らに払う運賃ばかりが掛かって、登山客が落とす肝心の金が入らんからな。下手したら歩荷に運ばせた食料を、当の歩荷が食うだけになり兼ねん。そのためだけに歩荷を雇うとるような、変な塩梅《あんばい》になってしまう。けど、山小屋の都合だけを優先しとったら、俺ら歩荷にそっぽ向かれる。他の力仕事のように、いくらでも代わりがおるわけやない。そこは持ちつ持たれつやった思う。

ただ歩荷の仕事いうても、山小屋の荷物運びだけやのうて、鉱山の鉱石を背負うたり、小屋造りの資材を担ぎ上げたりもした。一番偉かったんは、その山小屋造りの材木かなぁ。いんや、ガスボンベの方が大変やったか。同じ重さでも米や味噌《みそ》やったら、背負っても安定しとるんや。けどガスボンベは、結びつけた背負い子《しょいこ》がくるくる動きよる。あれには参った。背の荷が安定せんと、もう危のうていかん。

歩荷をやっとったときは、そら色々と危険な目に遭うた。あかん、死ぬかもしれん……て覚悟した覚えも、そら何度かあった。自慢やないけど俺でのうたら、他の奴やったら、とっくに山で命を落としとったやろ。

そういう体験をしたときは、もちろん恐ろしゅうて堪《たま》らんかった。やっぱり山は怖いなと、改めて感じるわけや。せやけど命懸けの危機を乗り越えることで、逆に自信がついたんも間違いない。それに一時の恐怖は、どんな山でも舐《な》めたらあかんいう教訓になる。山から下りとるときは忘れとっても、いったん登り出したら身体が思い出すんや。余程の阿呆《あほう》でもない限り、山で同じ過ちを犯す者がそうおらんのは、そのお陰《かげ》やろな。

ただ、あの卦体《けったい》な家で体験した恐ろしさは、そういう山で遭うた危険とは違《ちご》うて、いつまでも後を引く怖さやった。あの家から逃げ出したら終わり、禁野地方から離れてしもたらお終い……いう感じやないんや。

どない言うたらええんやろうなぁ。

無事に家へ帰り着いて蒲団《ふとん》に潜り込んで、ようやく安眠できると喜んどったら、あいが知らん間に枕元《まくらもと》まで来とることに気づいて、はっと身構える……いうような悍《おぞ》ましさが、寝ようとする度に蘇《よみがえ》りよる。そんな風やと説明したら、ちっとは伝わるやろか。

あれ……って何や訊《き》かれても、そら俺にも分からんわ。

前置きが長《なご》うなった。そろそろ肝心の話をせんとあかんな。

世話になっとった別の山小屋の主人に頼まれて、はじめて大歩危山の小屋に荷を運んだ帰りに、俺は珍しゅう道に迷うてしもうた。ちょうど分岐点になる尾根の辺りで、急にガスが出たせいもあった思うけど、ふと気づいたら本来の登山路を外れとった。それまで初めての山でも平気やったから、正直ちょっと動揺してな。それが余計に判断を誤らせたんか、元の道に戻ろうとしながら、どんどん違う道を下っとったらしい。

それでも幸いに、無事に下山はできたんや。ただ問題やったんは、俺が下りて出た所が、いったい何処なんか、情けないことに分からんでなぁ。

迷うてしもうたお陰で、もう日が暮れようとしとる。山ん中と違うから、仮に野宿する羽目になっても別に心配はいらん。けど、できたら近くの村の誰かの家で、土間の隅《すみ》でもええから泊めて欲しい。そんな気持ちになっとった。

普通やったらそれくらいの仕事で参らんのに、遠回りを散々したせいもあってか、俺はもうへとへとやった。はじめての土地で迷うたことで、ちょっと不安も覚えとったんやろ。せやからちゃんとした家の中で、安心して横になりたかったわけや。

大歩危山へ登る前に寄ったんが、辺通里村《へつりむら》やった。予定ではその村を通って帰るつもりが、もうすぐ暗《くろ》うなるいうんに、肝心の村がどっちの方角にあって、そこまで歩くとどんだけ掛かるんか、さっぱり分からん。山路から出た場所も、何処の田舎《いなか》にでもある雑草の生《は》えた普通の土道やったから、ほんまにお手上げの状態や。

仕方ないんで俺は、とにかく勘を頼りに進んだ。せやけど山を下りてもガスっとって、あんまり先が見えんのや。おまけに夕間暮れやったせいで、霧が妙に薄赤色に染まっとって、偉《えろ》う気味が悪うてな。

そんな赤い霧の中に入って行くんが厭《いや》で、思わず立ち往生してまうんやけど、そしたら今度は赤霧にたちまち取り巻かれそうで、ぞっとして慌てて歩き出す。その繰り返しやったから、時間ばっかりが過ぎて一向に進まん。

その間にも、どんどん日は暮れていきよる。このまま愚図愚図しとったら、薄気味の悪い霧の中で、夜を迎える羽目になる。

どないしよ……と途方に暮れとったら、目の前に大きな楠《くすのき》が、いきなり霧を裂くように現れて、そらびっくりした。

せやけど楠の太い幹に開いた、大きな洞《うろ》の中を覗《のぞ》いたとたん、しめたと俺は思うたんや。なんでか言うたら、そこに小さな祠《ほこら》があったからや。こんな洞の中に作るんは、きっと辺通里村の人やろ。つまり村が近いいう証拠やないか。

そう考えた俺は、あと少しの辛抱やて喜び掛けたんやけど、祠の中に祀《まつ》られとるもんを目にして、ぎょっとなった。

小さなお地蔵さんくらいの石像で、最初は丸々と太った布袋《ほてい》さんに見えたんや。ただな、布袋さんみたいなんが二人おるいうか、一人が二人に分かれ掛けとるいうか、とにかく互いの身体の半分が、くっついとるような塩梅の、偉う妙な像でな。

しゃむふたごぉ？

何やそれ？

ほうっ、そういう人がおるんか。やっぱり世界は広いなぁ。けど兄ちゃんの言う通りや。そんな風に身体の片側《かたがわ》が、その布袋さんらは重なっとったんや。

それに凝《じ》っと見れば見るほど、どうも七福神の布袋さんとは違う気ぃがした。顔も身体も肥えとるんは一緒やのに、何かが明らかに別なんや。

何やろ思うて眺《なが》めとったら、はっと分かった。布袋さんにある膨《ふく》よかさが、その石像には少しもない。そう気づいたら、卑しい食い意地が張っただけの、ただの肥満親仁にしか映らんようになってな。

せやけどそんな像を、いったい誰が作ったんか。わざわざ祠に祀るようなことを、なぜしたんか。俺の目が可怪《おか》しいんかと何度も見直したけど、やっぱり神々《こうごう》しさなんか微塵《みじん》もないんや。むしろ忌《い》まわしさが増すばかりでな。

これを祀ったんは、辺通里村の人らではないな。

それだけは間違いなさそうやった。つまり近くに村があるいう当ても、これで外れたことになる。がっくり来たところで、大きな楠の後ろが切り立った崖《がけ》になっとることに、ようやく俺は気づいた。

行き止まりか。

そのうえ少し崖崩れを起こした跡まで残っとって、どうやら長居は無用な場所らしい。もしも霧が出とらんかったら、もっと早うに分かったやろ。そしたら洞なんか覗かんと、さっさと引き返しとったんや。

俺は大木の左手に広がっとる深い藪《やぶ》と雑草を、しばらく恨めしそうに眺めとった。そしたら藪の切れ目の向こうに、赤茶けて漂う霧越しに、伸び上がるような急な坂道が、次第に見えはじめたんや。

なんや道があるんか。それやったら村も近いかもしれん。

現金にも再びそう思たら、藪と雑草を掻《か》き分《わ》けて坂道へと出て、えっちらおっちら上がり出しとった。この急な坂さえ越えたら、もう村まですぐやろって、勝手に決めつけたいうか、自分を騙《だま》すような気持ちがあったんやろな。

ところが、この坂道いうんが、そらきつうてなぁ。冬場以外は毎日のように登っとる山路に比べたら、もちろん何のこともない上りや。いくら急いうても、ただの平凡な坂や。ガレ場があるわけでも、足元が泥濘《ぬかる》んどるわけでもない。せやのに足を前に踏み出すだけで、偉うしんどい。疲れとったんを差し引いても、あの辛さは異常やったな。

そのうえ、なかなか上に着かん。あとどれくらいか思うて見上げても、霧のせいでまったく分からん始末や。せやから余計に長う感じたんかもしれんけど、まるで終わりのない地獄の坂道を延々と上っとるような気分やった。

まだか、まだか……思うて進んどったら、危うく左足を何もない空中へと下ろし掛けて、そら肝を冷やした。真《ま》っ直《す》ぐ上がっとるつもりが、知らん間に左側へ寄っとったんやな。そっちはすとんと道がなくなっとって、下に杉木立があってな。もう少しで転落するとこやったから、ぞっとしたわ。

慌ててずっと右へ寄ったら、そっちも樹《き》が生えとった。そっからは右手で樹を触って、うんうん呻《うめ》きながら上って行った。そんな声、山路でも出したことないのにな。しんどい感じたら、樹に背中をつけて休んだ。山路で休憩するとき、何かに凭《もた》れたことなんかないのにな。

偉い道を選んでもうた。

遅蒔《おそま》きながら後悔したわ。よう考えたらこの坂は、物凄う茂った藪の向こうにあったわけや。つまり人間が、とっくに使わんようになった道としか思えん。そんな先に辺通里村があるかいうたら、そら違うわな。

しもうたなぁ。

自分の莫迦さ加減が、ほんまに嫌になった。そこが山ん中やったら、もっと正常な判断ができたはずなんや。やっぱりこの辺りは、ちょっと可怪しいんやないか。今からでも遅うないから、坂を下って戻るべきやないかと、ほとほと疲れながら迷い出したときやった。

俺は坂道の上に立っとった。

しかも左斜め前には霧越しに、一軒の変な家が建っとるやないか。両側には屋根の高さと同じくらいの杉が鬱蒼《うっそう》と生えとって、昼なお暗い感じでな。家の向かいはすぐ絶壁で、その間の道も物凄う窮屈な感じなんや。

こんな場所に……と俺は魂消《たまげ》つつ、ふらふらと近づいて行った。

建っとる所もそうやけど、家そのものも妙でな。

平屋の横に伸びた洋風の家で、屋根の上に窓のある別の小さな屋根なんかがあって、その造りが俺なんかには珍しゅう思えたんやけど、変や妙やと感じた訳は別にあった。

なんや卦体な動物の石像が、家の至る所に見えるんや。門柱には虎《とら》、屋根には鳥、玄関扉には象、窓の横には猿や犬いうように。ある物は像やったり、ある物は壁に彫られとったりしとるけど、どれも二体ずつなんは一緒やった。

この家を建てた奴は、余程の動物好きなんか。

けどな、ようよう目を凝《こ》らしてみたら、どうも違うんや。虎には翼があるし、鳥には牙《きば》が生えとる。ほんまの動物いうよりも、空想の生き物みたいでな。

そこまで俺が見取ったとき、すうっと辺りが暗うなりはじめた。あとは完全に日が暮れてもうて、ほんまに真っ暗になるまで、あっという間やった。

山ん中で遭う怖い目いうんは、そら色々ある。けど何より一番恐ろしいんは、野営の準備どころか場所さえ見つけられんうちに、さっさとお日さんが沈んでまうことや。夜の山で動き回るなんて、恐ろしゅう危険やからな。

そんとき俺は山を下りとって、目の前には一軒の家があった。山ん中で夜を迎えたわけや決してない。せやのに、この家に泊まるんか考えたら、なんや背筋がぞおっつっとしてな。

そこが空家らしいんは、表から眺めただけでも分かった。廃墟《はいきょ》とまではいかんけど、少なくとも一、二年は誰も住んどらん感じやったな。せやから誰に気兼ねすることのう、一泊の宿にできるんは間違いない。せやのに野宿の方が増しやと、その家を厭《いと》うとる自分がおるんや。

俺は野宿なんか平気やったし、何処でも寝られる自信はあった。けど、なかなか霧が晴れん状態で、そのまま外におったら濡《ぬ》れるばかりや。とうに山から下りとって、もう春先やったいうても、やっぱり夜は冷える。そんまま外で寝たんでは、きっと身体を壊すやろ。俺らの仕事は何を措いても、そら己の身体が大事やからな。

目の前に家があんのに、そこに泊まらん莫迦もおらんやろ。

変な話やけど、俺は自分に言い聞かせとった。そうでもせんと絶対に、その卦体な家には入れんかったやろな。

玄関の扉に手を掛けたら、鍵《かぎ》が閉まっとる。表側の窓には鉄柵《てっさく》が嵌《は》まっとって、仮に硝子《ガラス》を割ったところで入れん。裏へ回って勝手口を探そうか思うたけど、真っ暗な杉木立の中に足を踏み入れるんは、できれば避けたい。怖いいうよりも危な過ぎるからな。

仕方のう扉にもう一度手を掛けたら、ぎしっと軋《きし》む音がした。そのまま揺さ振っとったら、ばきばきっと大きな音がして扉が動いたんで、あとは一気に破っとった。俺の莫迦力のお陰もあったけど、もう鍵が古うなっとったんやろう。

扉の向こうは、もちろん真っ暗や。燐寸《マッチ》を擦《す》ったら、目の前にもう一つ扉があってな。最初に入ったんは、狭い三和土《たたき》のような場ぁやったわけや。

そんとき背後で突然、ざあぁぁっっいう音が聞こえて、俺は飛び上がりそうになった。恐る恐る振り返ったけど、なーも見えへん。燐寸を片手に外を覗いて、ようやく雨が降り出したことが分かった。

これが山ん中やったら、もっと早うに雨の気配を察してたやろ。でも考えたら、そういういつもの勘が、ガスに巻かれて山路で迷うてから、どうも働いてないようでな。例の楠の祠を目にしてからは、更に鈍《にぶ》ったような気がしとった。

せやけどここまで来たら、もう覚悟を決めるしかない。

二つ目の扉に手を掛けたら、何の抵抗ものう開いたんで、そんまま足を踏み入れたら、ふっと燐寸が消えよってな。そのとたん、ぶるぶるって激しゅう身体が震えた。ほんまもんの暗闇《くらやみ》に、ぶわぁって覆《おお》われたからや。

山ん中で体験する真の闇は、大自然の直中《ただなか》にちっぽけな人間が独《ひと》りでおる慄《おのの》きなんやけど、あの家ん中に巣くうとった気色の悪い闇は、まるで人の邪《よこしま》な念が溜《た》まりに溜まって出来上がっとるような、そんな悍ましいもんやった。

すぐさま俺は、そこから逃げ出しそうになった。もしも他人から同じ話を聞かされたら、何を臆病者《おくびょうもの》がと嗤《わろ》うとったやろう。けど自分がそういう目に遭うと、やっぱり別やな。いいや、ただの廃墟やったら、俺もびびらんかった自信がある。せやけど、あの家は違うた。あの部屋の中に籠《こも》っとった空気は、尋常やなかったんや。

その一方で俺は屋内に入った安堵《あんど》感を、ほんの僅《わず》かながらも覚えとった。外は雨が降り出しとるけど、ここには屋根があるからな。いくら異様な雰囲気が漂うとっても、この家で一晩を過ごすのが、やっぱり無難《ぶなん》やろう。そういう判断を辛《かろ》うじてしたわけや。

二本目の燐寸を擦ったもんの、そんな弱い明かりだけでは、部屋の様子なんか分からん。でもまったく狭さは感じんかったんで、なんとのう広間やないかと思うた。しかも天井が矢鱈《やたら》と高いうか、見上げても闇に呑《の》まれて見えんような気がした。どんな部屋にしろ、下手に動かん方がええ。家具なんかに手足をぶつけて、怪我《けが》をするんが落ちやからな。

ちょっと考えてから俺は、三本目の燐寸を左手に持つと、右手の壁伝いに室内を回りはじめた。棚なんかの上に蠟燭《ろうそく》でも見つからんかと手探りしながら、物凄うゆっくり歩いたんや。とにかく明かりがないことには、何もできんからな。

はじめて右手に触れたんは棚やったけど、燐寸を近づけたら本棚やと分かった。そんなとこに蠟燭は置かんやろから、もっと先へ行かなあかん。幸い足元には障害になる物もないようで、何かに躓《つまず》く心配もなさそうやから、もう少し早う歩こうかと考えたときや。

……ことっ。

何処かで物音がした。小さく聞こえたんで、部屋の反対側かもしれん。思わず身動きを止めたまま、俺は耳を澄ました。

……ことっ。

また聞こえた。やっぱり部屋の向こうのような気ぃがするけど、なんか変なんや。何が可怪しいんやろと思うてたら、ちょうど燐寸が燃えつきたあとで、

……ことっ、ことっ。

今度は連続で物音がしてな。しかも、それが暗がりの中でずっと続きよる。

……ことっ、ことっ、ことっ。

最初は酷う遠かったのに、ほんまに少しずつ段々と、こっちに近づいてくるようなんや。

誰かが歩いとる……。

広間らしい部屋の床は板張りやった。そこを靴のまま何者かが、俺の方へと向かってきとる。そうとしか思えん物音やった。

「……お、おい。先客が、おるんか」

そら物凄う怖かったけど、俺は必死に声を絞り出した。黙ったまま凝っとしとって、それが近づいてくるんをただ待つだけの方が、もっと恐ろしいやないか。

けど、何の返事もない。

……ことっ、ことっ、ことっ。

それが止まらずに動いとる。せやけどな、やっぱり変なんや。その部屋におるはずやのに、ほんまは他の場所にいてるいうか……。

そうか、地下室があるんや。

この部屋の中やなかったら、あとは地下室しかあらへんやろ。せやからそう納得し掛けたんやけど、待てよと考え直した。

楠があった坂下の崖崩れ跡から見ても、ここら辺の土壌は緩そうや。そんな土地に地下室を普通は造らんやろう。どうしても他の部屋が必要やったら、平屋やのうて二階建てにすれば済むことやからな。

ただ、そうなると妙な物音は、いったい何処から聞こえてんのか。

別のじげん？

じげんいうんは、いったい何や？

ほうっ、そないな考えがなぁ。やっぱり大学生いうんは偉いもんや。兄ちゃんは難しいこと、よう知っとるわ。

せやけど今の説明を聞いて、なんや俺、ぞおぉっとしたわ。同じ部屋におるのに、それは別の次元にいとる。あんとき覚えたんは、確かにそんな感じやったんや。しかもな、今にそれが別の場所から、こっちに出てきよる。そういう気配も物凄うあったんや。

「……お、おい！」

俺は腹に力を込めて恫喝《どうかつ》した。いや、そのつもりやった。でも情けないことに、口から出たんは少し大きな声だけやった。

　ところが、ぴたっと足音らしいもんが止《や》んだ。しばらく凝っと耳を澄ましとっても、なーも聞こえん。しーんとしとる。

　俺は燐寸を擦ると、再び歩き出した。相変わらず右手には本棚が続いとったけど、そのうち無事に四隅の一つに辿《たど》り着《つ》けた。つまり広間に入る扉の片側の壁が、すべて本棚やったわけや。そないな量の本は学校でも見たことないから、ほんまやったらびっくりするところやけど、さっきの足音がどうしても気に掛かってな。当たり前か。気味悪いなんてもんやないからな。

　部屋の角を曲がって、新しい壁になったところで、右手が触れたんは棚やった。ただし本棚やのうて、硝子の花瓶《かびん》や陶器の壺《つぼ》のようなもんが飾られた、そういう棚やったな。

　これやったら蠟燭があるかもしれんて、注意して探っとったら、ようやっと燭台《しょくだい》を見つけた。蠟燭が三本も立てられるやつで、まぁまぁ長いんと、かなり短《みじこ》うなったんとが、左右に一本ずつ残っとった。

　やれ助かったと喜んで、燐寸で蠟燭に火を点けた。そっからは燭台を翳《かざ》して部屋ん中を見回したら、なんと有り難いことに暖炉《だんろ》が見えるやないか。この部屋へ入ってきた扉の、ちょうど向かいに暖炉があったんや。その横には薪も残っとったから、あとは焚《た》きつけ用の新聞紙でもないかと、明かりの届く範囲で部屋中を見回した。

蠟燭に火を点けたいうても、部屋の半分以上はまだ真っ暗や。なまじ明かりを手に入れたせいで、逆に反対側の闇が恐ろしゅうなってな。あんまり動けんかった。燐寸しかなかったときの方が、よっぽど大胆やったかもしれんな。

せやけど幸運やったんは、割とすぐ側《そば》にあった机の上に置かれた新聞紙が、ぱっと目に入ってな。その下にも落ちとったんで、あるだけの新聞紙を摑《つか》んで、取《と》り敢《あ》えず暖炉まで行った。ほんまは小枝も欲しいけど、ないもんは仕方ない。外の杉木立で拾うてきても、濡れてて使い物にはならんからな。

暖炉の中に細めの薪を何本か入れて、その隙間《すきま》に新聞紙を詰めてから、燐寸で火を点けた。なかなか薪に燃え移らんで、そら焦ったなぁ。

ほんまに難儀して、ぱちぱちって薪がようやく爆《は》ぜたときは、ほっとしつつもぐったりしとった。しばらくは、ぼうっと炎を見詰めとったもんなぁ。

せやから暖炉の上の異様なもんに気いついたんは、かなり遅かった。目に入ったときは仏壇かと訝《いぶか》ったんやが、それを繁々《しげしげ》と眺めとるうちに、ああって声を上げそうになったわ。

ぱっと見は仏壇のような祭壇の中に、さっきの楠の洞の祠に祀られとった、あの気味の悪い双子の布袋さん擬《もど》きが、なんとおるやないか。

この家を建てたんも、あの祠を作ったんも、同じ奴やったんや。そう気づいたところで、ほんまに俺は「あっ」と声を出しとった。家の門柱や屋根の上におった獣らは、ありゃ二体やったんやのうて、布袋さん擬きと同じように二つの身体がくっついとったんやて、こんときようやく分かったんや。

なんか知らんけど、これはあかん。

そう俺は思うた。理屈やない。なんであかんのか、訳なんか説明できんからな。ただ、この家におったら駄目やいう気持ちが、どんどん強《つよ》うなっていった。

早う出よ。

俺は燭台を持つと入ってきた扉まで行って開けて、三和土のような場所に出たけど、打ち破った玄関扉の隙間から吹き込む冷たい風で、あっという間に蠟燭が消えてな。おまけに外は、ざぁざぁと結構な雨が降っとる。それに肌寒うて敵《かな》わん。

すぐに回れ右して、広間に戻っとった。

この家におったら、少なくとも雨風は凌《しの》げる。それだけやのうて暖も取れる。いくら気持ち悪い所でも、背に腹は代えられん。

一晩だけのことやないか。そう考えた俺は、改めて覚悟を決めた。

燭台に明かりを点け直して、逃げようとしたとき目に入った、花瓶や壺のあった棚と反対側の壁の三つの扉を順に調べてみたら、台所と寝室と厠《かわや》やった。人間が生活しとった場所を見たら、普通なら安堵したかもしれんけど、こんときは違うた。

この家に住んどった者がおる……。

そう考えたら余計に怖なってな。何のためにこんな家を建てて、なぜここに住んどったんか。ちらっと想像するだけで、もうあかんかった。

俺には関係ない。

必死に自分に言い聞かせて、寝室のベッドにあった毛布を取ってきて、暖炉に充分に薪を焼《く》べてから、その前の床の上で横になった。あの布袋像を祀った祭壇の下になるから、ほんまは厭やったけど、そこ以外は肌寒いし真っ暗やし仕方ない。

こんな所で眠るんは、さすがに無理やろかと思うとったら、うとうとし出してな。迷った末に歩き回って、いらん神経も使《つこ》うて、やっぱり疲れとったんやなぁ。暖炉の前やから暖かいし、毛布を敷いとるから床の上でも寝心地は悪うない。これで寝てもうたら、もう大丈夫やって気持ちになっとった。目が覚めたら、きっと朝に違いないってな。

……ぎぃい。

そんとき微《かす》かな物音がした。ほんまに小さな音やったのに、はっきりと俺は目覚めてもうた。

……ぎぃい。

せやけど聞き耳を立てても、何処でしとるんか分からん。

……ぎぃい、ぎぃい。

それは足音を殺して、忍び足で歩いとるような音やった。

ゆっくりと頭を起こして、俺は部屋の中を窺《うかが》った。けど、何処にも誰もおらん。暗うて見えん所は多かったけど、何者かが歩いとる気配なんか一向にない。

空耳か……。

そう思うて再び横になって、うつらうつらし出したら、

……ぎぃい。

また聞こえるんや。はっと身体を起こして、今度は燭台に火を点けて、部屋の隅々まで調べてみた。せやけど、やっぱり誰もおらん。台所や寝室や厠を覗いても同じや。この家の中におるんは、俺だけやって分かっただけで……。

暖炉の前に戻って、今度こそ寝るぞと横になったんやが、

……ぎぃい、ぎぃい。

やっぱり誰かが、この部屋の中を歩いとる。俺には見えん何者かが、こっそりと忍び足で歩き回っとるんや。

そのうち恐ろしい足音は止んだけど、何の音か分からん響きや軋りが、偶《たま》に聞こえてきてな。なかなか眠れん。それだけやない。何て言うたらええんか、あの部屋の中

で凝っと横になっとると、ほんまに少しずつなくなってく、、、、って気ぃがしてな。

何が……って訊かれても、よう答えんわ。

一番近いんは、自分の一部やろか。そう、俺自身がどんどん減っていきよる。そんな気色の悪い感じが、ずっとあって仕方なかった。そのまま寝とったら、終いにはなーも残らんのやないかって、俺が消えてしまうんやないかって、ほんまに不安やったんや。

……せや、魂を抜かれる言うけど、あれはそうやったんかもしれんな。

お陰で夜が明けるまで、まんじりともせんままやった。

表側の窓が少し明《あか》るなったんを目にしたとたん、俺は暖炉の前から飛び起きると、その家から一目散に逃げ出した。幸い雨は上がっとったけど、相変わらず霧は立ち込めたままで、早朝から陰気臭い気配が辺りに漂っとった。

たった一晩で体力がなくなったみたいに、よたよたした足取りで走った。あの急な坂道の手前まで、とにかく必死で逃げたんや。

そこから振り返らんで坂を下れば良かったと、あのあとどんだけ後悔したか。

あぁ、坂道の手前で俺は、つい振り向いてもうたんや。

そしたら家の傾いた玄関扉の陰から、黒っぽい得体の知れん顔のようなもんが、こっちを凝っと覗いとった。

その顔がな、二つ重なっとるように見えてなぁ……。

……いや、それが何やったんかは、まったく分からん。

ただな、そんなもんは家の中に、絶対におらんかったはずなんや。前の晩に俺が、家中を見て回っとるんやから……。

あれはいったい何で、何処から出てきたんか……。

そのうち俺が歩荷を辞めてもうたんも、あんときの体験が原因やったんかもしれんなぁ。

——隋門院《ずいもんいん》大学の民俗学研究室による「全国山村生活調査　東日本篇《へん》」の「その他の労働」未整理原稿より。

三

私は某大学で建築学を専攻している学生である。

昨年の春、K地方のO山の麓《ふもと》で気味の悪い体験をした。以下にそれを記したいと思う。ただし具体的な地名などは、すべてアルファベットの頭文字表記とした。

私が傾倒する建築家の一人に、伊東忠太《いとうちゅうた》がいる。彼の業績は数多くあるが、何と言っても特筆するべきは、奈良県《ならけん》生駒郡斑鳩町《いこまぐんいかるがちょう》の法隆寺が日本最古の仏教建築であり、かつ現存する世界一古い木造建築であると発見したことだろう。

伊東は西洋建築を学びながらも、日本建築を根本的に見直した。まだ誰も手をつけていない日本建築史を文字通り開拓したのである。そう考えると法隆寺についての発見は、正に彼にしか成し得なかった偉業と言えるのではないか。

ギリシャ神殿も元は木造だったこと、その神殿の格好《かっこう》と法隆寺の中門には類似性があること、この二つの事実から伊東は大胆な仮説を立てる。

前者の様式がユーラシア大陸を横断して、後者まで伝わったのではないか。

並の学者であれば、精々この仮説を補強するために、参考になりそうな海外の研究者たちの著作を探して読み、それで論文を書くくらいだろう。

だが、伊東は違った。まず中国へ渡り、ビルマとインドを経《へ》て、トルコとギリシャへ至る旅に出たのである。しかもロバに跨《また》がって、三年という歳月を掛けて。

目的は二つあった。一つはギリシャ神殿から法隆寺へと伸びた繋《つな》がりを見つけること。もう一つは中国とインドの仏教建築に法隆寺の原型を探ること。

結論を記すと、一つ目は失敗したが二つ目は成功だった。中国とインドの主要な仏教遺跡を探訪できたお陰で、仏教建築の源流に触れられたからだが、実は収穫はそれだけではなかった。旅先で目にした石や煉瓦《れんが》の建物が、元を辿ると木造だったこと。現在の形になっても、その木造時代の記憶を留《とど》めていること。この二つを彼は知ったのだ。

ここから伊東忠太の「建築進化論」が生まれる。木造から石造りへと、何処の国でも観察できる転換を、彼は進化の過程と見做《みな》したわけである。

本来ならこの論を基にして、伊東の主要な作品を論じるところだが、本稿は論文ではないため止めておく。ただ私が、彼の作品の中でも浄土真宗本願寺《ほんがんじ》派の寺院である築地《つきじ》本願寺を、特に偏愛していることを知っておいて貰いたい。そうでないと私の今回の行動が、恐らく理解できないと思うからだ。

伊東忠太が手掛けた建築物を語るとき、色々な切り口が考えられる。しかし私が最も惹《ひ》かれるのは、建物のあちこちに見られる「珍獣」や「架空の動物」または「化物」や「妖怪」とでも呼ぶしかない数多《あまた》の石像たちである。

例えば築地本願寺本堂には、入口の広い階段の両脇《りょうわき》に、対になった獅子《しし》の像が鎮座《ちんざ》している。よく見ると阿吽《あうん》の像のため、狛犬《こまいぬ》のようにも思えるが、この二体の獅子には翼が生えている。これと同じ獅子が階段を上がった先の柱の足元にもいて、寺院を訪れた我々を出迎えてくれる。他にも内部の階段の親柱などに、牛や馬や象や鳥が見られる。無論それらは実在する動物だが、宗教建築が持つ場の雰囲気と相俟《あいま》って、何処か現実にはいない生き物のようにも映る。そういう特異な気配が、彼の「動物」には感じられて仕方ない。

他に今ぱっと思いつくだけでも、戦災によって焼失したが上野不忍池《しのばずのいけ》の弁天堂の天龍門にいた獅子と吻《ふん》（これは鯱《しやち》の原型に当たる）、旧東京商科大学兼松講堂（昨年から一橋大学兼松講堂となる）の龍と鳳凰《ほうおう》と獅子と鳥と鬼、大倉集古館の複数の吻と狛犬と龍、震災記念堂の狐《きつね》とも豚ともつかぬ珍獣と鳥（記念堂に隣接する復興記念館にも珍獣がいる）、靖国神社《やすくにじんじや》遊就館の鬼と鯱と龍の落とし子などがある。

その多くが幸いにも関東に「棲息《せいそく》」していたことから、私は何度も足を運んで観察した。現存していない「生物」については、建物の写真を撮っている地元の方を捜し出して、それを見せていただいた。そうして遠方の「生き物たち」も含めて、伊東忠太が命を吹き込んだ石像のほぼ全部を目にすることができた。あとはお気に入りの彼らに何度も会いに行きながら、伊東建築の研究を進めるつもりだった。

ところが、一昨年の冬である。大学の友人宅に遊びに行ったとき、彼の兄から非常に興味深い話を聞いた。その兄は登山仲間のSから、この話を教えて貰ったらしい。つまりは又聞きである。

K地方のO山の近くに、奇妙な生き物たちの石像に囲まれた家があるという。

もっとも動物の石像だけであれば、伊東忠太の建築物に拘《かかわ》らずとも、東京都内に限ってもいくらでも探すことができるだろう。しかし私が心惹かれるのは、決して彼らではない。よって何処の誰が建てたのかもしれぬ片田舎の家になど、本来なら興味は覚えないはずだった。それが友人の兄の話に食いついたのは、偏《ひとえ》に次の会話があったからである。

「Sの話の中に、譬《たと》えとして寺院が出てきたんだが、何という名称だったか」

「もしかして、築地本願寺ではありませんか」

まさかと思いながら私が尋《たず》ねると、友人の兄は大声で、

「あっ、それだ。その築地本願寺にある石像と似たものが、問題の家の外側に飾られているらしいんだよ」

伊東忠太の話をしたあとで、もっと詳細を聞き出そうとする私に、

「K地方のH村の近くという情報しか、Sも知らなかったな」

友人の兄は答えてから、

「築地本願寺という寺院は、恐らく立派な建物だろう。でも、その家はどうも違うみたいだ。君が興味を持った石像も、かなり無気味らしい。その伊東とかいう偉い建築家の動物像とは、きっと似ても似つかない代物じゃないかな」

恰《あたか》も宥《なだ》めるような物言いをしたのは、私がかなり熱くなり過ぎていたからかもしれない。

その場を収めるために私は話題を変えたが、翌日から早速K地方の地図を手に入れて、O山とH村のことを調べはじめた。だが問題の家に関しては、さっぱり何の情報

も得られない。仕方なく友人の兄から――兄弟ともに呆れられたが――Sに連絡を取って貰うことにした。しかし残念ながら、「三叉岳《みつまた》の山小屋で一緒になった人物から聞いたのは間違いないが、彼自身も又聞きだと言っていた」という役に立たない返事が来ただけで、この話の出所を突き止める目論見《もくろみ》は崩れてしまった。

こうなれば、あとは現地へ行くしか手はない。まだまだ朝晩は冷え込む春先に、私はリュックサックに愛用のカメラや弁当や地図を詰め、上野駅からK地方へと旅立った。早朝に発ったにも拘らず、H村に着いたら午後の遅い時刻になっていた。途中から交通の便が悪くなったうえに、乗り換えで下車する駅を間違えてしまい、要らぬ待ち時間を食ったせいである。

それでもH村で例の家の場所を教えて貰い、すぐに訪ねて行けば大丈夫だと考えていた。夜の遅い時刻になるだろうが、今日中には東京へ戻れると楽観していた。

ところが、肝心の家の所在を知る者が、なぜか村で見つからない。東京から来た学生だと名乗ると、ほとんどの村人は好意的な態度を示した。でも、「こういう家を捜しに来た」と説明をはじめたとたん、誰もが急に「知らない」と素っ気《そけ》なくなる。そして私の前から、そそくさと立ち去ってしまう。その様子が妙に嘘臭く感じられた。

本当は知っているのに、わざと分からない振りをしている。もしそうなら、いくら訊いても教えてくれるわけがない。

かといって私にできるのは、愚直なまでに真正面から尋ねることだった。それ以外には何の方法も浮かばなかった。

その結果、ふと気づくと私は、村外れの道祖神の傍《かたわ》らまで来ていた。周囲に村人の姿はまったく見えず、あと少しで村を通り抜けるという地点に、ぽつんと独りで佇《たたず》んでいた。村に入ってから出会う人毎《ごと》に話し掛け続けて、とうとう村外れまで辿り着いてしまったらしい。

途方に暮れていると突然、後ろから声がした。

「けものやのことを訊いて回っとるんは、あんたか」

とっさに振り向くと、いつの間に近づいてきたのか、そこに矍鑠《かくしやく》とした老人が立っている。

「けものや？」

私は訊き返し掛けて、はっと身動《みじろ》いだ。

「けものや」とは「獣屋」または「獣家」と記すのではないか。例の家が動物の石像によって飾られているため、そういう呼称がついたのかもしれない。

恐る恐る尋ねたところ、老人は「獣の家」を意味すると答えた。

「その家が何処にあるか、ご存じですか」

すると逆に、どうして獣家へ行きたいのか、その訳を訊かれた。そこで伊東忠太と

築地本願寺の名前を出しつつ、建築学の研究のためであると説明したのだが、

「ならば行かんで宜《よろ》しい」

ばっさりと老人に断じられてしまった。

「な、なぜですか」

「そういう偉い先生がお建てになった、しかも有り難いお寺と、あの獣家を比べるなど罰《ばち》が当たるからじゃ」

「別に比較するつもりはなくて」

私は必死に説明したが、学問のためという動機は方便で、ここまで訪ねてきた原動力が興味本位に過ぎないことは、自分でもよく分かっている。そんな心の内を、老人には見透かされている気がした。

それでも諦《あきら》めきれずに、私は頼み込んだ。飽くまでも研究のためだと言い続けた。

「ほとほと強情な学生さんじゃなぁ」

老人は始末に負えないという顔をしたが、こちらの熱意が伝わっているように感じられたので、私は更に熱弁を振るった。

「そこまで言うんじゃったら、まぁ仕方ないか」

この道を真っ直ぐ行って、という案内を、ようやく老人がしてくれた。

「じゃがな、あんた、吸われるぞ」

ただし最後に、そんな台詞《せりふ》をつけ加えた。

「すわれる？」

意味が分からずに訊き返すと、こっくりと老人は頷《うなず》きながら、

「獣家いうんは、その中に入った人間の魂の一部を、こっそり吸うんじゃ」

変なことを言うなと少し腹が立ったが、下手に相手をして、「やっぱり行くな」と話を蒸《む》し返《かえ》されては敵わないので、

「あくまでも外から眺めるだけなので、大丈夫です」

無難な返事をしておいた。大方こういう田舎に伝わる昔からの迷信を、実在する変な家屋に当て嵌めているだけに違いない。

「まぁ何ぞあったら、儂《わし》の家に寄ったらええ」

別れ際に老人はそう言って、わざわざ「田代（仮名）」と名乗り自宅まで教えてくれた。

「ありがとうございました」

私は一礼をしてから、村外れの道を辿り出した。

そこから獣家まで歩いて、若者の足で三十分くらいだという。向こうでの滞在を予定の二時間から一時間に短縮すれば、どうにか上野行の最終に乗れそうだった。乗換駅での長い待ち時間を獣家の探索に当てられれば良いのだが、こればかりは仕方がな

かった。

私は疲れない程度に早歩きで進んだ。ここで焦って走っても、向こうに着いて息も絶え絶えでは、満足に写真も撮れない羽目になる。そういう事態は避けたい。

村を離れるに従い、周りの緑が濃くなり出した。田畑も見えなくなり、山の中に入った感じがある。もちろん誰とも出会わない。それが獣家に近づいている証拠のような気がして、自然と足が急《せ》く。しかし、そうやって歩き続けても、まったく何も見えてこない。いつまで経《た》っても何処まで行っても、獣家の影も形もない。

……騙された。

ようやく気づいたのは、四十数分も歩いたあとだった。

何かあれば自宅に来いと言ってくれた田代という老人に、まさか嘘を吐かれるとは思いもしなかったので、かなりの衝撃を受けた。その場でしばらく、呆然《ぼうぜん》と立ち尽くしてしまった。

獣家に行き着けなければ、きっと私が諦めるだろうと、田代老人は考えたに違いない。だが、こうやって邪魔をされるほど、余計に行きたくなる。その家を目にしたい気持ちが、むしろより高まってくる。

私は回れ右をして、決然とした足取りで村へ戻りはじめた。何が何でも獣家まで行くのだ、と自分を鼓舞しながら歩いた。

　とはいえ村が近づくにつれ、どうにも困り出した。いったい誰に獣家までの道程を訊けば良いのか。恐らく教えてくれる村人は、皆無ではないか。それどころか性懲《しょうこ》りもなく同じ質問を繰り返せば、村から叩《たた》き出されるかもしれない。

　H村が見えはじめた辺りで、私の足は急に鈍った。そこから村外れの周辺を、きょろきょろと不審者のように見回していると、こんもりと盛り上がった小山の麓で遊んでいる、一人の男の子が目に入った。

　周囲に大人がいないことを確かめながら近づいて、

「こんにちは」

　と声を掛けると、彼はびっくりした様子で振り返った。だが、すぐに恥ずかしそうな顔になったのは、如何《いか》にも素朴で可愛《かわい》らしかった。

　これなら尋ねられそうだと喜んだものの、どう訊けば良いのか。「獣家」という名称を口に出せば、怖がられて逃げられてしまうかもしれない。かといって遠回しの表現が、この男の子に通用するとも思えない。

　さて、どうしたものか。

　私が悩んでいると、その子が驚くような台詞を吐いた。

「学生さん、あの怖い家に行きたいんじゃろ」

　こんな小さな子に「学生さん」と呼ばれて、普通なら笑い出してしまうところだが、このときの私は真剣だった。きっと大人たちの話を耳にして、その真似《まね》をしたのだろうと、かなり冷静に考えていた。

「うん。どうしても行きたいんだけど、場所が分からなくて困ってるんだ」

「……俺、知っとるよ」

半分は自慢、あとの半分には躊躇《ためら》いの気持ちが見える口調である。

「本当に？」

やはり躊躇いつつも、その子はこっくりと頷いた。

「名前は何て言うの？」

「田代儀一（仮名）」

その名前を聞き、漢字を確かめて、私はどきっとした。あの老人と同じ名字ではないか。もしかすると孫なのかもしれない。仮にそうなら、この子が獣家を知っている可能性は、確かに高そうである。

「まだ小さいのに知ってるなんて、それは凄《すご》いなぁ」

こんな子供を煽《おだ》てて聞き出そうとしている自分に、さすがに嫌気を覚えながらも、やっぱり私は頼んでいた。

「その家にはどう行けば良いのか、ぜひ教えてくれないかな」

「でも……」

儀一が否定的な言葉を口に出す前に、私はリュックサックからチョコレートを取り出した。万一の用心に持ってきた非常食である。

彼の両目が真ん丸に見開かれるのを微笑《ほほえ》ましく見詰めながら、私は再び頼んだ。すると躊躇ったのは一瞬だけで、すぐに道順を教えてくれた。それは田代老人が指し示した道とは、九十度も違う方向だった。地図で見ると、O山の麓へと通じていると分かった。

「目印は洞のある大きな楠じゃ。近くに急な坂があってな。その先に怖い家があるんじゃ」

「儀一君も行ったことがあるの？」

チョコレートを差し出しながら尋ねると、彼は大きく首を横に振った。

「僕に道を教えたことは、二人だけの秘密にしよう」

私がそう言うと、儀一は真面目《まじめ》そうな顔でしっかりと頷いた。でも、すぐに不安そうな表情になって、

「秀ちゃんにも、内緒にせんといかんじゃろか」

「君の友達？　口は堅いか」

彼はうんうんと首を縦に振りつつ、

「チョコレートを秀ちゃんに分けたら、誰から貰うたか訊かれるじゃろ」

だから内緒にはできないと言いたいらしい。

「それじゃ僕と君と秀ちゃんと、三人だけの秘密にしよう」

儀一が納得したところで、私は手を振って彼と別れた。

そこからは前以上に速足になった。乗り換えの失敗を加えると、当初の予定よりも三時間は遅れている。先程《さきほど》までは万一の場合、田代家に泊めて貰うことも考えていたが、本当に儀一があの老人の孫なら、いくら何でも不味《まず》いだろう。

村から離れるに従い、道には物淋《ものさび》しい雰囲気が漂いはじめた。普段から村人の誰も歩いていない。そんな侘《わび》しくも恐ろしい感じを受ける。さっきの道にも同じことが言えたが、こちらの方がより強い気がした。

なぜなら本当に獣家へ通じているから……。

そう思うと正直ちょっと怖いながらも、やっぱり嬉《うれ》しくなる。いよいよ問題の家を目の当たりにできるのだという期待が、更に私の足を急がせた。

ところが突如、それに水を注《さ》すような現象に見舞われた。夕靄《ゆうもや》が出はじめたのだ。要らぬ時間を取られているうちに、すっかり遅くなっていた。酷くなると厄介だと思っている側から、厄介なことに霧へと変わり出した。これでは足が鈍るばかりではないか。

そのうえ、たった今まで覚えていた高揚感《こうようかん》がたちまち減じて、逆に恐ろしさが増してきた気がする。いつの間にか目の前まで迫った霧の中から、ふっと何かが現れそうで怖い。こんな状況で出てくるものなど、まず碌な存在ではない。きっと悍ましくて忌まわしい、得体の知れぬ何かだろう。そんな思いに、ふつふつと囚《とら》われる。

どうかしてるぞ――と自分を叱《しか》っても、少しも効き目がない。この白くて細かい煙のような水滴に取り巻かれた状態から脱しない限り、とても安心などできない。

そのとき霧の向こうに突然、ぬっと巨大な化物の如《ごと》き影が現れて、「うわっ」と大声を出した私は反射的に身構えた。それに襲われて喰《く》われる恐怖を、本気で覚えたのである。

だから影の正体が大きな樹木だと分かったとたん、へなへなと全身の力が抜けそうになった。しかし次の瞬間、再び私は声を上げていた。

「これは、楠じゃないか」

見ると確かに洞があり、その中に祠らしきものが見える。これについて儀一は何も言っていないが、恐らく知らなかったのだろう。祠は半《なか》ば朽ちているようで、もう管理されなくなってから、それなりの年月が経っているのかもしれない。

目印を見つけて急に元気が出た私は、楠を避《よ》けて先へ進もうとして、はたと立ち止まった。

道がない……。

土の斜面が壁のようにあるだけで、そこまで辿ってきた道が完全に途切れている。迂回《うかい》しようにも横には、うじゃうじゃと藪が茂って広がるばかりで、やはり道など何処にも通じていない。

可怪しいな。行き止まりじゃないか。

あの朴訥《ぼくとつ》な男の子が、まさか嘘を吐いたとは思えない。彼が言った通りに、ちゃんと目印の楠はあった。つまり正しい道を、私は歩いて来たことになる。

それとも霧で見えないのか。

藪の向こうを透かすように覗いているうちに、そこに切れ目があることに気づいた。身体を斜めにすれば、どうにか通れるかもしれない。些《いささ》か無理に藪へ足を踏み入れて、かなり強引に先へ進んだところで、またしても私は「うわっ」と大声を出していた。

目の前に突然、急な坂道が現れたのだ。

まったく忌々《いまいま》しい霧である。少しも気づかず遮二無二突っ込んでいたら、思わず転んで怪我をしていたに違いない。

本当に急峻《きゅうしゅん》な坂道の前に立ちながら、私は胸のどきどきを静めようとした。にも拘らず一向に止まなかったのは、この坂の先に獣家があるのではないか、という期待から逆に胸が高鳴ったからだろう。

そんな自分自身を落ち着かせるように、坂道への第一歩を慎重に踏み出す。この一歩一歩によって、確実に獣家へと近づいている。それを実感として犇々《ひしひし》と覚えるため、ともすれば速足になり掛けるのを我慢した。変に急いで転びでもしたら元も子もない。ここまで来たら、あとは無理に焦らないことだ。

足元には充分に注意をしていたのに、ずるっと左足が滑《すべ》りそうになった。慌てて見下ろして、ぞおっとした。もう少しで坂道を踏み外すところだった。慎重な足取りを心掛けたのは良いが、知らぬ間にかなり左へと寄っていたらしい。霧のせいでよく分からないが、坂の左側はすとんと落ち込んでいた。そこは完全に崖になっていそうだった。

急いで右手へ移動すると、そちら側は樹木が生えている。安心して右手を添えながら、ゆっくりと坂道を辿る。

もう何の危険もないだろうが、決して安心してはいけない。田代老人に嘘の道を教えられたのも、霧が出て歩行が困難になったのも、楠の地点で行き止まりに見えたのも、進むべき道が藪に隠されていたのも、坂道から落ちそうになったのも、すべては獣家の仕業ではなかろうか。罠《わな》と言っても良い。それを潜《くぐ》り抜《ぬ》けてきた者だけが、そうして選ばれた者のみが、獣家の正当な招待客になれるのではないか。

このときの私は、本気でそう思い掛けていた。

やがてきつい勾配《こうばい》を足の裏に感じなくなり、ようやく平坦《へいたん》な道になったらしいところで、ふっと流れた霧の切れ間に、ぼうっと一軒の家が浮かび上がった。

「……やった。とうとう獣家に着いた」

ぱっと目にした第一印象は、洋風の二階建ての家だった。全体の朽ちた外観からも、人が住まなくなって十年ほどは経っていそうである。

更に濃くなりつつある霧越しに観察すると、屋根には屋根窓があり、外壁は下見板張りで、外に鎧戸《よろいど》のついた上げ下げ窓が一階にも二階にも見える。どうやら十九世紀後半にアメリカで流行した、ヴィクトリアン・ゴシック様式を真似ているらしい。ただし窓の外に嵌められた鉄柵だけは別だった。それでも無骨な鉄柵が、その家には妙に合っている。そして家屋の両側には、巨木の杉木立が鬱蒼と屋根の高さまで聳《そび》えていた。

だが、そういった外観や立地よりも、私の目を引いたのは「異形《いぎょう》の動物」たちだった。この家には不釣合いな円柱の門の上に、翼を持った虎らしき生き物が鎮座している。それは築地本願寺の翼を持つ獅子に、非常によく似ていた。屋根の上で羽根を広げている鳥は、牙があるものの震災記念堂の鳥とそっくりである。斯様《かよう》に獣家の「獣たち」は、伊東忠太が命を吹き込んだ石像たちに、かなりの影響を受けているのが見て取れた。

ただし、大きく異なる表現の違いが一つあった。獣たちの全部が、シャム双子のような姿をしていたことである。同じ像が二体あるのではなく、身体の半分が完全に融合している。それも元は別だったものが、くっついて一体になろうとしている状態ではなく、一個の存在だったものが二つに分かれようとしている。そんな風に映る不思議な石像だった。いいや、不思議というよりも無気味と言うべきか。

正直、私は戸惑った。どう評価すれば良いのか。伊東忠太の動物たちと比べるのは烏滸《おこ》がましい。それは間違いない。だが目の前の獣たちにも、得も言われぬ魅力を感じる。異形であるが故《ゆえ》に惹かれるのだろうか。

私は夢中で写真を撮った。撮影には不向きな天候だったが、一体ずつを——それとも二体と呼ぶべきか——できるだけ丁寧に写した。

すべての獣たちの撮影を終えたときには、あと十数分で戻らないといけない時刻になっていた。しかし私は、家の中を覗きたくて堪らなかった。もしかすると内部の装飾にも、同じように獣たちが使われているのかもしれない。そうであれば何としても見てみたい。

でも、いくら廃墟とはいえ勝手に入るのは躊躇われる。それでは不法侵入になってしまう。

とっさに周囲を見回してから、私は苦笑した。こんな所に誰がいるというのか。おまけに霧のお陰で、ほとんど見通せない有様《ありさま》ではないか。

ちょっとだけならと自分に言い聞かせて、私は玄関に立つと扉に手を掛けた。だが鍵が掛かっている。何処か覗ける場所はと探して、鎧戸の外れた右手の窓まで移動し、両手で両目の左右を覆いながら中を見ようとしたが、硝子が汚れていて何も見えない。その右隣の窓も同様である。再び玄関まで戻って扉を揺すっていると、開きそうな手応《てごた》えがあった。違法行為と思いつつも強く前後に揺すったところ、ばきっと鈍い音がして鍵が壊れた。

「お邪魔します」

蚊の鳴くような声を出しながら、そっと扉を開ける。

最初は真っ暗だったが、目が慣れてくると扉を入ってすぐが、小さな玄関ホールらしいと分かった。その空間は何もない空っぽの状態で、正面に観音開きの二つ目の扉がある。扉の上部にはステンドグラスが嵌まっていたが、色硝子が用いられていない無色だった。とはいえ屋内には闇が籠っているため、硝子越しに覗くのはとても無理である。

私は観音扉の片方に手を掛けると、ゆっくりと開いた。

玄関ホールで暗がりに慣れた両の眼《め》に、まず飛び込んできたのは、真正面の祭壇の如き代物と暖炉だった。その両者の組み合わせが余りにも妙で、まったく別の何かと見間違っているのではないかと、しばらく凝視したほどである。

だが少しずつ近づいて行って、祭壇の中心に祀られていると思《おぼ》しき像が、はっきりと見え出したとたん、ぞわぞわっとした悪寒が背筋を走った。この家に来たことを後悔する念が、ふつふつと湧《わ》き起こった。

その像は七福神の布袋のような、上半身が裸体の太った男だった。ただし家を取り囲む獣たちの石像と同じく、やはり二体に分離している。そういう意味では仲間である。それなのに表の獣たちには感じなかった忌まわしさが、なぜか目の前の像には漂っている。

動物ではなく人間だからか。

いいや、そうではない。きっと「彼」に問題があるのだ。この布袋像のモデルになっているに違いない「彼」自身に、どうやら私は嫌悪感を抱いたらしい。なぜか理由は分からない。ただ近寄りたくない、関《かか》わりたくない、接したくないと強く思った。

新興宗教の教祖とか。

そう考えて室内を見回したが、宗教を感じさせるのは祭壇くらいで他には何もない。観音開きの扉の左右は書棚で、その向かいの壁に祭壇と暖炉があった。祭壇と暖炉の左右の壁には二つずつ窓が見えるが、全部に鎧戸が下りている。残る二面の壁の一方には、暗くてよく見えないが彫塑《ちょうそ》や壺や硝子細工などが置かれた二つの棚と、その間に絵画が掛かっているらしい。そしてもう一方の壁には、三つの扉があった。窓から射《さ》し込《こ》む微かな明かりを頼りに、三つの扉の内部を検《あらた》めると、キッチンとトイレと寝室だと分かった。獣たちに取り巻かれた外観や、異様な祭壇のある広間に比べると、何の個性もない平凡な部屋である。

本当に誰かが、この家に住んでいたのか。

そんな風にはとても見受けられない。生活空間であるはずの三部屋さえも、万一を考えて念のために用意したかのようである。

だとしたら、いったい何のために、こんな家を建てたのか。

そのとき私は急にある事実に気づき、はっとした。慌てて左右の壁に目をやり、三つの部屋を改めて覗き、次いで祭壇側と観音扉側の壁を繁々と見詰めた。最後に物凄く高い天井まで見上げた。暗くて確かめるのは大変だったが、苦労して隅々までじっくり検めた。

それから急いで表へ飛び出すと、家の向かいに聳える絶壁に圧倒されて、その場で一瞬くらっと眩暈《めまい》を覚えた。しばらく顳顬《こめかみ》を両手で押さえたあと、ゆっくりと振り返って、今一度しっかりと家の正面を眺めてから、次に左右の側面を確認した。

すべてを見定めたところで、ちょっと言葉では表現できない慄きを覚えつつ、私は家の前に立ち尽くしていた。

二階へ上がるための階段が、何処にもない。

普通なら一階の広間の壁際か、もしくは広間から出たところに廊下があって、その先に見えるだろう。しかし獣家の何処を捜しても、あるはずの階段がまったく見当たらない。

いったい何のために、こんな家を建てたのか。

つい先程、そんな疑問を私は覚えた。とはいえ施主なりの理由があったのだろうと、まだ考えることが可能だった。しかし、これは違う。

決して上がれない二階を、なぜわざわざ作ったのか。

この疑問が脳裏に浮かんだ瞬間、私は心底この家が怖くなった。慌てて目を逸《そ》らすと、あとは後ろを一度も振り返らずに、すぐに逃げ出した。

このとき視線を感じたのは、私の気のせいだったのか。

誰も上がれないはずの二階の窓から、凝っと私を覗く何かの姿があったように思えたのは……。


――『猟奇人』一九五〇年八月号の「真夏の怪談特集」に投稿された一般読者の没原稿より。

四

「これって同じ家……ですよね？」

刀城言耶《とうじょうげんや》は二つの話に目を通したあと、思わず二人に尋ねていた。

一人は国立世界民族学研究所の教授である本宮武《もとみやたけし》で、もう一人は泰平新聞の文化部の記者である枇々木悟朗《ひびきごろう》だった。前者の歩荷が語った体験談の原稿は本宮から、後者の学生が投稿した没原稿は枇々木から提供されたもので、もちろん二人は事前に目を通している。

時は梅雨の真っ最中で、所は都心から離れていたが故に、幸いにもあの大空襲の惨禍に遭わなかった本宮家の洋館である。言耶は学生の頃から何度か訪れていたが、初訪問で奇っ怪な足跡が残る四《よ》つ家《や》での密室殺人事件に巻き込まれ、その後も本宮に紹介された土淵《つちぶち》家の彌勒《みろく》島で足跡のない殺人事件に遭遇するなど、実は当家に対する印象は余り良くない。にも拘らず今回も顔を出したのは、「君向きの怪談めいた話があるから、ぜひ遊びに来なさい」と本宮の誘いがあったからだ。

事の起こりはこうである。

本宮の友人である隋門院大学の民俗学研究室の教授が、空襲と疎開のために散逸した戦前と戦中の民俗採訪の資料を整理していたところ、かつて学生を使って行《おこ》なった「全国山村生活調査　東日本篇」が見つかった。主要な原稿は概《おおむ》ね揃《そろ》っていたが、山村の定住者ではない人々の仕事を調べた「その他の労働」だけは、残念ながら抜けが多かった。しかも歩荷から聞き書きした記録では、担当の学生が未熟だったためか、肝心の仕事内容よりも、本人の奇妙な体験が綴《つづ》られている始末である。

しかし、その教授は歩荷の体験談に目を通した結果、これは友人の本宮が大いに興味を持つのではないかと思ったらしい。そこで問題の記録を、わざわざ送って寄越したのである。

これだけであれば、いずれ言耶が本宮家へ遊びに行った際に、「こんな面白い話があるけど」と本宮から歩荷の体験談を聞かされて、それで終わっていただろう。だが、そこに枇々木悟朗が登場したことで、事態は一気に動き出すことになる。

枇々木は十日ほど前に、国立世界民族学研究所を取材して、本宮にインタビューをした。雑談になったとき、山男である枇々木が好きな登山の話をしたところ、本宮が歩荷の気味の悪い体験談を披露した。それを聞いた枇々木は仰天した。なぜなら非常によく似た話を数日前に、彼は雑誌の没原稿で読んでいたからだ。

枇々木は記事のネタを探すためとはいえ、かなり変わった習慣を持っていた。雑誌の編集部に定期的に押し掛けては、読者から送られてきた原稿のうち没になったものに、わざわざ目を通すのである。ただし小説には見向きもしなかった。彼は飽くまでも筆者の生々しい体験談を求めた。お陰で格好のネタを拾えて、記事を書けたことが何度もあったらしい。

掲載記事が煽情的《せんじょうてき》なことで知られる『猟奇人』が、四月号から毎月「真夏の怪談特集」に向けて、一般の読者から「怖い体験」を募集し出した。投稿は沢山あったが、掲載できるほどの内容を持つものは少ない。ほとんどは没になる。そんな中に歩荷の体験談と余りにもよく似た話が、偶然にもあったというのだ。

その投稿の内容を聞いて、本宮も驚いた。だから二つの原稿について調べてみたい――という枇々木の申し出を、教授も喜んで認めた。

ところが、残念ながら新しい情報は得られなかった。隋門院大学の民俗学研究室を訪ねて訊いても、「全国山村生活調査　東日本篇」の「その他の労働」の大部分が散逸しているため、歩荷を担当した学生が誰だったのか、今となっては分からないという。一方の没原稿は封筒の名前と住所から、体験者にして筆者の学生を捜し出すことができた。しかし、本人に取材を拒否された。枇々木の見立てによると、「有名大学の学生の身で、『猟奇人』のようなカストリ雑誌に投稿して大変な後悔を覚えている。だから知らん振りをしたのだろう」ということらしい。

「つまり手掛かりは、歩荷さんの聞き取りと学生さんの投稿原稿、この二つだけなんですね」

言耶の確認に本宮は頷いたが、なぜか枇々木は笑っている。

「おいおい、実は何か見つけているのですか」

枇々木の笑顔を見て、本宮が意外そうに尋ねると、

「見縊《みくび》って貰っては困ります。私は新聞記者です」

「君が優秀な記者なのは知っていますが、何か発見があったのなら黙っていないで、こっちにも教えてくれないと――」

「それを今日、実はお話しするつもりでした。でも私が来たとき、既に作家先生がいらっしゃったので、これはあとの方が良いと判断したわけです」

「あと、というと？」

「あのー、先生は止めて貰えませんか」

本宮と言耶が、ほぼ同時に口を開いたのだが、枇々木が応じたのは教授に対してだった。

「もちろん作家先生の、名推理を拝聴したあとです」

「ええっ……」

しかし反応したのは、言耶の方である。

「本宮先生は、僕を買い被《かぶ》り過ぎています」

「まぁまぁ、そう言わずに。こういう話は、君も嫌いではないでしょう？」

本宮に宥めるような口調で訊かれ、

「はぁ、それは、もちろん好きですが……」

と言耶が答えたところで、枇々木が畳み掛けるように、

「二つの話に目を通して、どう思った？」

「先程も言いましたように――」

そこで言耶が素直に答え出したのは、本宮と枇々木の乗せ方が、やはり上手《うま》かったせいだろう。

「二人が目にしたのは、同じ家としか考えられません。歩荷さんの体験は、昭和十三年（一九三八）か十四年くらいでしょうか。一方の学生さんは、いつ頃です？」

「投稿は今年の五月だったので、その家に行ったのは昭和二十四年（一九四九）になるだろう」

枇々木は答えたあとで、

「同じ家としか考えられない、その根拠は？」

「どちらも禁野地方の大歩危山の麓にあるらしいこと。学生さんの原稿に出てくるK地方は禁野地方、O山は大歩危山、H村は辺通里村でしょう。イニシャルの一致が一つか二つなら、偶然かもしれませんが、三つも重なってますからね」

「同じ地と見るべきか」

「次は巨大な楠と、その樹が持つ洞と、洞の中に作られている祠です。ここでも三つの重なりがあります。そのうえ二人とも、そこで行き止まりだと思っていたら、藪の向こうに坂道を見つけている。その坂道の勾配が急な点も、やはり同じです。坂道の左側は切り立っており、右側には樹木が生えている。ここも一緒ですね。そして家の向かい側は、共に絶壁でした。おまけに山のガスと平地での夕靄の違いはありますが、最終的には霧が、どちらの体験でも発生しています。ここまで揃ってしまったら、二人が違う場所に行ったという証拠を見つける方が、どう考えても困難ではないでしょうか」

「確かにその通りだ」

「問題の家についても、同じことが言えます。まず外観ですが、門柱には翼を持った虎が、屋根の上には牙を生やした鳥がいて、どちらもシャム双子のように見える。他の動物で一致する語りと記述はありませんが、この二点だけでも充分でしょう。次いで内観は、内側の扉の左右が書棚で――歩荷さんは右側しか触れていませんが――その反対の壁には祭壇と暖炉が、残りの向かい合った壁の一方には壺や花瓶などが置かれた棚が、もう一方には三つの扉がある。扉の先は台所と厠と寝室になっている。そして祭壇には布袋さんに似た、やはりシャム双子のような像が祀られている。おまけに天井が非常に高い。二つの話で異なる部分があるとすれば、学生さんの原稿に出てくる棚と棚の間の絵画が、歩荷さんの語りでは抜けていることくらいでしょう。よって二人が訪れた家も、同じ家屋だったと考えるべきなんですが――」

「まったくその通りだ」

枇々木は再び肯定したあと、今度は声を潜めるような芝居がかった様子で、

「にも拘らず歩荷が見たのは平屋で、学生が目にしたのは二階建てだった。これは、いったいどういうことなのか」

言耶は少し困った顔になると、

「いきなり掌《てのひら》を返すようで何ですが、実は別の場所に建てられた別の家だった、という解釈が最も筋が通ると思います」

「やっぱりそうなりますか」

本宮が相槌《あいづち》を打ったが、その表情には失望の色が見え隠れしている。

「具体的には？」

一方の枇々木は、容赦なく突っ込んできた。

「例えば平屋の方は大歩危山の東の麓に、二階建ての方は西の麓にあるわけです。急な坂の上という立地さえ同じにしておけば、あとは洞を持った楠と、その中に祠を用意するだけで、大抵《たいてい》の人は騙されると思います。その地方では夕方になると霧が発生

し易《やす》いことも、目撃者を煙《けむ》に巻《ま》く役に立ったでしょう」

「うーむ、しかしねぇ」

いったん相槌を打った本宮が、低く唸《うな》りながら、

「急峻な坂の上という同じ立地が、偶然にも大歩危山の麓の二ヵ所で見つかったとしても、そこへ辿り着くための坂道を隠す藪があり、坂の手前が行き止まりにしか映らない場所で、目印となる洞を持つ巨大な楠が生えている、という条件まで偶々《たまたま》一緒だったとは、さすがに考えられませんよね。そうなると最も有り得るのは、それら全部の要素をそっくり、もう片方に再現することです。ただ、そこまで両者を揃えるためには、結構な土木工事が必要になりませんか」

すると言耶が頭を掻きながら、

「はい。用意するだけと言いましたが、実際には大変な作業になります。それに肝心の動機が、まったく想像もつきません」

「いや、動機ならあるんだ」

枇々木の発言に、言耶はびっくりした。それは本宮も同様だったらしく、

「まさか君、現地まで取材に行ったのですか」

「いいえ、それは最後の手段です。まず私が取り掛かったのは、この二つの記録を補完する事実を掘り出すことでした」

「その結果、どうやら見つけたようですね」

期待に満ちた顔の本宮に、枇々木は丁寧に頷くと共に、言耶には悪戯《いたずら》っ子のような笑みを見せてから、

「お二人には、私が苦労して探し当てた坂堂征太郎《ばんどうせいたろう》という人物から聞いた話を、会話形式で纏《まと》めた記述録を、今からお読みいただきます」

そう言って彼は、数枚の原稿用紙を手渡してきた。

五

「坂堂さんは戦前、倍神教《ばいしん》を信仰されていたとお聞きしました」

「今から考えると、どうしてあんなものを信じてたのか、さっぱり分からん」

「教祖だった持主久蔵《もちぬしきゆうぞう》は、どんな人物でしたか」

「株式取引を行なう仲介商人だったらしい」

「どうも私は不勉強で、株には詳しくないのですが――」

「日本では戦前、株式の所有は主に財閥が中心でな。財閥が持つ株式会社の本社を頂点として、そこが直系の子会社の株式を全部、または過半数を所有するピラミッド式だったわけだ。この構造は、戦後になってＧＨＱによる財閥解体で一気に崩れるま

で、ほぼ続いた。とはいえ一般の個人投資家の持ち株が、いつも皆無だったわけではない。昭和八年頃から、財閥企業も株式公開や増資新株式の公募を行なって、一般の資金導入を図るようになったからな」

「つまり彼の顧客は、そういった個人投資家だったのですね」

「最初は普通の仲介だったのに、あるとき何の前触れもなく突然、神懸ったらしい。そうして倍神教を興した。彼が勧める株を信者が買えば、その儲《もう》けは倍になる。そう知り合いに言われて、私も半信半疑で入信したんだが……」

「株の儲けが倍になるから、倍神教ですか」

「いくら何でも莫迦莫迦しいと思うだろ。しかしな、実際に成功した奴がいる。それに私も最初のうちは、非常に上手くいっていた」

「でも倍神教に、そのうち襤褸《ぼろ》が出はじめたんですね」

「それなのに一度でも儲けてると、周りが見えなくなるもんだ。あれは二倍、三倍の倍神教じゃなく、黴菌《ばいきん》の黴神教だなんて、そう憤る信者もいたのに、私は耳を貸さなかった」

「心の何処かで、信じたいという気持ちがあった？」

「恐らくな。ただ、教祖から大口の購入を勧められたときは、大いに迷った。朝鮮や満洲《まんしゅう》の工業株の取引で、私は大いに儲けていた。だから資金はあった」

「でも信仰する一方で、不安も感じ出しておられた？」

「すると教祖が、私を別荘に誘った。東京から車で何時間も掛かる地に、倍神邸と呼ばれる特別な家があって、そこに招かれるのは本当に選ばれた信者だけらしい。そういう噂《うわさ》を私も聞いていたので、かなり驚いた。今から思うに、あれは大口の顧客に決心を促《うなが》すための、言わば罠だったんだろう。もっとも私も、それに引っ掛かったわけだが……」

「場所は覚えておられますか」

「いいや、車だったうえに、一度しか行っていないからな。禁野地方だったのは間違いない。倍神邸に着く手前で、物凄く急な坂を上ったのも覚えている」

「坂の手前に、何かありませんでしたか」

「大きな樹があったくらいだな」

「どんな樹でしょう？」

「さぁ。ぽっかりと洞が開いていて、その中に何か見えた気もするけど、よく覚えていない」

「霧は出ていませんでしたか」

「そう言えば、濃い霧が発生していたな」

「家の雰囲気は？」

「平屋の洋風の建物だった。気味が悪かったのは、変な動物の石像が、あっちこっちに見られたことだ」

「どんな姿でしたか」

「二つの身体が一つにくっついてる、そんな感じだった。見世物小屋にいる双頭の牛は、一つの身体に頭が二つだけど、あの家の動物の像は、身体の半分を共有してるように見えたな。ただ、畸形《きけい》とは違う気がしたんだが……」

「なぜでしょう？」

「あぁ、狛犬みたいな奴に、確か翼が生えてたんだ。きっと他の動物にも、実際には有り得ない何かがあったんだろう」

「家の中は、どうでしたか」

「天井の高い、広い部屋があって、正面に祭壇が祀られていた。その下は暖炉だったと思う。祭壇の前の床に教祖が座って、私はその後ろに正座した。運転手兼秘書の男は、更に後ろに控《ひか》えた。教祖は祭壇に御神酒《おみき》を捧《ささ》げ、香《こう》を焚いてから、祈りを捧げはじめた。私も唱和したが、今では文句の一つも覚えていない。それから御神酒を、教祖、私、運転手兼秘書の順で回し飲みをして、更に礼拝を捧げた。しばらくすると意識が朦朧《もうろう》としてきて、何とも言えぬ高揚感を覚えた。その状態が続いているときに教祖が突然、『倍神の奇跡をお目に掛けよう』と言って、私を家の外に連れ出した。すると平屋だった家が、なんと二階建てになっていた」

「別の場所に移動した覚えは？」

「ない。実は御神酒に特殊な薬が混ぜてあって、教祖と運転手兼秘書は飲む振りをしただけではないか、そんな風にあなたと同じことを、私も信者を辞めたあとで考えた。でも、御神酒を飲んでから家の外へ出るまで、五分くらいしか経っていない。それは腕時計で確認済みだ。時計に細工をされた可能性もない。私は当時、鞄《かばん》の中に懐中時計を持っていたのだが、帰りの車の中で見ると腕時計と同じ時刻を指していたからな」

「いきなり二階建てになった家は、どんな風に見えましたか」

「平屋の屋根が、ぐぐぅーんと伸び上がり、そのあとに二階部分の壁が現れて……という光景が脳裏に浮かんだが、本当はどうだったのか」

「まったく分かりませんか」

「そうだな。再び家の中に入って礼拝を続け、すべてが終わったあとで外へ出ると、また家は平屋に戻っていた。この体験が切っ掛けとなり、私は教祖に勧められるままに大口の購入をして、大損失を被《こうむ》ってしまった。それで目が覚めたわけだ」

「倍神教や倍神邸、または教祖のその後については？」

「噂では教団を放り出して、教祖は逃げたと聞いてるが、実際のところは知らない。

信者でなくなってからは、もう関わらないようにしていたからな」

六

刀城言耶は本宮武と一緒に、枇々木悟朗と坂堂征太郎の会話を纏めた原稿に目を通し終わったあと、

「坂堂氏が連れて行かれた倍神邸は、歩荷さんが辿り着いた家と、学生さんが訪ねて行った獣家と、どう考えても同じ家屋でしょう」

二人に確認するように呟《つぶや》いてから、

「この坂堂氏の証言で、家の成り立ちが分かったのは、かなりの収穫だと思います」

「イカサマ宗教の、正に最大のインチキが、この妙な家の存在だった、というわけですか」

本宮も納得したようで、すぐさま枇々木を称賛した。

「さすが優秀な新聞記者ですね。よく元信者を見つけました。しかも問題の家に行ったことがあり、かつ平屋から二階建てになる現象を目にしているのですから、これは貴重な証言です」

「先生にお褒めいただくとは、恐れ入ります。実は小間井《こまい》という顔見知りの刑事の伝《つ》

手《て》を、ちょっと使わせて貰いました」

思わず言耶がどきっとする名前を出したが、彼は知らん振りをした。

「その結果、他にも接触できた元信者はいたものの、昔の話を嫌がる人が多くて難儀しました。それに獣家へ行った経験がないと、こちらとしては価値がないわけです」

「これこれ」

本宮が窘《たしな》めたが、枇々木は一向に気にした様子もなく、

「そんな中で坂堂征太郎は、打ってつけの人物でした。大損をしたとはいえ、破産まではしていない。むしろ、まだまだ資産があったみたいですから。だからこそ当時の話を、こうしてしてくれたんでしょう」

「なぜ獣家が建てられたのか、余りにも即物的な答えで興醒《きょうざ》めですが、一応その謎《なぞ》は解けたわけです。しかし伸縮する家の謎が、相変わらず残っていますね」

本宮の指摘に、言耶は躊躇うような様子で、

「今になって何ですが、歩荷さんと学生さんの体験だけなら、その理由はともかくとしても、まだ合理的な解釈はできたかもしれません。でも、そこに坂堂氏のお話が加わることで、完全な謎になってしまいました」

「どういう意味です？」

「歩荷さんが獣家で夜を明かしたのは、昭和十三年か十四年です。そして学生さんが

同家を訪れたのが、二十四年でした。この間に獣家の二階部分が建てられたとしたら、別に不思議でも何でもありません」

「増築した理由は？」

すぐさま枇々木が突っ込んできたが、本宮が笑いながら、

「だから刀城君は、その理由はともかくとしても――と断ったんですよ」

「あっ、そうでした」

「ところが、坂堂征太郎さんは五分ほどの間に、平屋と二階建ての両方の獣家の姿を目にしたわけです」

「その五分間ですが――」

枇々木は、本宮から言耶へ視線を移しながら、

「それ以上の時間が実際には経っていた可能性が、本当にないのかどうか」

「坂堂氏は何か薬を飲まされて、密《ひそ》かに別の場所へと運ばれた。そこには獣家とそっくりの、ただし二階建ての家が用意されていて、そのため彼はすっかり騙されてしまった。という解釈ですね」

言耶が応《こた》えながら続けた。

「しかし、彼の腕時計に細工できたとしても、鞄の中に入れてあった懐中時計の存在まで、教祖たちが知っていたでしょうか。それに移動は一度ではありません。再び平

屋まで戻る必要があります。車があるとはいえ往復することを考えると、また二軒を余り近くに建てたとは思えないことからも、五分では絶対に無理でしょう。もっと時間が掛かるはずです」

更に本宮が補足して、

「そして時間が掛かれば掛かるほど、坂堂さんにばれる可能性も高まってしまう。彼だけではありませんね。大口の購入を勧めたい信者の、全員を騙す必要があったわけですから。ということは、もっと単純な手が取られていたはずです」

「けど先生、その単純なはずの奴らの手が、まったく分からない」

「そうですね」

「お手上げかぁ」

枕々木が天を仰ぎつつ、

「平屋と二階建ての獣家が別々にある説は、周囲の細かい立地の一致から考えても、まず有り得ないという結論に、そもそも達してましたからね」

「はい。三つの記録に目を通せば通すほど、三軒とも同じ場所にあったとしか思えない――」

と口にしたところで、言耶は黙り込んでしまった。あとは一心に、ひたすら三つの記録を読み比べている。

「何か――」

　枇々木が声を掛けようとして、本宮に身振りで止められた。黙って見守っているように と、教授は人差し指を唇《くちびる》に当てている。

「……そうか。そういうことか」

　やがて言耶が顔を上げて、にっこりと微笑んだ。

「新発見がありましたか」

　本宮の問い掛けに、彼は「はい」と元気良く返事をしてから、

「洞の中に祠のある巨大な楠は、三人とも同じものを目にしたのだと、まず考えて間違いないと思います。ただし、ここから先の体験が、一人と二人に分かれます。前者の一人は、そのまま車で坂道を上がった坂堂氏です。そして後者の二人は、一度は行き止まりかと見紛《みまご》うたあとで、藪の向こうに坂道を見つけて辿った歩荷さんと学生さんです」

「確かにそうですね」

　本宮は相槌を打ったが、言耶が何を言いたいのか、そこまでは分からないらしく、やや戸惑い気味の表情である。

「その前者と後者で、何か違いがあるのか」

　一方の枇々木の顔には、少なからぬ期待感が読み取れた。

「あります。とはいえ正確には、この組み合わせではありません」

「どういうことだ？」

「後者の二人は、実は歩荷さんと学生さんに分かれます。そして歩荷さんは、前者に入るからです。つまり前者は歩荷さんと坂堂氏で、後者が学生さんになるわけです」

「いや、意味が分からん」

苛立《いらだ》たしげな枇々木を制するように、本宮が温和な口調で、

「何の障害もなく車で坂道を上がった坂堂さんと、藪を掻き分けて坂を見つけてから上った歩荷さんが同じ組で、その歩荷さんと同じ苦労をした学生さんが別なのは、どうしてでしょう？」

「前者の二人は坂道を上りましたが、後者の一人は下ったからです」

ぽかんとしている本宮と枇々木に、言耶は学生の原稿を示しながら、

「ここには『坂道を上った』とは、一言も書かれていません。その事実に気づいて改めて目を通すと、逆に『坂道を下った』のではないか、という箇所がいくつも見つかりました」

なおも黙っている二人に、言耶は原稿の該当箇所を開いて提示しつつ、

「まず藪を掻き分けて、その向こうに急峻な坂道を発見したとき、彼は『うわっ』と大声を出しています。これは上りの坂道に対する反応というよりは、急な下りの坂が

突然、目の前に現れたからではないでしょうか。それから彼は、慎重に第一歩を踏み出します。これも上りではなく下りだと考えれば、極めて自然です。そして速足になり掛ける自分を、変に急いで転びでもしたら元も子もないと制するわけですが、これも下り坂に対する用心と捉《とら》えた方が、やはり自然ではないでしょうか」

「し、しかし、刀城君……」

本宮のあとを受けて、枇々木が続けた。

「坂道が上りと下りに分かれてたら、さすがに三人とも気づくのではないか」

「歩荷さんの語りでは、楠の後ろが切り立った崖で、大木の左手に深い藪と雑草が広がっているとあります。一方の学生さんの原稿には、楠を避けて先へ進もうとしたが、土の斜面が壁のようにあるだけで道が完全に途切れており、その横に藪が茂っているとあります」

「歩荷が目にしたのは、崖を背にした楠と、その左手に広がる藪と雑草だった。そして学生が見たのは、同じく崖を背にした楠と、その左横の壁のような土の斜面と、更に左横の藪だった。つまり学生が訪れたときには、歩荷の頃にはなかった土の斜面があった、ということなのか」

「そうです。歩荷さんは、少し崖崩れを起こした跡が残っている、とも語っています。彼が獣家に行ってから、学生さんが訪れるまでの間に、もっと酷い崖崩れが起こった結果、横に広がっていた藪と雑草の右半分を埋めてしまった。その向こう側には、上りの坂道がありました。そして残った藪の左半分の先には、下りの坂道があったのです」

言耶は自分の鞄からノートを取り出すと、まず「Y」の字を左に九十度回転させて描いた。

「坂道は藪の先で、このように上と下に分かれていました。上の道を上がっているときに、歩荷さんが左に寄り過ぎて落ちそうになったのは、実は下りの坂道へだったのです。上の坂道の右側にも、両方の道の間にも樹木が生えていたため、歩荷さんと学生さんが右手で触ったのは、同じ道の樹木だったと、我々も勘違いしてしまった」

それから言耶は九十度回転させた「Y」の字の、横になった「V」の箇所に、その二倍の高さの長方形を描き、さらに中心に横線を引いてから、

「歩荷さんが見たのは、このように上の坂道に出た獣家の二階部分の、実は裏側でした。しかし裏とはいえ門柱も玄関も――この点線部分です――あるため、完全に普通の平屋にしか映らなかった。一方の学生さんが目にしたのは、崖を背に建てられた二階建ての獣家の、正に正面でした。その崖の上に通っていたのが、上りの坂から続く平屋の前の道です。平屋でも二階建てでも、両側の杉木立の高さが共に屋根までだったのは、よく考えると変でした。一階の天井が物凄く高かったのは、二階の床を上り

の坂の道と同じ高さにするためです。二つの坂は急勾配だったので、そうせざるを得なかった。それを誤魔化すために二階の天井も高くした。どちらの家も反対側が絶壁のために、両方を見た坂堂氏でさえも、自分が立った家の前が、実は違う場所だとは気づけなかった。それには濃い霧と、彼が飲まされた薬の影響も、もちろんあったでしょう」

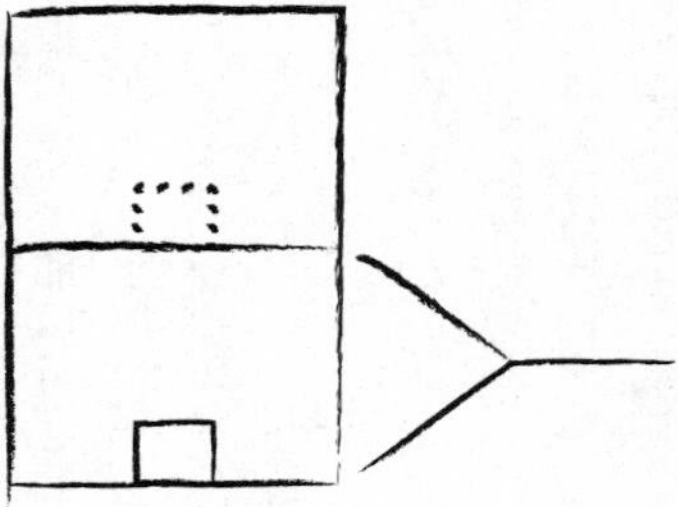

刀城言耶のスケッチ

「やっぱり坂堂は、何か薬を飲まされたのか。でも、どうやって二階部分の平屋から、本当の一階へと移動させたんだ？」

「これは推測に過ぎませんが、壺などが飾られた二つの棚の間、絵画が掛かっていた空間の壁が怪しいと思います。そこに隠し扉があって、坂堂氏の意識が朦朧として高揚感を覚えたという証言からも、小型の昇降機があったのかもしれません」

「すると戻りも同じか」

「坂堂氏の記憶にはありませんが、また薬を飲まされたか、最初の薬の効き目を催眠効果のある儀式で再び強めたか、いずれかでしょう」

「そうなると刀城君、小型の昇降機を上下に通すためには、二階と一階の寝室などの位置が、まったく逆になるのではありませんか」

本宮の指摘に、言耶はにっこり微笑みながら、

「歩荷さんが入った平屋には、台所などに通じる三つの扉が、玄関を背にして左側にありました。ところが学生さんが入った二階建ての一階では、それが右側にあったのです。これだけでも二人が足を踏み入れた空間が、実は異なる場だったことが分かります」

「そんな記述があったか」

枇々木が首を傾《かし》げている。

「学生さんは表から室内を覗くための場所を探した結果、鎧戸の外れた右手の窓まで移動しています。でも、窓硝子が汚れていた。その右隣の窓も同様です。そして室内に入ったあと、窓から射し込む微かな明かりを頼りに、三つの扉を検めたと書いている。ここまでの記述から、他に表から覗ける窓はなかったと判断して良いでしょう。つまり外から明かりが射し込んでいたのは、室内の右側だけだった。そうなると三つの扉も、右手の壁にあったと見做すべきではありませんか」

「確かにそうだ」

いったん枇々木は納得してから、

「歩荷が体験した、何処か別の次元で蠢《うごめ》く気配の正体は？」

「教団を放り出して逃げた教祖が、一階に潜んで生活していたのではないでしょうか。そんなある日、二階で物音がして、誰何《すいか》する声も聞こえた。誰かが入ってきたと察した元教祖は、その後は忍び足で動くようにした。それが物音の変化となって現れた。まさか真下に部屋があるとは思いもしない歩荷さんには、まるで異次元から響いているように感じられた」

「それじゃ翌朝、歩荷が逃げ出すときに、彼を覗いた黒っぽい顔は……」

「一階から様子を見に上がってきた、恐らく元教祖でしょう」

「学生が逃げ出すときに、二階から感じた視線も？」

「いえ、さすがに十年以上も、その家に潜んでいたとは思えませんので、それは学生さんの恐怖心が生み出した、ただの錯覚ではないでしょうか」

「さすが刀城言耶君、見事に解き明かしましたね」

満面の笑みを浮かべる本宮に、言耶は困った表情で、

「いえ、飽くまでも解釈の一つに過ぎませんから……」

「そんなことはありません。立派な推理です」

本宮は同意を枇々木に求めようとしたらしいが、当人は心ここにあらずという顔つ

きで、

「現地まで行けば、作家先生の推理が合っているかどうか、すぐに分かりますよ」

そのため本宮と言耶は、余り深入りしない方が良いと記者を止めたのだが、枇々木は訊く耳を持たなかった。

結局、枇々木は獣家を見つけたらしい。だが、詳細は未《いま》だに不明である。なぜなら問題の家での体験を、彼は決して誰にも喋《しゃべ》ろうとしないまま、半年も臥《ふ》せてしまったからだ。

その後、枇々木は仕事に復帰したが、二度と獣家のことは口にしなかったという。

魔《ま》偶《ぐう》の如き齎《もたら》すもの

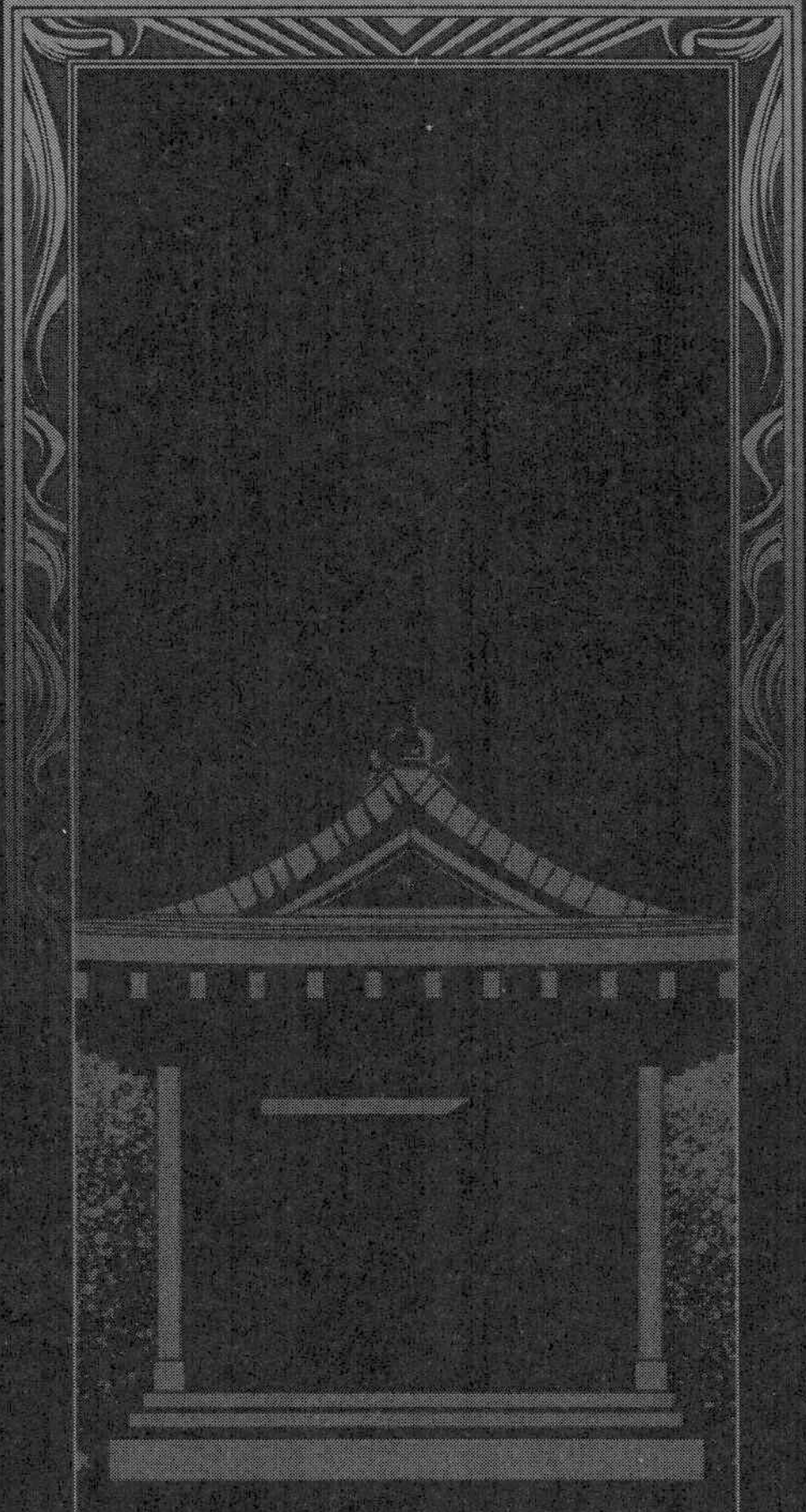

一

刀城言耶《とうじょうげんや》は大学を卒業して、三年目の春を迎えていた。

その間に作家としては筆名を「東城雅哉《とうじょうまさや》」から「東城雅哉《まさや》」に改め、初の長篇《ちょうへん》『九つ岩石塔殺人事件』を上梓《じょうし》した。そして探偵としては——といっても別に本人が望んだわけでは決してないのだが——神代町《かみしろちょう》の白砂坂《しらすざか》に於《お》ける砂村《すなむら》家の二重殺人事件をはじめ、数多《あまた》の事件に関《かか》わる羽目になった。その中には同事件で知り合った刑事の小間井《こまい》に、無理に引っ張り込まれたものも少なくない。かといって民俗採訪のために地方へ出ても、そこで彼は地元の無気味な伝承に彩《いろど》られた奇っ怪な事件に、なぜか頻繁に巻き込まれた。その挙句やはり探偵役を務めることになってしまう。

東京にいると小間井刑事が事件を持ち込んでくる。

旅に出ると行く先々で奇怪な事件に巻き込まれる。

まるで何処《どこ》にも逃げ場がないような状態ながら、お陰《かげ》で創作のネタを摑《つか》めることも少なくないため、まぁいいか……という気に言耶もなり掛けていた。

とはいえ東京にいる間は、できるだけ小間井に煩わされたくない。よって下宿の離れに籠《こも》って執筆中は居留守を使い、お馴《な》染《じ》みの神保町《じんぼうちょう》の古書店に出掛けるときは出版社へ行っていると、大家に嘘《うそ》の対応をしてもらっていた。それでも相手は刑事である。一筋縄ではいかない。おまけに贔屓《ひいき》の古書店を知られているので、なかなか難儀だった。

ただし今日は小間井とは関係なく、せっかく神保町に出たものの、言耶は早々と下宿へ戻らなければならない事情がある。大家の鴻池絹枝《こうのいけきぬえ》から留守番を頼まれていたからだ。

「どうして今日に限って、そんなことを頼むのですか」

出掛ける前に言耶が怪訝《けげん》そうに訊《き》くと、

「やれやれ大学を出て、もう三年も経《た》つといいますのに、相変わらずセンセは、世間の出来事に疎《うと》いですなぁ」

老婦人は大袈裟《おおげさ》に溜息《ためいき》を吐《つ》きながら、

「隣町で空き巣の被害が、あんなに出てるやありませんか。今日はお昼から、うちは家人がみーんな出払ってしまいます。センセは離れにいはっても、本を読んでるか原稿を書いてるかしたら、母屋で何が起ころうと気づかんでしょう。せやから役には立たんと思いますけど、それでもおらんよりは増《ま》しですからな」

大概な評価を下しながらも、一応は留守番を頼んできた。もっともそこからの注意が長かった。

「ええですかセンセ、空き巣いうても近頃は、立派な身形《みなり》をした紳士に見える格好《かっこう》をしてたりしますのやで。せやから留守番がおっても、ころっと騙《だま》されて、わざわざ家に上げてしもうた例もあるそうです。あとは隙《すき》を見て、家の中を物色して、現金を盗みよる。はぁ、油断も隙もない、恐ろしい世の中ですなぁ。それもこれも留守番が、しっかりしとったら問題はないんやけど、どうしてもセンセやと心配が――」

だったら頼まなければ良いと思うのだが、この大家にそんなことを言おうものなら、何倍ものお喋《しゃべ》りになって返される……と言耶《や》は心の中でぼやいた。

「あのー、前からも言ってるように、『先生』は止めてください。そんな風に呼ばれるほど、僕は偉くも何ともありません。そもそも――」

それでも彼は細やかな抵抗として、そう主張するのだが、

「作家のセンセをセンセと呼んで、何が悪いんですか」

これまで通りの反撃に、たちまち遭ってしまった。もっとも関西出身の彼女は、「せんせい」ではなく「せんせ」という発音になる。

「まだ幼《おさな》い顔立ちをしたセンセが、学生さんとして我が家の離れに下宿しはって、私は孫が還《かえ》ってきたような気がして……」

ここで着物の袂《たもと》から手拭《てぬぐ》いを取り出して、徐《おもむろ》に両目の涙を拭うのも、いつもと同じである。

「そんな学生さんがまぁ、なんと立派な作家のセンセになられて……。私はもう、ほんまに嬉《うれ》しゅうて、誇らしゅうてなりません」

「いえ、まだ著作も少ないので、立派も何も——」

慌てて言耶は説明しようとするのだが、

「それでセンセ、留守番をお頼みしたいんで、いつまでも古本屋なんかうろついてんと、さっさと戻ってきてくださいよ」

当たり前のように突然そう諭《さと》されて、あっさり話は終わってしまった。

これが仮に他《ほか》の人の頼みだった場合、ひょっとすると言耶は古書漁《あさ》りに夢中になるあまり、つい約束を失念していたかもしれない。だが相手は、あの大家である。ずらっと本棚に並ぶ戦前の探偵小説の列に目を走らせていても、どっしりと床に積まれた海外の怪奇幻想系の雑誌を検《あらた》めていても、頭の片隅《かたすみ》から留守番の頼み事が消えることはなかった。

こうも集中できないのなら、もう戻るか。

仕方なく彼は馴染みの古書店を出ると、下宿に向けて歩き出した。その道々でつらつらながら考えるのは、探偵小説の専門誌『宝石』に書く予定の怪奇連作短篇《たんぺん》のネタである。

先に統一した題名を決めるのも面白いかと思い、今のところ「よびにくるもの」「まちぶせるもの」「そこにいるもの」「ながれつくもの」「まつられるもの」という五つが頭に浮かんでいる。すべてに入っている「もの」とは物《もの》の怪《け》の「物」であり、それらが主人公に「呼び掛ける」または「待ち伏せる」、最初から部屋に「いる」、あるいは「流れ着く」ことによって怪異を齎《もたら》し、そのうえ「祀《まつ》られる」存在であるにも拘《かかわ》らず障《さわ》りを起こす──といった話になるわけだが、具体的な内容はこれから考えなければならない。

言耶の執筆方法は、ちょっと特殊だった。核となるアイデアが何か一つあれば、あとは書きながら物語を作っていく。なまじ事前にプロットを構築してしまうと、お話が執筆中にどんどん膨《ふく》らんで、徒《いたずら》に原稿枚数が増える難があった。そのため短篇に取り掛かるときは、特に要注意だった。ただし今回は連作である。最初の作品を執筆する前に、いくら何でも五つの核となるアイデアは考えておくべきだろう。

その五つの怪異に何らかの繋《つな》がりがあれば、もっと面白くなりそうだな。ちなみに短篇集として纏《まと》めるときは、『怖くて厭《いや》なもの』とでもするか。

色々と呻吟《しんぎん》しているうちに、言耶は下宿先の母屋の前まで戻っていた。このまま裏の離れに入って、帰り道で浮かんだあれこれを、すぐノートに書き出そうと思ってい

ると、

「センセ、偉いことですよ」

母屋の裏口から、待ち兼ねたように絹枝が飛び出してきた。

「空き巣に入られたんですか」

「私がおりますのに、何を阿呆《あほ》なことを」

彼女は呆《あき》れたようだが、家人がいても油断ができないと言ったのは当人である。

「違いますがな。センセが留守のときに、偉い別嬪《べっぴん》さんが訪ねてきたんです」

「僕を？」

「当たり前ですがな。相手は美人編集者なんやから、私に用なわけがありません」

それを先に言わないと――と言耶は思ったが、彼は何よりも「編集者」という言葉に強く反応した。

「し、し、執筆の、依頼ですか」

「センセは売れっ子で、そらお忙しいと、ちゃんと言うときました」

「はぁ？」

「こういう場合は、安売りしたらあきません。足元を見られますからな」

「露店の買物ですか」

「真夏の怪談特集に書いて欲しいとか、そんなことを言うてはりましたけど、そらセンセは大人気ですので、来年の夏になるかもしれませんなぁ……と、ちゃんと釘《くぎ》を刺しときました」

「そんな余計なこと、どうして――」

「あのお嬢さんの格好は、サラリーガールいう奴《やつ》ですな」

しかし絹枝は、言耶の抗議など少しも聞いていない。一頻《ひとしき》り「別嬪の編集者」の服装の批評をしてから、ふと彼の装いに目を留めて、

「いつもセンセが穿《は》いてはる、その陣痛パンツなんかより、そらお洒落《しゃれ》でしたなぁ」

「ジーンズパンツです」

まだ舶来衣料の正式な輸入が認められていない当時、ジーンズは非常に珍しかった。言耶が穿く度に絹枝が興味を示すので、その都度ちゃんと説明するのだが、未《いま》だに正確な名前を覚えないどころか、「陣痛パンツ」と無茶苦茶な命名をしている。

「どうして男の僕が、そんな名称のズボンを穿くんですか」

言耶は一先《ひとま》ず突っ込んでから、

「ジーンズは手に入れようとしても、今の日本では中古衣料しかないうえに、粗悪品も多いんです。しかも――」

今日こそはジーンズの何たるかを理解してもらおうと考えたのだが、彼の話など絹枝はまったく聞いていない。

「もうちょっと私も若かったら、ああいう洋装でばりばり仕事して、道行く男らを振り返らしておりましたやろなぁ」

何とも厚かましいことを言い出した。

「それが先方のお嬢さんにも分かるのか、偉《えろ》う話が合いましたわ。もう十歳ほど若返ったら、私も作家センセにもてもての編集者になれますって、そないなこと言わはりますのや。いやー見る人が見たら、やっぱり分かるんですなぁ」

このとき言耶が察したのは、相手は若いながらも遣《や》り手《て》の編集者らしいということである。もしくは単に口が上手《うま》いだけか。それにしても「十歳ほど若返ったら」は、いくら何でも言い過ぎだろう。少なくとも「五十歳」は遡《さかのぼ》る必要がある。

ちなみに会社勤めをする女性たちを「サラリーガール」と呼びはじめたのは、敗戦後しばらく経ってからで、戦前にはない言葉だった。かつては「オフィスガール」という呼称があったようだが、まったく定着しなかったらしい。もっとも「サラリーガール」も人気がなかったのか、やがて「ビジネスガール」に取って代わられる。しかし、それが英語の「売春婦」を意味する俗語だと分かり、その次に命名されたのが「オフィスレディ」即《すなわ》ち「ＯＬ」なのだが、もちろんもっと先の出来事になる。

「その方は、何処の出版社でしたか」

いつまでも絹枝の妄想に付き合っていられないので、言耶が肝心なことを訊くと、

「それがセンセ、どうも大した本屋さんやないみたいですわ」

出版社と書店を完全に混同しているらしい――しかも、たった今まで褒めていた編集者の勤め先に対する言葉とは思えない――物言いをしながら、彼女は着物の袂から名刺を取り出した。もっとも言耶の筆名は別にあると何度も説明しているにも拘らず、掲載誌を見る度に「センセのお名前が違う！」と騒ぐことを考えると、致し方ないのかもしれない。

「これです。何や怪しげな名前ですやろ」

問題の名刺には「怪想舎《かいそうしゃ》　編集部　祖父江《そふえ》偲《しの》」と記されていたのだが、その社名を目にしたとたん、彼は飛び上がって喜んだ。

「怪想舎と言えば、あの『書斎の屍体《したい》』を出してる版元じゃないですか」

「まぁ、死体やなんて……」

言耶の歓喜振りとは対照的に、絹枝は顔を顰《しか》めている。それでも彼の笑顔を目にしているうちに、まともな会社なのかもしれないと思い直したのか、

「ちゃんとした本屋さんなんですか」

極めて真面目《まじめ》な顔で尋《たず》ねた。その口調には、「どうぞ下宿人のセンセに良《い》い仕事が舞い込みますように」という願いが感じられる。

「戦後の新興出版社ですが、月刊誌の『書斎の屍体』だけでなく、探偵小説や怪奇小

説の愛読者向けに、なかなか面白い出版活動を続けています。同じような版元が、ばたばたと潰《つぶ》れていますから、あまり安心はできないかもしれませんが」

言耶が持ち上げながらも、なかなか厳しい見方をしたのは、実際にその通りだったからだ。

戦前から戦時にかけて探偵小説をはじめ娯楽小説の全般が、時の軍部による酷《ひど》い弾圧を受けた。その反動から敗戦後は、文字通り雨後の筍《たけのこ》の如《ごと》く新興出版社が出現する。深刻な紙不足のため粗悪な用紙に印刷しただけの、とても本とは呼べない小冊子の如き代物でも、正に飛ぶように売れた。作家に新作を書かせる必要もなく、戦前に絶版となった作品を刷れば良いのだから、ぽっと出ただけの新興出版社でも充分に通用した。

とはいえ旧作のみでは行き詰まるのが目に見えているため、何処も雑誌を創刊して新作を載せた。その多くが大衆娯楽誌だったわけだが、その中でも脚光を浴びたのが、最も弾圧が激しかった探偵小説である。

しかしながら何事も過ぎたるは猶《なお》及ばざるが如しで、華やかに複数の探偵小説誌が花開いたものの、完全に玉石混交の有様《ありさま》だった。そのために創刊はしたが、二、三号で廃刊の憂《う》き目《め》に遭う雑誌も続出する羽目になった。

言耶は『書斎の屍体』をはじめて手に取ったとき、アメリカで一九二三年に創刊された怪奇系のパルプ・マガジン『Weird Tales』の日本版のような内容だなと思った。故《ゆえ》に存続を危ぶんでいたのだが、他の専門誌がバタバタと廃刊に追い込まれていく中で、意外にも同誌は踏ん張っていた。彼がデビューをした『宝石』に比べると、かなり品のない誌面作りをしているものの、決して嫌いではなかった。むしろ好意を持っていたと言うべきか。

それに『書斎の屍体』が立ち行かなくなるくらいなら、犯罪とエロの実録を謳《うた》いながらも嘘八百の記事を平気で載せ続けている『猟奇人』こそ、先に潰れるべきだと考えていた。

言耶が『猟奇人』に覚える感情は、作家として当然と言えたが、実は一つの予兆だったのかもしれない。なぜなら彼の筆名「東城雅哉」が高まって売れっ子となり、かつ本名で行《おこ》なう民俗採訪では次々と奇っ怪な事件に巻き込まれ、それを結果的に解決へと導くことが増えて探偵の才が有名になるにつれ、同誌は「刀城言耶の怪奇探偵記」を勝手にでっち上げて、何度も掲載する暴挙を働くからである。

もっとも当人が気づくのは、波美《はみ》地方の水魑《みづち》様の儀に於ける神男《かみおとこ》連続殺人事件まで待たなければならないため、まだまだ先の話である。

先の話と言えば、今回の訪問の件が切っ掛けとなり、怪想舎の祖父江偲とは「作家と編集者」の長い付き合い――世間では「腐れ縁」と表現される関係――がはじまるのだが、もちろん言耶はその事実をまだ知らない。

「では怪想舎まで、ちょっと行ってきます」

すぐに言耶は出掛けようとしたが、

「何を言うてますのや。センセは今から、お留守番をするんでしょう」

絹枝に叱《しか》られて、しゅんと意気消沈してしまった。

「ほんまにセンセは、子供みたいですな」

彼女は笑いながらも、すぐに宥《なだ》めるような口調で、

「大丈夫ですよ。あのお嬢さんは、いったん会社に戻ると言うてはりましたけど、少し時間を見て、また来ますと――」

「今日ですか」

勢い込む彼に、絹枝の笑みは苦笑いに変わった。

「はいはい、今日です。きっと夕方までには、遅くても見えられるでしょう。その前に私も帰ってきますから、またお嬢さんとお話ができますなぁ」

などと勝手なことを言いつつ大家は出掛け、言耶は留守番をすることになった。とはいえ裏の離れに籠っていては、母屋の様子などほとんど分からない。増して執筆や読書をしていると尚更《なおさら》である。だが、このときの彼は違った。

離れの机の前に座ったものの、目の前の原稿用紙に集中できない。締切《しめきり》までには間

があるので焦る必要はないが、いつもなら昨日までの続きを普通に書いているはずである。仕方なく気分転換に本でも読もうとするが、目が字面を追うばかりで肝心の内容が少しも頭に入ってこない。諦《あきら》めて立ち上がり、部屋の中を右往左往する。そして突然、離れから庭に出ると、母屋の横を抜けて表門まで行って、往来を隅から隅まで見渡す。しかし祖父江偲らしき女性は、残念ながら何処にも見当たらない。とぼとぼと離れまで戻り、本棚から『書斎の屍体』の既刊を取り出してパラパラと捲《めく》る。いや、それよりも仕事だとばかりに原稿用紙に向かう。けれど——という繰り返しをし続けて、それが何度目になったときだったか。

言耶が庭へ出ると、母屋の裏口と離れの間に佇《たたず》んでいる若い女性が、ぱっと両の瞳《ひとみ》に飛び込んできた。淡いピンク色のタイトスカートのワンピースを着た、それはもう目が冴《さ》えるような姿は、正にサラリーガールの出《い》で立《た》ちである。片手に掛けた薄い黄色のハンドバッグが、さらに彼女を引き立てている。

「あぁーっ！」

ところが、言耶が思わず叫んだせいで、

「きゃっ」

彼女は可《か》愛《わい》い悲鳴を上げて、その場から逃げ出そうとした。

「ま、待ってください。ぼ、僕、刀城言耶です」

慌てて彼が呼び止めると、彼女は立ち止まって恐る恐る振り返ったものの、そのまま固まっている。しかも顔は強張《こわば》り、眼差《まなざ》しは不審者を見るかのようである。

「……あれ、人違いですか。怪想舎の祖父江偲さんですよね」

言耶は急に自信をなくし掛けたが、次の瞬間ぱっと顔を輝かせて、

「あっ、刀城言耶は本名です。小説を書いてる東城雅哉は、筆名なんですよ」

この説明で女性の警戒心が、やや解けたように見受けられた。

「……先生、なんですか」

確かめるように訊かれたので、彼は急いで続けた。

「はい。留守にしていて、すみませんでした。あなたのことは、大家さんから聞いています。さっ、こちらへどうぞ」

それでも彼女が離れに足を踏み入れたのは、かなり躊躇《ためら》いがちにだった。初対面の印象があまり良くない男の部屋に、若い女性が独《ひと》りで上がるのだから無理もない。

言耶が何度も座蒲団《ざぶとん》を勧めると、本棚と畳の上に積まれた書籍と、机の上に広げられた原稿用紙に、興味深そうな眼差しを向けていた彼女が、ようやく遠慮がちに座った。次いで彼は『書斎の屍体』の最新号と『宝石』の旧号と祖父江偲の名刺を、その前に並べて置いた。『宝石』には同誌の懸賞募集で一等当選した、言耶のデビュー作「百目鬼《どめき》家の百怪」が載っている。

改めて二人は差し向かいになったものの、まるで見合いの席のような緊張感が、その場には漂っている。視線が合ったとたん、恥ずかしそうに彼女が俯《うつむ》くので、余計にそんな気配が濃厚になっていく。

「あっ、お、お茶を淹《い》れます」

居《い》た堪《たま》れなくなって言耶が立ち上がろうとしたが、

「わ、私が……」

彼女の方が早かった。しかし何処に茶葉があるのか分からないため、言耶の指示を自然と仰ぐ格好になった。だが、これが結果的には良かったらしい。二人の会話の切っ掛けとなり、室内の硬い空気が幾分か和《やわ》らいだ。

「すみません。いただきます」

彼女が淹れてくれた湯呑《ゆのみ》を手に取り、言耶は茶を啜《すす》った。いつも飲んでいる安い茶葉なのに、妙に美味《おい》しく感じられる。思ったままを口にすると、

「まぁ。それは宜《よろ》しゅうございました」

ぱっと彼女は笑顔を見せてから、軽く一礼した。

「ご挨拶《あいさつ》が、遅くなりました」

そこから彼女は急に真顔になると、

「怪想舎の祖父江偲と申します。この度は先生のお留守に伺い、とんだ失礼をいたし

ました。また先程《さきほど》も、大変なご無礼を申し訳ございません。表でお声をお掛けしたのですが、何の応答もありません。先生がお留守のとき、大家さんには親切に対応していただきました。それで在宅しておられるのに、何処か家の奥にでもいらっしゃって、きっと聞こえないのだと思い、裏口に回ろうとしていたところ――」

「いきなり声を掛けられて、飛び上がったわけですね」

言耶が合いの手を入れると、

「そんな端《はし》たないこと、私、しておりません」

きっぱりと返されたので、要らぬことを言って怒らせたかと彼は動揺したが、きりっとした彼女の顔に、にやっと悪戯《いたずら》っ子のような笑みが浮かんだので、思わずほっとした。

あとは互いが覚えていた今までの緊張感が嘘だったように、非常に話が弾んだ。もっとも前半は、ほとんど言耶が喋った。如何《いか》に『書斎の屍体』を愛読しているか、からはじまって、これまでの自作を振り返って語った。そして後半は彼女が、今後の『書斎の屍体』の特集予定を披露すると共に、なんと長篇連載の依頼へと話を広げたので、言耶は驚くと同時に喜んだ。

真夏の怪談特集の短篇依頼が、長篇連載に化けた！

仕事の打ち合わせが一段落ついたところで、彼女は改めて繁々《しげしげ》と言耶を見詰めたあ

とで、

「それにいたしましても先生は、本当に怖いお話がお好きなんですねぇ」

「ええ、まぁ」

彼は嬉しそうに頷《うなず》いてから、今度は照れた様子で、

「先程から気になっていたのですが、先生と呼ぶのは止めてもらえませんか」

「はっ？」

しかしながら彼女は、きょとんとしている。それから急に慌てたように、

「でも作家の方は、皆さん『先生』ではないのですか。それとも私、何か失礼なことを申し上げたのでしょうか」

おろおろし出したので、今度は言耶が焦った。

「いえ、確かに作家は『先生』と呼ばれますが、だからといって僕のような駆け出しまで、そう言っていただかなくても……」

「なぁんだ。謙遜《けんそん》されてるんですね」

ほっとした様子を彼女は見せたが、つい軽率な物言いをしたことに気づいたのか、すぐに頭を下げて謝った。

「すみません。生意気なことを申しました」

だが彼女が頭を上げて、言耶と目と目が合ったところで、ほぼ同時に二人は笑い出

してしまった。

「小説の話を離れると、お互い変に堅苦しくなりますね」

「はい。まだ新人なもので、申し訳ありません」

「いやほら、そういう言葉遣いが、もう堅苦しくなっています」

そこで彼女が再び謝りそうになったので、言耶は急いで、

「僕に『怖い話がお好きですね』と仰《おつしや》ったとき、ひょっとして続けて、何か言おうとしていませんでしたか。それを僕が邪魔したとか」

「あっ、はい。先生がお好きそうなお話が、実はあるんです」

彼女が熱心な口調で語ったのは、所有しているだけで多大なツキを呼ぶものの、同時に酷い災《わざわ》いも齎すと噂《うわさ》される小さな土偶に纏《まつ》わる気味の悪い話だった。

二

刀城言耶は武蔵《むさし》茶郷《さごう》へ向かうために、混雑する列車に乗っていた。その日のうちに、まさか曰《いわ》くのある土偶の所有者を訪ねることになろうとは、さすがに彼も予想していなかった。こうなったのには、もちろん訳がある。

「祖父江さんが好きそうな、怖い話を仕入れたのですが……」

そう彼女に言ったのは、怪想舎の経理部の原口《はらぐち》という男性らしい。彼は若い割に骨《こっ》董《とう》品に目がなくて、懇意にしている「骨子堂《こつしどう》」という骨董屋の店主から、この話を聞いたという。

「魔物の『魔』に土偶の『偶』と書いて、『魔偶《まぐう》』と呼ばれる、そんな土偶の骨董品がある。ただし、どんな格好の像なのか、大きいのか小さいのか、そういった情報が見事なまでにバラバラでな。何が本当なのか、さっぱり分からない。噂で唯一共通してるのは、像の底に奇妙な文様が刻まれてることだけでな。業界内では知る人ぞ知る話だが、自分は障りが怖いので関わるつもりはない」

そんな風に骨子堂の主人は断ってから、

「もし興味があるなら、早目に訪ねた方がいい。近々その魔偶を手放すつもりのようだと、ちょっと小耳に挟んだからな。いくら金になるからって、そういう忌《い》まわしい通り名を持つ商品を扱いたいとは、儂《わし》は思わんよ。そら商売柄、一目くらい拝みたい気もするけどな」

などと言いながらも本人は、わざわざ見に行くつもりはないようである。

「ただし現在の所有者は、かなりの偏屈だと聞いてる。普通に訪ねて行っても、まず門前払いを食らうそうだから。けど、あんたなら大丈夫かもしれん。ほら、あんたとこの会社は、探偵小説なんかを出してるんだろ。どうも相手は、そういう話が大好きらしい。だから、その手の本を何冊か手土産にすれば、きっと喜んで会ってくれて、恐らく魔偶も拝ませてくれるぞ」

という話なので、正に「先生なら打ってつけです」と彼女は言ったのである。さらに「そこで創作のネタが掴めるかもしれません」と付け足したので、やっぱり編集者だな——と言耶は感心した。

ちなみに骨子堂の主人が語った、まだ魔偶の噂が業界内で広がる前の——故にあまり高値がついていない時期の——それまでの所有者の体験談の一部には、以下のような話が伝わっているという。

ある中年男性は、それまで勝てなかった博打《ばくち》で、四回も連続で大儲《おおもう》けをした。しかし、勤めている工場の機械に片手を挟まれ、一度に四本の指を失った。

ある新婚の女性は、大歳の市の福引で立派な箪笥《たんす》が当たった。それを使い出して数日後、別に地震があったわけでもないのに、いきなり倒れてきた箪笥の下敷きとなり、はじめての子供を流産した。

ある旧家の当主は、面白いように良質の骨董品を入手できるようになった。類は友を呼ぶのだと喜んでいると、不審火で蔵の中が火事となり、それまでの蒐《しゅう》集《しゅう》品が焼失した。そして魔偶だけが焼け残った。

ある元華族の未亡人は、娘の中で一人だけ婚期の遅れていた長女に、ちょっと有り得ないほどの良縁が舞い込んだ。だが結婚式の披露宴で酷い食中毒に見舞われ、なぜか花嫁側《がわ》の親族と招待客だけに限って何人もの死者が出た。どの例も一見「禍福は糾《あざな》える縄の如し」のように思える。だが実際には、魔偶によって齎された「福」よりも、その後に訪れる「禍《わざわい》」の方が明らかに強烈だった。完全に「福」を「禍」が呑み込んで、跡形もなく消し去ってしまうだけでなく、とんでもない災いを残していく。それが魔偶という存在なのかもしれない。

ところが意外にも、こういう話が伝わっているのに、この魔偶を求める者が後を絶たないらしい。というのも所有者によっては、自らが得た何らかの利益に対して、大した災禍に遭わない例もあるからだという。

魔偶が運んでくる災厄よりも、その人物が持つ悪運の方が強いから。

そんな噂が、いつしか実《まこと》しやかに囁《ささや》かれ出した。そうなると「我こそは」と思う輩《やから》が、何処の世界でも現れる。言うなれば己の身一つで世間の荒波を渡り、富を手にしたような怖いもの知らずである。特に敗戦後は、そういう傾向の所有者が多かった。とはいえ、ほとんどは魔偶の災いによって、破産、大怪我《けが》、行方不明という何らかの憂き目に遭った。その中には命を落とす者も当然いたという。

「だから今では、儂らの商売でも決して表には出ない、完全に裏の商品になっている。あれを買い求めようとするのは、余程の好事家《こうずか》だけだな」

骨子堂の主人は最後に、そう締め括《くく》ったらしい。

以上の話を聞いているうちに、次第に言耶は考え込むようになった。それに彼女も気づいたようで、魔偶の逸話を語り終わったあと、すぐ彼に尋ねた。

「どうかされましたか」

「そこまで災いがあると知りながら、なぜ魔偶を求める人が後を絶たないのか……」

「ですから、自分だけは大丈夫だと過信する人が――言葉を代えると、それだけ欲の深い人間が――この世には多いということじゃありませんか」

「うん、そういう者もいると思う。でも魔偶の障りが伝わるにつれ、どんどん減っていくのが道理でしょう。その骨子堂さんの話を聞いた限りでは、一向にそんな傾向が感じられないと思ったんだけど、どうですか」

「……確かに、そうですね」

小首を傾《かし》げながらも彼女は相槌《あいづち》を打ったあと、はっと急に息を呑んでから、物凄《ものすご》く期待の籠った声音で、

「ひょっとして先生は、その理由に思い当たられたとか」

「僕は考古学に詳しくありませんが――」

そう言耶は断ってから、

「土偶の『偶』の字には、連れ合い、仲間、輩といった意味があります」

「えっ……ということは、二つで一組？」

「はい。二つが並んでいる状態、対になっている状態ですね」

「もう一つ、ある……」

この指摘に彼女は、かなりの衝撃を受けたようである。

「勝手に命名するとすれば、もう一つは真実の『真』の字の『真偶《まぐう》』でしょうか。音が同じでややこしければ、『しんぐう』とでも呼びますか」

「その真偶《しんぐう》が、本当にあるのだとしたら……」

「魔偶が齎す災厄を、もしかすると消す役目があるのかもしれません」

「元々それらは二つで一つだったから……ですね」

「その事実を知っている者が、極少数《ごく》ながらいる。だから魔偶を求める人が、次々と現れる。彼らは魔偶を手に入れようとする裏で、同時に真偶も捜しているわけです」

「先生、凄い！」

彼女は一気に顔を輝かせると、

「こんな機会は滅多《めった》にありません。今から先方にお邪魔しましょう」

無茶苦茶なことを言い出した。

ただし言耶も「ちょっと見てみたいな」とは思っていたので、この誘いには大いに心が揺らめいた。そんな彼の気持ちを敏感に察したらしい彼女は、

「善は急げです。早く行かないと、今の所有者が魔偶を手放してしまいます。そうなったら、もう拝むことができないかもしれません。いえ、きっと無理です。先方は幸い探偵小説が好きとのことなので、先生が訪ねて行って『見せて欲しい』と仰れば、絶対に大丈夫です」

彼女の言う通り、こんな好機はそうそうないだろう。と彼も考えて乗り気になったのだが、先方の所在を知ったとたん、ふいに嫌な予感を覚えた。

「武蔵茶郷でも旧家の、宝亀《ほうき》という家の当主らしいです」

言耶は学生時代に、先輩の阿武隈川烏《あぶくまがわからす》に唆《そそのか》されて、同地方の箕作《みつくり》家に特殊な屋敷神《やしきかみ》を見に行ったことがある。そのとき同家で、過去と現代の二人の子供が絡む二つの不可思議な人間消失事件に出会《でくわ》し、散々な目に遭っていた。

もっとも言耶が見舞われた災難の原因は、どう考えても阿武隈川の言動にあった。だが今回、あの厄介な先輩はいない。それに箕作家を再び訪ねるわけでもない。恐らく何の関係もない宝亀家へ行くのだ。単に同じ地方に家があるというだけで、せっかくの機会を活かさない手はないだろう。また阿武隈川烏の代わりに、と言っては失礼なほど才色兼備に映る祖父江偲《い》が同行しているのだから、何ら心配することはない。

そう彼は思い直した。

言耶の学生時代とは違い、列車の乗車状態はかなり改善されている。戦時中も敗戦後も、国民に対する食糧の遅配や欠配は当たり前だった。そのため誰もが食べる物を求めて、どっと田舎《いなか》へと押し寄せた。そうして持参した着物などの品物と、農家の米や野菜を交換するのである。行きに持って行った荷物が、帰りは食糧に化けるわけだ。よって当時は「買い出し列車」と呼ばれ、物凄い乗車率になった。芋を洗うような……という比喩《ひゆ》が大人しいと感じられるほどの、信じられない混雑振りだった。それが今は少し緩和されていた。

にも拘らず言耶が絶えず落ち着きのなさを覚えたのは、やはり武蔵茶郷という地名に不吉さを感じるせいか、または魔偶に対して大いなる懼《おそ》れを抱いてしまうからか。

武蔵茶郷駅で下車して表へ出ると、記憶にある蕎麦屋《そばや》が目に入った。そこで阿武隈川に丼物《どんぶりもの》と蕎麦を無理矢理に奢《おご》らされた苦い思い出が蘇《よみがえ》り、反射的に彼は溜息を吐いた。

「先生、もうお疲れになったんですか」

彼女の勘違いを正す気力もなく、言耶は先を促《うなが》した。幸いなのは歩き出したのが、箕作家とは反対の方角だったことである。

駅から徒歩で二十分弱ほど来たところで、宝亀家の広大な敷地《しきち》を示す塀が見え出した。箕作家が立派な長屋門を構えていたのに対して、こちらの門は意外にも慎《つつ》ましかった。ただし門にも左右に延びる塀にも、その上には鋭利な先端を持つ鉄棒の忍び返しが埋め込まれている。それが春の午後の日差しを浴びて、ぎらぎらっと光っている様は、かなり歪《いびつ》に映った。同家が物持ちであることは家屋の構えからも分かるが、それにしても大層な用心である。

こんな田舎で、ここまでの警戒が必要なのか。

言耶が首を捻《ひね》っている横で、彼女が門柱の呼び鈴を押した。しばらく待たされてから、中年の女性らしき声が、門の向こう側で聞こえた。門を少しも開けることなく、ぶっきら棒な口調で「何処の何方《どちら》で、用件は何か」と尋ねてきた。

「私、怪想舎という出版社で編集者をしております、祖父江偲と申します。本日はこちらに、作家の刀城言耶先生をお連れしました。ご主人様が所蔵されておられる、魔偶を拝見できないかと存じまして、こうして参った次第です」

そう言いながら彼女は相手の女性を説得して、少しだけ開けさせた門の隙間《すきま》から、『書斎の屍体』の最新号と言耶のデビュー作が載っている『宝石』と名刺を差し出した。ちなみに全部が、彼の部屋から持ってきたものである。

その強《したた》かさに言耶が感心していると、すぐに女性の戻ってくる気配がして、

「どうも失礼いたしました。さっ、どうぞお入りください」

先程とは打って変わった対応で、門を大きく開けた。

宝亀家の敷地に足を踏み入れたところで、やや意外な感じを言耶は受けた。門から

建物の玄関まで続く飛び石の距離が、予想よりも相当に短かったせいだ。表から目にした塀の長さを考えると、前庭だけでもかなりの広さになると思っていた。しかし実際は、あっという間に玄関に着いてしまった。ということは家屋が、その分だけ巨大なのだろうか。

この疑問はやがて自然に解けるのだが、その前に言耶には試練が待っていた。

二人が通されたのは、こぢんまりとした客間である。ほとんど待つ間もなく、すぐに宝亀家の当主である幹侍郎《みきじろう》が現れた。一目で「偏屈」という言葉が浮かぶような痩《そう》身《しん》の老人で、非常に鋭い眼光で二人を睨《にら》みつけるようにしている。そして挨拶もそこそこに、彼は戦前の探偵小説に関する話題をいきなり喋り出した。

「祖父江編集者は、どう思われますかな」

しかも幹侍郎は最初のうち、まるで編集者としての力量を試すかのように、とにかく彼女を集中的に攻めた。どの作品についても「読んでいて当然」と言わんばかりに、次々と振ってくる。

「えーっと、その本は……」

それに対して彼女は何とも頓珍漢《とんちんかん》な応答を続けて、横の言耶を冷や冷やさせた。このままでは「帰れ！」と怒鳴《どな》りつけられ、いつ追い払われるか分からない。その証拠に幹侍郎の眼差しには、あからさまな侮蔑《ぶべつ》の色合いが浮かんでいる。彼女が素《す》っ頓狂《とんきょう》な受け答えをするほどに、それがより濃くなっていくのが、正に手に取るように分かった。

これは不味《まず》いぞ。

と思った言耶が横から口を出したとたん、先方の両目が輝き出した。と同時に会話はより専門的な内容へと、どんどん入っていった。その結果、いつしか二人は探偵小説談義に花を咲かせていた。

しばらく経つと幹侍郎は満足そうな表情になり、自分が背にしていた床の間の前に、遠慮する言耶を無理矢理に座らせて、門で応対してくれた小柄な女性に――彼女は使用人で「お里《さと》」と呼ばれていた――茶菓まで命じる変わり様を見せた。

「いやぁ、先生はまだお若いのに、よく読んでおられる。それに、よく理解もなさってる。本当に感服いたしました」

幹侍郎は謙遜する言耶を好もしそうに眺《なが》めて――ただし「先生と呼ぶのは止めてください」という訴えは無視して――から、

「それに比べてあなたは、いくら編集者として新人だと言っても、あまりにも作品を知らな過ぎる。猛勉強が必要ですぞ」

彼女には物凄くきつい言葉を投げ掛けた。

「はい。これを肝に銘じて、一から学ぶ所存でございます」

仮にかちんと来たにしても、それを少しも顔に出さずに、むしろ彼女は微笑《ほほえ》みながら丁寧に頭を下げた。

さすがだな。

言耶が心の中で感心していると、

「先生は探偵小説と同じくらい、怪奇小説もお好きです。そこで宝亀様が所有されておられる、あの魔偶をぜひ拝見できないかと、こうしてお邪魔いたしました」

すかさず本来の用件へと繋げて、さらに彼を唸《うな》らせた。

「おおっ、そうじゃった。いやいや、お話が面白くて、すっかり失念しとりました。もちろんお見せしますが、その前に、ちょっと紹介しときましょう」

そう言って幹侍郎は先に立つと、廊下の奥のもっと広い客間へ二人を案内した。贅《ぜい》の尽くされた座敷に入る前に、言耶は自分たちの訪問によって、幹侍郎に今まで放っておかれたらしい客の存在にようやく気づいた。しかも座敷の中を目にして、床の間の掛け軸や違い棚の壺《つぼ》などが目に留まるよりも先に、一人ではなく四人も待っていたことを知った。それればかりではない。その四人の中の一人が、実に意外な人物だったのである。

「これはこれは、先生。奇遇だな」

「こ、小間井刑事……」

まだ大学を卒業して間もなかった言耶を、無気味な「妖服《ようふく》」が齎した神代町の白砂坂に於ける砂村家の二重殺人事件と、理解不能な「巫死《ふし》」思想に絡んだ節織村《ふしおりむら》内の富《ふ》士見村《じみむら》に於ける人間消失事件に巻き込んだのを皮切りに、その後も不可思議な事件を彼のところに持ち込み続けている刑事が、なんと四人の中にいるではないか。

「ど、どうして、ここに？」

ぽかんとするばかりの言耶に対して、小間井はすぐさま察したらしく笑みを浮かべると、

「なるほど。先生は魔偶の噂を聞きつけて、酔狂にも訪ねて来たわけだ」

「は、はい。それで刑事さんは？」

とたんに小間井の顔から、すうっと笑みが消えた。

「通称『色物団』と呼ばれる窃盗団が、最近ちょっと世間を騒がせていてな。何人いるのか、何処の何者なのか、その正体はまったく分かっていない。ただし裏の業界では、ボスは『大判』と呼ばれ、手下には『硯《すずり》』と『珊瑚《さんご》』と『磁器』と呼称される者がいると、もっぱらの噂だ。それぞれが固有の色を連想させるためか、ついた名前が『色物団』らしい。こいつらの専門は空き巣で、主に骨董品を狙《ねら》うのだが、その手口が少し変わってる。普通は目立たない服装をするのに、逆にお堅い勤め人のような身形をして、仮に近所の人に姿を見られても、まず疑われないようにしている」

「あっ……」

とっさに言耶が声を上げたのは、もちろん下宿の大家の話を思い出したからだ。また大袈裟に言っていると彼は話半分で聞いていたのだが、あれは本当だったらしい。

物問いたげな小間井に、絹枝から受けた注意を打ち明けると、

「先生の大家さんなら、仮に色物団の誰かが来ても、どうやら心配なさそうだな」

刑事は笑いながら返すと、再び真顔に戻って、

「その色物団が数ヵ月ほど前から、ある骨董品に目をつけた――という情報が入ってな。それも非常に特別な、問題のある品物だという」

「こちらの、魔偶ですか」

興奮する言耶に、小間井が頷きつつも苦笑して、

「それで宝亀さんに、空き巣の対策について、色々とお話をしているところへ、吾良《ごろう》君、中瀬《なかせ》さん、寅勇《とらお》さんと、次から次へと訪問者が現れて、遂《つい》には先生まで来たってわけだ」

「さすが探偵作家の先生ですなぁ」

幹侍郎が嬉しそうな声を上げた。

「刑事さんの知り合いまでおられて、しかも当家で出会われるとは、何とも面白い。それで刑事さんは、やっぱり先生に、難事件の依頼などされるのですか」

これが曲矢《まがりや》刑事だったら「冗談じゃねぇ。誰が素人に頼むかってんだ」と怒り出すに違いないが、小間井は違った。

「ええ。警察が苦手とする不可能犯罪など、先生には色々と助けられています」

「どんな事件でも、解決されるのですか」

「不可解であればあるほど、力を発揮するようですね」

二人の会話に居た堪れなくなった言耶は、慌てて否定した。

「そ、そんなこと、ないです」

「いや、事実だろ」

「砂村家の二重殺人事件が起こる前の、東神代町と神代新町で連続した強盗殺人事件は、未だに解決していません」

「あの件を君に、特に頼んだ覚えはない。第一あの事件は、犯人こそ捕まっていないが、別に謎《なぞ》はなかったじゃないか」

「けど現場である家屋に、犯人が出入りした痕跡《こんせき》が見つからない。どういう手を犯人は使ったのか。という謎がありました」

「それについては、ある程度の目星がついてる」

「えっ……。なら教えてください」

びっくりした言耶に、小間井は何でもないと言わんばかりに、

「ヒントは、色物団だよ」

「あっ、きちんとした身形だったから、何ら怪しまれることなく、家に上がれたわけですか」

「恐らくそうではないかと、こちらでは睨んでる。だからといって色物団の誰かが、あの事件の犯人というわけではない。彼らは強盗殺人など、一度もやったことがないからな」

そんな小間井と言耶のやり取りに、

「お二方が関わった事件で、とびっきり探偵小説的だった謎に、どんなものがありましたか」

幹侍郎が嬉々《きき》として口を挟んだのだが、

「ご主人、お話し中にすみませんが――」

金糸で文様を織り込んだ着物姿の、でっぷりと太った初老の男が、苦虫を嚙《か》み潰したような顔で、さらに割って入ってきた。

「そろそろ例の魔偶を、ちらっとでも拝見するわけには、いかんでしょうか」

「ああ、そうでしたな」

いきなり幹侍郎の口調が低くなったと思ったら、

「こちらは中瀬さんといって、骨子堂という骨董屋のご主人です。当家に出入りされるようになって、まだ二月ほどでしょうか」

やや面倒そうに男の紹介をしたのだが、店名を聞いて言耶は大いに驚いた。怪想舎の経理部の原口に、魔偶の噂を伝えたという骨董屋と同じ店名だったからだ。

「祖父江さん……」

と思わず声を掛けてから、彼は思い直した。ここで話題にしない方が良いかもしれない。そう考えたせいだ。彼女が特に反応を見せないのも、気づいていながら知らん振りをしているからに違いない。

確かに妙だからな。

原口の話では、「いくら金になるからって、そういう忌まわしい通り名を持つ商品を扱いたいとは、儂は思わんよ」と中瀬は言っていたはずである。にも拘らず宝亀家に、どうして彼はいるのか。それとも「そら商売柄、一目くらい拝みたい気もするけどな」という気持ちから、ここを訪ねたのか。しかし、わざわざそこまでするだろうか。

言耶が不審を覚えていると、三人目の男が意外なことを言い出した。

「伯父さんの卍堂《まんじ》なら、完全に開放されてるから、いつでも誰でも好きなときに入れますよ。いくら何でも不用心だと、私はこの家へ来る度に、そう注意してるんですけどね」

三

幹侍郎の身内らしい三十半《なか》ばくらいの男は、しかしながら骨子堂の中瀬と血の繋がりがあるのではないかと思えるほど、似た体形をしていた。

「甥《おい》の寅勇です」

しかも言耶に紹介する口調からは、幹侍郎が少なくとも伯父として、あまり寅勇を可愛がってはいないことが感じられる。

「……まさか魔偶を収蔵している場所にも、鍵《かぎ》が掛かっていないと？」

あんぐりと口を開けて、いくつもある金歯を晒《さら》しながら、信じられないという顔をする中瀬に、寅勇が面白がる様子で、

「そこまで私も知りませんが、恐らくないのではないか……と思います」

「どういうことですか」

中瀬が呆れたような様子で、さっと幹侍郎に目を向けた。だが当人はまったく気にした風もなく、のんびりと言耶を見やりながら、

「先生は当家の門と塀をご覧になって、ここは忍び込み易《やす》そうな家だなと、そう感じられましたか」

「いいえ、逆でした」

彼の答えを聞いて、すぐに中瀬も、

「作家の先生と同じことを、そりゃ儂も思いましたよ。けど、だからといって卍堂に扉がなく、内部の棚にも鍵を掛けないなんて、あまりにも不用心ですと、前にも申し上げたはずです。しかも問題の魔偶は、他の骨董品とは違うんですから……」

先程から話に出ている「卍堂」とは、どうやら宝亀幹侍郎の蒐集品を仕舞っている、または展示している蔵のような建物らしいと、言耶は当たりをつけた。だとすると鍵を掛けないどころか扉さえないのは、どうにも解《げ》せないと彼も考えた。

すると幹侍郎が突然、何とも珍妙な「骨董品気流説」なるものを語り出した。

「本当に価値のある品物は、ちゃんと生きておる。この場合の価値とは、もちろん金銭的なことではない。正真正銘の本物という意味ですな」

言耶は正直その半分も理解できなかったが、幹侍郎の説を要約すると「本物の骨董品は生きているため、常に気を発している。そして自分が蒐集しているのは、すべて本物である。それらを一ヵ所に集めて、その気が当家の隅々にまで伝わるように考えて建てられたのが、卍堂になる」ということらしい。

蒐集品を収めてある真四角の形をした堂の四面の外壁から、「く」の字型の通路が四方に延びている。それを真上から見ると「卍」の格好になる。それで「卍堂」という名称がつけられた。そんな珍しい形をした建物が、なんと中庭にあるという。

道理で門と玄関が近かったわけだ。

言耶は合点《がてん》がいった。中庭を少しでも広くして、その中心に卍堂を据えるために、わざと前庭を造らなかったのだ。つまり宝亀家は最初から、幹侍郎の蒐集品を第一に考えて設計されたことになる。

だとしたら非常に気に掛かる問題が、言耶の脳裏に浮かんだ。いや、同じことを客間にいる誰もが、疑問として持ったのではないか。

「僕なりに、骨董品気流説は理解したつもりですが——」

「さすがですなぁ」

幹侍郎は無邪気に喜んで微笑んだが、

「でも、そうなると魔偶の扱いが、かなり難しくなりませんか。その像はツキを呼ぶだけではなく、大いなる災いも齎すと聞いております。そんな骨董品の気を、卍堂から流して大丈夫なのでしょうか」

次の言耶の問い掛けで、その笑みがさらに顔全体へと広がった。

「はい。ご心配には及びません」

「それは卍堂に、何らかの仕掛けがあるから、という意味ですか」

しかし幹侍郎は何も応《こた》えずに、にこにこと笑っている。

「ぜひ卍堂を拝見したいです」

言耶が強く希望すると、

「当家を訪れる方は、骨董品気流説を聞いたあとでも、あの堂より魔偶を見たがりますが、やっぱり先生は違いますなぁ」

幹侍郎が感に堪《た》えない様子で、しきりに頷いている。

「もちろん魔偶にも、大いに興味があります。その曰くのある像には、いったいどんな由来が伝わっているのでしょうか」

ここぞとばかりに言耶は質問したのだが、

「いや、それが……詳しいことは何も、まったく分かっておらんです」

幹侍郎が申し訳なさそうに返した。

「専門家である骨子堂さんでさえ、魔偶の出所はご存じないくらいでしてな」

中瀬が無言で頷くのを見て、言耶は残念がった。

「何らかの障りがあると言われる木彫りや石などの像なら、昔から色々と伝えられているわけですが、土偶に纏わる逸話は寡聞にして存じません」

すると幹侍郎が興奮した面持ちで、

「昔のお話とは、どんなものでしょう。宜しければお聞かせください」

この誘いに言耶はすぐさま乗ろうとしたのだが、

「ちょっと先生――」

横から腕を突かれて気勢を削《そ》がれたところへ、

「祖父江編集者も仕事柄、そういった伝承はよくご存じでしょうな」

と幹侍郎に皮肉を言われて、とたんに彼女は大人しくなってしまった。

ただしあとの面々――刑事の小間井、骨子堂の中瀬、幹侍郎の甥の寅勇、そして四人目のまだ十代らしい小柄で痩身の青年――も、それぞれ表情の差こそあれ、誰もが「勘弁してくれよ」という顔をしている。

いや、まだ一言も口を利いていない青瓢簞《あおびょうたん》のような風貌《ふうぼう》の青年だけは、あまり関心がなさそうに見えた。そう言えば彼は、言耶たちが座敷に入ったとき、値踏みするような眼差しを向けてきた。ただし新たに加わった男女が何処の誰なのか分かったとたん、急に興味をなくしたように映った。

「失礼ですが、あちらの方は？」

言耶が好奇心から尋ねると、

「おぉ、紹介を忘れてましたな」

甥の寅勇のときとは打って変わって、幹侍郎は慈愛に満ちた表情になると、

「彼は亡き友人の孫で、吾良といいます。友人が亡くなる前に頼まれて、当家で預かっておるんです」

そんな説明をしたが、どうして宝亀家に逗留《とうりゅう》しているのか、という肝心な話はまったくしなかった。見た目が病弱なことから考えても、どうやら何か深い事情があるらしい。

「これで全員、紹介は終わりましたな」

幹侍郎の物言いには、だから早く話を聞かせて欲しいという催促があったので、

「今ぱっと思い出したのは、曲亭馬琴《きょくていばきん》が文人たちを集めて奇談ばかりを話させた兎園《とえん》会《かい》で出た、秋月《あきづき》家に関わる石像の例です」

言耶は次のような話をはじめた。

江戸時代の麻布《あざぶ》に、上杉鷹山《うえすぎようざん》などを輩出した高鍋《たかなべ》藩の秋月家の上屋敷《かみやしき》があった。屋敷は蝦蟇《がま》池に隣接しており、その池の畔《ほとり》に三尺ばかりの寒山拾得《かんざんじっとく》の石像が安置されていた。

中国は唐の時代、ある寺に二人の風狂の僧がいた。それが寒山と拾得なのだが、彼らの実在は確認されていない。飽くまでも伝説上の人物になる。風狂とは仏教の戒律を逸《いっ》した破戒的な言動を、むしろ悟りの境地に達したと見做《みな》す言葉で、肯定的に使われることが多い。日本では禅宗の一休 宗純《いっきゅうそうじゅん》が、やはり風狂の僧と呼ばれた。

寒山は巌窟《がんくつ》で寝起きをして詩を詠《よ》んだためか筆と巻紙を、拾得は寺の掃除や賄《まかな》いに精を出したせいか箒《ほうき》を、それぞれの像は手にしていた。ちなみに二人を題材にした小

説に、森鷗外《もりおうがい》「寒山拾得」や井伏鱒二《いぶせますじ》「寒山拾得」がある。確かに作家にとっては、なかなか興味深い対象かもしれない。だが、蝦蟇池の畔に安置された寒山拾得の石像は、それだけでは済まなかった。

ある夜のことである。寒山拾得の石像から、何とも奇妙な声が聞こえてきた。

「鰯《いわし》売りぃ、鰯売りぃ」

本物の魚売りが商売をする時刻では、もちろんない。それに声は、明らかに石像の方からしている。

そこで宿直《とのい》の武士が大いに怪しみ、刀を抜いて斬《き》りつけたところ、高熱を発して倒れた。翌朝になって屋敷の者が石像を検めると、確かに刀傷が認められる。

以来、秋月家に異変が起こる度に、寒山拾得の石像が夜泣きをして知らせたという。まるで刀傷が疼《うず》いて痛むかのように……。

「麻布には他にも、石に纏わる不可思議な伝承があります。それらは『麻布の異石』と呼ばれているのですが、その中で最も怪奇的なのが、この寒山拾得の石像です」

という言耶の話に、幹侍郎は我が意を得たと言わんばかりに、

「石仏の骨董は、私も何体か所有しておりますが、その体内に感じられる気が、他の物とは異なっているような感じが確かにありますなぁ」

「古《いにしえ》より石には、妖《あや》しい気が籠っていると、やはり言われていますからね」

「ほうっ。何かお話がございますか」

「えーっと先生、そろそろ――」

ここで強引にとある声が割り込もうとしたのだが、

「ほうっ、祖父江編集者も、何かお話があるようですな」

幹侍郎の皮肉な声音に、「いえ、あの……」と彼女はしどろもどろになって、そのまま口籠った。

という二人のやり取りが終わるのを、言耶は不思議そうに待ってから、いそいそと次の面妖《めんよう》な話を語り出した。

かつて伊豆《いず》の山中に石の産地があった。ある日の午後、石工たちが休憩していると、そこへ一人の綺麗《きれい》な女が現れて、

「ずっとお仕事をなさっていて、お疲れでしょう。私が按摩《あんま》をして差し上げます」

そんな風に言いながら、一人の石工の肩を揉《も》みはじめた。すると彼は気持《きも》ち好《よ》さそうに、たちまち寝入ってしまった。女が二人目の石工に按摩をしたところ、彼もまた眠った。そうして数人が女の手で、たちまち熟睡した。

最後に残った一人は、それまでの仲間たちの様子を見て、「この女は妖婦《ようふ》に違いない」と思い、その場を逃げ出した。途中で猟師に出会ったので、この女の話をすると、「きっと狐《きつね》か狸《たぬき》だろう」と言われた。

二人で石切り場へ行くと、正に女が立ち去ろうとしている。しかも彼らの姿を見て逃げはじめたので、猟師が二つ玉の鉄砲《てっぽう》で撃つと、まるで石が砕《くだ》けて飛び散ったような物音がした。

先程まで女がいた場所に駆けつけたところ、堅い石の欠片《かけら》が辺りに飛散しており、人の姿など何処にも見えない。

「あの女は、どうやら石の気が寄り固まって、妖怪《ようかい》と化したものに違いない」

二人はそう言って、まだ寝ている石工たちの身体《からだ》を調べた。すると誰の背中にも、石で擦《こす》ったような傷跡が見つかった。しかも眠っているのではなく、全員が気絶していた。そこで皆を家に帰らせて医者に診せたところ、ようやく回復した。

それからも石切り場では、しばしば妖しい何かが出たという。

「ほうっ」

幹侍郎は感心しつつも、大いに喜ぶ素振りを見せた。

「石の気が凝《こ》って、その女になったと」

「樹木や石には精霊が宿っている——という考えは、諸外国にも多く見受けられますが、気という捉《とら》え方は中国由来と思われます。それが集まって人に化けて、按摩をするのですから、なかなか面白い。でも放っておいたら、そのまま目覚めずに死んでいたかもしれません」

「うむ。実際は怖い話ですな」

「怖いと言えば――」

言耶が続けて喋り出すのを、

「先生、ちょっと宜しいですか」

透かさず彼女が止めようとしたのだが、「うん」と彼は頷いたものの、そのまま今度は木仏に纏わる怪談を披露し出した。幹侍郎が食いついたのは、もちろん言うまでもない。

この頃から一人、また一人と座敷を離れる者が現れはじめた。卍堂には自由に出入りしても良いため、各々が勝手に魔偶を見に行こうとし出したのである。それに幹侍郎は恐らく気づいていたと思われるが、特に何も言わなかった。皆の好きにさせているようだった。

そのうち客間に残っているのは、宝亀幹侍郎と刀城言耶の二人だけになってしまった。言耶は怪奇な話を語るだけでなく、場合によっては不可思議な現象に合理的な解釈を施した。この推理めいた行為を、幹侍郎は甚《いた》く気に入ったらしい。よって語りは、次から次へと際限なく続く羽目になった。

それが突然、微《かす》かに聞こえた叫び声らしきものによって、ぷつんと断ち切られた。

「……今のは？」

「悲鳴のように聞こえましたが……」

互いに顔を合わせてから、幹侍郎が呟《つぶや》いた。

「女子《おなご》のような声でしたな」

「あっ……」

言耶は立ち上がると座敷を飛び出そうとして、

「ま、卍堂まで――」

彼に皆まで言わせることなく、すぐに幹侍郎も反応した。

「こちらへ」

座敷から内廊下へ出て別の部屋に入り、そこを突っ切って中庭に面した外廊下へ出ると、もう目の前に卍堂があった。

「この履物を、お使いください」

外廊下の中庭側の要所には沓脱石《くつぬぎいし》が置かれ、その上に何足もの履物が揃《そろ》えてある。玄関まで戻って靴を履かなくても、どうやら卍堂へは行けるらしい。

だが言耶は外廊下に突っ立ったまま、繁々と卍堂を眺めるばかりだった。

問題の堂は中庭の真ん中にあって、四方の外壁から通路が「く」の字に出ている。その折れ曲がった角の部分には、まるで付け足したような出っ張りがあった。見様によっては小さな部屋のようでもある。「く」の字型の通路は、堂から小部屋までが短く、小部屋から扉のない出入口までは長く延びている。そういった眺めだけでも奇態に映るのに、「口」の形の外廊下に対して、わざとなのか正方形の堂は「◇」の格好になるように建てられていた。そのため余計に歪な感じを受けるのかもしれない。

……何かがずれている。

飽くまでも錯覚に違いないのだが、そんな感覚に彼は囚《とら》われた。

「先生、どうされました？」

一番近い通路の出入口の前で、幹侍郎が振り返っている。

「す、すみません」

言耶は慌てて履物に足を突っ込むと、小走りで駆け寄った。

「ここは朱雀《すざく》口になります」

そう言って幹侍郎が扉のない通路へと先に入ったので、言耶は続きながらも「あっ」と声を上げていた。

「四つの通路は、四神相応なんですね」

外廊下に対する卍堂の位置が妙だと思ったのは間違いで、実際は東西南北に通路の出入口を合わせるためだった。

四神相応とは四つの方角を、それぞれ四神が護《まも》るというアジア特有の地相的な思想である。東は青龍、西は白虎《びゃっこ》、北は玄武（尾が蛇の亀《かめ》、または亀の長い足に蛇が巻き

卍堂の見取り図

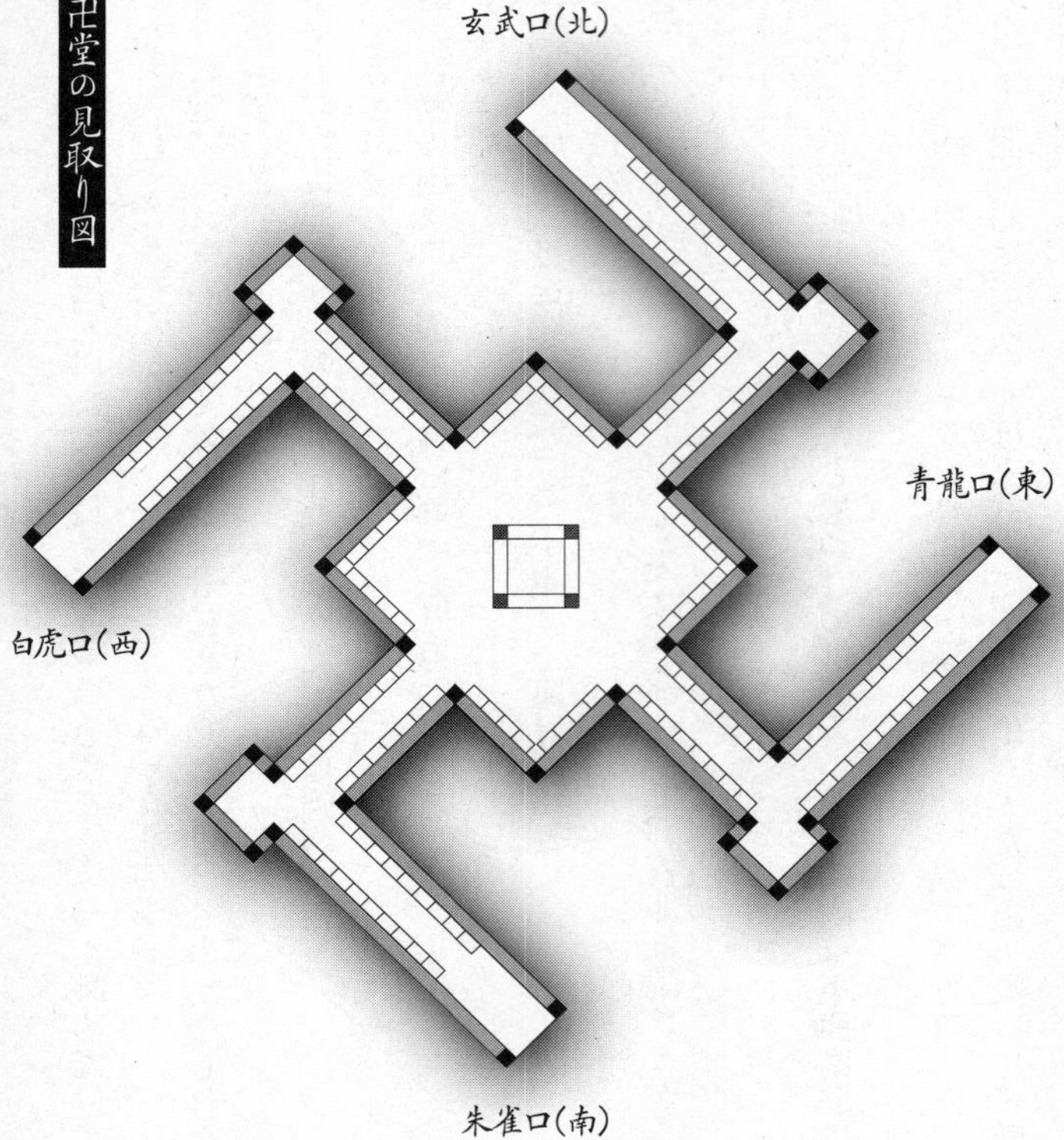

ついている）、南は朱雀（神鳥）とされる。日本では平城京と平安京が、この地相によって造都された。

もっとも宝亀幹侍郎は、端《はな》から卍堂の存在を頭に入れて宝亀家を建てたと思われる。つまり外廊下の「口」と堂の「◇」の関係は、やはり意図的だったに違いない。

そんなことを言耶が考えているうちに、通路の途中から左右に硝子《ガラス》棚が現れ出した。出入口付近に見られないのは、きっと風雨を嫌ってだろう。

棚には硝子が嵌《は》め込《こ》まれていたが、特に施錠はしていないらしく、誰でも内部の骨董品を取り出せそうである。棚に鍵が取りつけられていないのも、恐らく幹侍郎の「骨董品気流説」に因っているのだろう。

左右に設けられた明かり取り用の細長い嵌め殺しの格子窓から、鈍《にぶ》い夕陽《ゆうひ》の光が射《さ》し込《こ》んでいるが、通路は薄暗い。しかも両側に棚があるせいで狭く、幹侍郎のあとに言耶は続く格好になった。最初の長い通路を進んで曲がり角まで来ると、外へと出っ張った空間があり、そこに飾られた鳳凰《ほうおう》の掛け軸が目に入る。ぱっと目を惹《ひ》くほど鮮やかに描かれていたが、朱雀は決して鳳凰ではない。単にその代わりを務めさせられているらしい。

角を曲がるとさらに通路は延びていたが、そこまでの長さに比べると随分と短い。そして角からは堂の一部が見通せた。

「祖父江さん？」

ただし彼女らしき後ろ姿が、ほとんど堂の内部を隠してしまっている。

「あっ……」

背後の足音に気づいたのか、彼女は急に振り向くと、

「……せんせぇぇえっ」

泣きそうな声を上げながら通路を戻って幹侍郎と入れ替わり、いきなり言耶の胸に顔を埋めた。

「ど、どうしたんですか。いったい何が……」

彼がおろおろしている間に、幹侍郎が先に堂内へ入った。しかし突然、そこで悲痛な叫び声が木霊《こだま》した。

「ご、ごろおぅ」

必死に縋《すが》りつく彼女を宥めつつ、言耶も堂内に足を踏み入れた。

四つの通路が口を開けている場所以外、堂の内側の壁は硝子の棚で埋め尽くされている。それぞれの棚の上部には、明かり取り用の格子窓が見えるが、通路のものとは違って開閉式らしい。もっとも鍵はすべて下りているうえに、かなり高所にあるため梯子でも使わない限り、とても手は届かない。そして中央には正四角柱の立派な硝子棚が据えられて、その周囲を回りながら堂内を鑑賞する造りになっていた。

そんな堂内で今、言耶から見て正四角柱の棚の向こう側――北側に当たる玄武口の通路――に骨子堂の中瀬の姿が、硝子越しに認められた。そして左手の西側に当たる白虎口の通路には、寅勇がいた。ただし二人ともその場で、ただ呆然《ぼうぜん》と佇んでいるだけである。

なぜなら中央の正四角柱の棚の足元に、吾良が倒れていたからだ。頭部を朱雀口側に、足元を白虎口側に向けて、彼は横たわっている。

「いったい、どうして……」

幹侍郎の悲痛な声が聞こえる中で、ぴくりとも動かない吾良の側に小間井が片膝《かたひざ》をついて、まるで検死するかのように青年に触れている。

「わ、私が、ここまで来ると……。ご、吾良さんが、し、し、死んでるのが、いきなり目に入って……」

嗚咽《おえつ》を堪えながら説明する彼女の声を、言耶が黙って聞いていたとき、

「…………」

ぽつりと幹侍郎が、何か呟いた。だが彼女の言葉に紛《まぎ》れてしまい、まったく聞き取れない。その瞬間、非常に大事なことを聞き漏らした気が、なぜか言耶はした。

四

「あのー、何と仰ったんですか」

すぐに言耶は尋ねたが、幹侍郎は口を閉じたままだった。彼の視線は、再び倒れている吾良へ向けられている。涙を流すまいと耐えているのが、言耶にも痛いほど伝わってきた。

だから聞き直すことが、どうしてもできない。かといって慰めの言葉も、一向に出てこない始末である。

その代わりというわけではないが、

「祖父江さん、大丈夫ですか」

自分の胸に縋りつきながら震えている彼女を気遣《きづか》うと、とたんに「わあっ」とばかりに泣き出されてしまった。背中を摩《さす》って宥めるのだが、まったく泣き止まない。

すると小間井が、対照的な二人を見やりながら立ち上がり、

「大丈夫、息はあります」

しっかりとした口調で、驚くべき事実を告げた。

「えっ……」

「ほ、本当ですか」

とっさに彼女は混乱したようだが、すぐ横で喜んでいる幹侍郎を目にして、ようやく小間井の言葉の意味が分かったのか、

「……よ、良かったぁ」

大きく息を吐き出したかと思うと、再び言耶の胸に顔を埋めた。

「私、てっきり……」

それから急に幹侍郎の方を向くと、深々と頭を下げた。

「ほ、宝亀さん……、申し訳ございません。私の早とちりで、と、とんでもないことに……」

「いやいや、無理もない」

そう言って幹侍郎は慰めたが、彼の注意は完全に吾良へと向いている。

「とはいえ無闇《むやみ》に動かすのは、ちょっと危険かな」

小間井の呟きに、

「とにかくお医者さんを呼んでもらいます」

言耶は応えてから、卍堂を出て母屋へ走り、幹侍郎が「お里」と呼んでいた女性を捜した。そして吾良の件を伝えたのだが、里が思いがけず取り乱したため、宝亀家の掛かりつけの医者に連絡させるのに苦労した。

言耶が卍堂へと戻ったとき、元の位置から動いている者は幹侍郎だけだった。ただし全員が黙ったまま、身動《みじろ》ぎ一つしない。

小間井は相変わらず吾良の側で片膝をつき、その横で幹侍郎が床の上に正座をしていた。骨子堂の中瀬は倒れている吾良よりも、堂内の骨董品が気になって仕方ないのか、しきりに周囲を見回し続けている。座敷では掛けていなかった金の螺鈿《らでん》が縁にあしらわれた眼鏡《めがね》で、ほとんど値踏みするような視線を注いでいた。その骨董屋とはまったく逆に、寅勇は食い入るような眼差しで吾良を見詰めている。

言耶がそっと近づいていくと、

「あっ、先生」

「祖父江さん、もう平気ですか」

彼女が最初に振り向いたので気遣ってから、医者が来る旨を幹侍郎に伝えた。

そのため僅《わず》かだけだが、その場に安堵《あんど》の空気が流れた。とはいえ堂内に漂う雰囲気は、明らかに重苦しかった。目に見えるはずがないのに、もやもやっと薄黒い霞《かすみ》のようなものが、恰《あたか》も漂っている気配があった。

卍堂内で吾良が倒れていた。

この状況から推測できるのは、何者かが魔偶を盗み出そうとしているところへ、彼が現れたため揉み合いとなり、犯人が被害者を殴り倒した——という状況ではないだろうか。

それが十二分に予測できるうえに、その犯人が堂内にいるのではないか、と全員が疑っているため、誰も口を利くことができない……のだと言耶は思った。

やがて里が坐間《ざま》という医者を連れて現れると、その場の緊迫した雰囲気が、ほんの少しだけ和らいだ。ただし里は、非常に気を揉んでいる様子である。

坐間は一通り吾良を診てから、「頭部を何かにぶつけたか、または何かで殴られたせいで、脳震盪《のうしんとう》を起こしている」と言った。「命に関わりますか」と心配する幹侍郎に、「いや、今に意識が戻るでしょう。でも、それまでは絶対安静が必要です」と強く注意した。ただし「このまま堂の床の上に、ずっと寝かせておくわけにもいかない」と困惑した。

幹侍郎は医者と相談した結果、里に命じて庭師に細長い戸板を用意させた。それに吾良をそっと載せて、屋敷まで運ぼうというのだ。

細長い戸板を持って現れた庭師は、それと同じくらい長身だった。坐間の指示の下、小間井と庭師が吾良を抱《かか》え上《あ》げて、静かに戸板へと横たえる。それから戸板の頭側を刑事が、足側を庭師が持って、吾良の搬送がはじまった。だが、すぐ難問にぶつかった。通路は途中で「く」の字に折れ曲がっているため、人を載せた状態の戸板では通れない。

仕方なく戸板から吾良を下ろして、小間井と庭師が抱えて運んだ。その間、すぐ側にいた幹侍郎がどれほど気を揉んだことか。少し離れた所から見ていても、言耶にはよく分かった。

どうして言耶は幹侍郎の近くにいなかったのか。

吾良の搬送がはじまっても、その場を動く気配を少しも見せない者が、なぜか一人だけいたからだ。狭い通路では邪魔になるだけで、むしろ幹侍郎に怒られた。寅勇は率先して吾良に付き添おうとしたのだが、骨子堂の中瀬である。よって堂内から出るのが遅れたわけだが、それは自然だった。しかし中瀬は違っていた。

「祖父江さん、さぁ行きましょう」

吾良を抱えた小間井と庭師、そして幹侍郎の姿が通路の角へ消えるのを待ってから、言耶はまだ少し震えている彼女を促した。

すると二人に、寅勇がすぐさま続いた。それなのに中瀬だけは、まったく動く気配を見せない。

「骨子堂さん、どうされたんですか。出ますよ」

言耶が振り向いて声を掛けると、ちらっと迷惑そうな顔をしてから、

「すぐに行きます」

と愛想笑《あいそわら》いを返したものの、その場に突っ立ったままである。しかも眼差しは言耶

を一瞥《いちべつ》しただけで、あとは堂内のあちらこちらへと向けられている。

寅勇の姿は通路の角の向こうへ消えており、とっくに見えない。にも拘らず堂内には中瀬が、短い廊下には言耶たち二人が、不自然に残っていた。

「せん、せい……」

「ちょ、ちょっと、祖父江さん？」

ぐったりと身体を預けてくる彼女を、しっかりと言耶は抱えながらも立ち止まった状態で、骨董屋から決して目を離さなかった。

そんな二人に視線を戻したあと、中瀬は大きく溜息を吐いてから、渋々《しぶしぶ》といった体で動き出した。それでも堂内を出る前に、また短い廊下を進み出してから、何度も立ち止まって辺りを見回すので、その度に言耶も付き合う羽目になった。

「おい、何をしてる？」

そこへ小間井が顔を出した。三人だけ屋敷に戻らないので、どうやら様子を見にきたらしい。だが、その場の様子を見て取ったとたん、すぐに事情を察したようで、

「宝亀さんが、さっきの客間に来て欲しいと言ってる」

明らかに中瀬だけの顔を見て、当主の伝言を口にした。

四人が卍堂から出て先程の座敷へ戻ると、幹侍郎と寅勇の二人が待っていた。ただし伯父と甥は互いに黙ったままで、何とも気不味《きまず》い雰囲気が漂っている。

「こんなときにすみませんが、祖父江さんを何処かで、少しだけ休ませてもらえませんか」

言耶が頼むと、幹侍郎はすぐに里を呼んで、近くの小さな座敷に蒲団を敷かせた。あとの世話を里に任せて、言耶たちは元の客間へ戻った。

そこで全員が腰を落ち着けるのを待って、徐に幹侍郎が医者の診断を伝えた。

「坐間先生によると、吾良に命の別状はないそうです。ただし目覚めるのは、恐らく夜になるのではないか。そして意識が戻っても、しばらくは記憶障害が残るかもしれない。そういうお話を伺いました」

ここで言耶は素早く全員を観察したが、誰もが神妙な顔つきをしており、特に目立つ変化を見せた者はいない。

「里が側についておりますので、何の心配もいりません。吾良は彼女に、それは懐《なつ》いておりますからな。間違いなく里が、回復させてくれるでしょう。そして吾良が元気になれば、卍堂で何があったのか、それが分かります。ただ、それには時間が掛かるかもしれず、かといって皆さんをそのときまで、当家にお引き留めするわけにもいかない」

この幹侍郎の台詞《せりふ》には、全員が反応した。特に言耶と小間井がそうだった。しかし前者が何も言わなかったのに対して、後者は即座に詰問する口調で、

「宝亀さん、まさか警察に通報しないおつもりですか」

するとと幹侍郎は悪びれることなく、ゆっくりと頷きながら、

「もしかすると事故かもしれません」

「それを調べるのが――」

「幸い吾良は無事でした。私としては、あまり事を荒立てたくないのです」

「しかし――」

身を乗り出し気味の小間井を、まぁまぁと幹侍郎は宥めるような仕草《しぐさ》で、

「かといって、このままにするつもりはありません。仮に吾良が卍堂で、何者かに襲われたのだとしたら、それ相応の罰を犯人に、私なりに与えたいと思います」

「あのー」

言耶は片手を上げて、律儀に発言を求めてから、

「失礼なことをお訊きしますが、事を荒立てたくないのは、警察沙汰《ざた》になった場合、魔偶の存在が世間に知られる懼れがあるため――という事情も含まれているのでしょうか」

全員が身動ぎした中で、幹侍郎だけは泰然としている。

「もちろん、それもございます」

「そんなもの、警察に連絡しない理由には――」

ならないと小間井が言い切る前に、

「刑事さんの立場も考えて——という事情も、私なりに考えたつもりです」

さらっと幹侍郎が言った台詞によって、たちまち当人の口を封じてしまった。

小間井は色物団の情報を入手して、宝亀家を訪れた。だが刑事である彼がいたにも拘らず、そこで殺人未遂かもしれない事件が起きてしまった。この状況は彼の立場になってみると、非常に不味いのは間違いない。

「しかしながら犯人には、相応の罰を与えたいと仰いましたよね」

言耶の確認に、幹侍郎は頷いたものの、

「そのためには警察に、やはり連絡する必要がありませんか」

次の問い掛けには、ふるふると首を振ったあと、

「警察に知らせる代わりに、小間井刑事と刀城先生に、この事件の探偵をお願いしたいのです」

耳を疑うようなことを言い出した。

「無茶苦茶だ」

「な、何を……」

そこから小間井と言耶が大いに異を唱えたのだが、幹侍郎は物腰と言葉遣いこそ丁寧ながらも頑として動じない。

「何も我々が探偵の真似事《まねごと》をしなくても、吾良君の意識が戻れば、すぐに犯人は分かるんじゃありませんか」

　言耶はやんわりと提案したが、

「吾良の回復を待っていては、夜になってしまいます。そこまで皆さんをお引き留めするのは、こちらとしても心苦しい」

「……犯人が判明するまで、我々を帰さないということですか」

　中瀬の問い掛けに、はっきりと幹侍郎が応じた。

「そうです。しかし警察でも、恐らく同じ対応をするでしょう」

「全員の身元が、ちゃんと分かっているのに、そんな失礼な――」

　と反論し掛ける骨子堂に対して、小間井がぽつりと漏らした。

「いや、逃亡の懼れが、確かにあるかもしれんな」

「もっとも逃げ出すのは、まず無理ですが」

　透かさず幹侍郎が釘を刺したため、ざわざわっと客間が騒《ざわ》めいた。

「ど、どうしてですか」

　言耶が尋ねると、宝亀家の主人は真顔で、

「門の前では、当家の巨漢の料理人が番をしております。この男は料理の腕が見事なだけではなく、刑事さんの前で何ですが、以前はちょっと悪かったこともあり、喧嘩《けんか》の腕っ節も強い。ですから逃げ出すことは、まず不可能でしょう」

「そんな、横暴な……」

中瀬の抗議に、寅勇も応じ掛けたが、結局は何も言わなかった。

「こちらの家におられるのは、宝亀幹侍郎氏と吾良君の他には、僕たちを案内してくださったお里さんと、先程の庭師さんと、今は門番をなさっている料理人さん、その三人だけですか」

言耶の確認に、怪訝そうに頷く幹侍郎を見て、

「そうだな。探偵作家先生と協力できれば、吾良君の意識が戻る前に、事件を解決できるかもしれんな」

小間井が急に意見を変えてしまった。

「ちょっと、刑事さん……」

反射的に不満を漏らし掛けた中瀬を無視して、

「今この家にいるのは、非常に限られた人数だけだ。誰がいつ、あの卍堂へ行ったのか。それを明確にできれば、もしかすると事件は片づくかもしれん。いずれにしろ関係者からは、事情を聞く必要があるからな。だったら我々で、それを行なうのもありじゃないか」

「その通りです」

力強く賛同したのは幹侍郎だけだったが、刑事である小間井の言葉に、さすがに反対の声まで上げる者はいない。

言耶は飽くまでも警察に連絡すべきだと思ったが、このままでは埒《らち》が明かないとも感じた。ならば少しでも早く事態を収拾するために、小間井と事件を調べざるを得ないのかもしれない、と半ば諦めるような気持ちになり掛けていると、

「よし、早速やろう」

言耶の心変わりを逸早《いちはや》く察したのか、いきなり小間井が事情聴取をはじめた。

「宝亀さんと先生が、夢中になって喋っている間、誰が、いつ、どの順番で、この座敷から出たのか。それを、まずはっきりさせよう」

「一番は、私ですね」

先程までの態度が嘘のように、中瀬が刑事を見やりながら言った。こうなった以上は協力して、少しでも早く帰れるようにしようと、恐らく考え直したのだろう。

「その作家先生が話し出してから、しょっちゅう時計を見てたので、時間は四時六分だったことは間違いありません」

「確かに、あなたが最初だったな」

小間井が同意すると、すぐに寅勇が、

「次は私で、骨子堂さんが出てから、三分後ぐらいでしょうか」

「お二方にお訊きしたいのですが――」

言耶は二人を交互に見やりながら、

「席を立たれたのは、自分独りで卍堂を見学なさろうと思ったからですか」

「あなたの話が、いつまで経っても終わらないせいです」

しかし中瀬からは、きつい口調で返された。

「私も同じですが――」

もっとも寅勇は少しだけ違ったようで、

「そうしようと思ったのは、なかなか骨子堂さんが戻らないので、これは卍堂に行かれたのだと気づいて、だったら自分もと……」

つまり中瀬に魔偶を先に見つけられるのを、彼は厭《いと》うたということらしい。

「三人目は、私だ」

小間井はそう言ってから、

「寅勇さんが座敷を出たあと、二分後というところか」

それから刑事は、言耶の方を見て、

「私の次は、どっちだった？」

と訊いてきた。しかしながら言耶は、あれ……と首を傾げる羽目になった。

「吾良君と祖父江さんと、どっちが先でしたでしょう？」

それで幹侍郎に尋ねたものの、宝亀家の主人も首を捻っている。

「さぁ、祖父江編集者が先だったような……」

「彼女よりも前に、吾良君が席を立ったような……」

どっちつかずの発言を二人ともしたので、他の三人に呆れられてしまった。

「いやぁ、先生のお話が面白かったものだから、つい夢中になって……」

「いえいえ、ご主人が聞き上手でしたから、僕も熱中して……」

しかも互いに相手を褒める発言をして、さらに三人の不評を買った。

「こんな頼りない作家に、本当に探偵が務まるんですか」

この中瀬の疑いに、寅勇も大いに頷いている。

「ところが、こう見えて名探偵でね」

すかさず擁護《ようご》したのは小間井だったが、返す刀で言耶を斬ることも忘れなかった。

「とはいえ先生、関係者の動きくらい、ちゃんと把握しておいてもらわないと、こっちも困るぞ」

「そ、そんなこと言われても……。途中でお里さんが、新しいお茶を持ってきたのは、何となく覚えていますが……」

「あのときは、まだ誰も席を立っていない」

「それに事件が起きるなんて、事前に分かるわけが――」

「ないよな。けど仮に予測できていたとしても、怪異譚《たん》を夢中で喋ってる先生には、その場の人の出入りなんて、まったく眼中にないだろう」

小間井の指摘に、幹侍郎だけが「そうでしょうね」と微笑んでいる。あとの二人は「そんな奴が探偵か」という顔である。

「えーっと祖父江さんに、ちょっと訊いてきます」

そそくさと言耶は客間から出ると、彼女が寝かされている座敷へと急いだ。

「祖父江さん、起きてますか」

そっと彼が部屋に入り、蒲団の側に正座して小声で呼び掛けると、ゆっくりと彼女が両目を開けた。

「あっ、先生……。私、ずっと寝ていたみたいです」

「どうです？　気分は好くなりましたか」

「……はい。もう大丈夫だと思います」

そう言って身体を起こしたとたん、掛蒲団が捲《まく》れて、彼女の下着姿が露《あらわ》になったので、言耶は飛び上がって驚いた。彼女を寝かせたとき、どうやら里が洋服を脱がせたらしい。座敷の隅にある衣紋《えもん》掛けには、確かに洒落たタイトスカートのワンピースが見えている。普通なら見落とさないかもしれないが、このときの彼にそれを求めるのは酷だった。

言耶はその場で飛び上がると、器用にも百八十度の回転をして、蒲団に背中を向ける格好で着地した。

「わぁっ、お上手ですね」

後ろで彼女が拍手をしたので、彼は誰もいない前に向かって反射的にお辞儀をしてから、

「ふ、服を、着てもらえますか」

背後から聞こえる衣擦《きぬず》れの音に、ともすれば濃艶《のうえん》な想像をしそうになるのを言耶は振り払いながら、客間で行なわれている事情聴取の内容を説明した。

「それで四番目に座敷を出たのは、どちらですか」

はぁ……と後ろで溜息がしたと思ったら、

「やっぱり先生、あのとき私がした合図に、ちっとも気づいてなかったんですね」

「えっ、合図？」

「卍堂へ行きますよ――って、手振りで知らせたじゃありませんか。そうしたら先生、うん分かったという風に、ちゃんと頷かれたんですよ」

まったく言耶には覚えがなかったが、ここで認めると話が拗《こじ》れそうなので、

「あなたが席を立ったのは、小間井刑事が座敷を出て、どれくらいあとでした？」

「そうですねぇ」

彼女は時間を思い出そうとしているのか、幸いにも合図の問題には触れずに、

「恐らく一分後というところでしょうか」

「随分と早いですね」

言耶は素直に感じたままを口にしたのだが、

「だって三人も、勝手に卍堂の魔偶を見に行ったみたいなのに、先生はのんびりと怪異譚を語るばかりで、いつまで経っても終わらないんですから、そりゃ痺《しび》れも切らしますよ」

とんだ藪蛇《やぶへび》になってしまった。

「そのあと吾良君は……」

「いつ座敷を出たのか、それが分かるのは先生と宝亀さんだけですが――」

と彼女は言葉を切ってから、

「でもお二人とも、まったく記憶にない。だから私に、こうして訊きに見えたわけですよね」

すっかり着替えが終わった格好で、そう言いながら言耶の側に正座して、改まった表情と口調になりながら、

「ところで先生、この事件を解決する自信は、ちゃんとお持ちなんでしょうね」

「ええっ、そんなものは、当然ないよ」

きっぱりと否定する言耶を、彼女は困惑したような顔で眺めつつ、

「かといって逃げるにしても……」

ぎょっとする台詞を吐いた。

「それも、ありかな」

しかし言耶が遠慮がちな口調で賛同すると、

「何を仰ってるんですか」

自分で「逃げる」という言葉を彼女は使っておきながら、彼に苦言した。

「それでは先生の、名探偵としての名声に傷がつくではありませんか」

「あのね、そもそも僕は、探偵でさえ――」

「ここは覚悟を決めて、皆さんの所に戻るしかありません」

彼女に促される格好で、言耶は客間へ戻った。

五

言耶は客間で事情聴取の続きを小間井と一緒に行ない、関係者の動きを以下のように、いつも持ち歩いている大学ノートに纏めた。

十六時〇六分　骨子堂の中瀬が客間から出て、卍堂の玄武口（北側）から入る。
同〇九分頃　宝亀寅勇が客間から出て、卍堂の白虎口（西側）から入る。
同十一分頃　小間井刑事が客間から出て、卍堂の青龍口（東側）から入る。
同十二分頃　祖父江偲が客間から出て、卍堂の朱雀口（南側）から入る。
？　吾良が客間から出て、卍堂に入る。何処から入ったかは不明。

言耶は一通り読み上げたあと、間違いがないかを四人に確かめてから、

「となると四つの出入口に、綺麗に四人が分かれて入ったことになりますが、これは偶々《たまたま》でしょうか」

この指摘を受けて小間井が、骨子堂の主人に尋ねた。

「中瀬さん、ここから外廊下に出た場合、一番近いのは朱雀口になる。それなのにあなたは、最も遠い玄武口から卍堂に入った。なぜですか」

「魔偶を早く目にするためですよ」

そう答えた中瀬の顔には、何処か不遜《ふそん》な笑みが浮かんでいる。

「どういう意味でしょう？」

言耶の質問に、彼は得意そうな様子で、

「魔偶は普通の骨董品とは違い、非常に厄介な代物です。でも、だからこそ蒐集家は

我が物にしたがる。そのお気持ちは、当家のご主人にもおありだと思います。ただ、この方の骨董品気流説と卍堂の役目に鑑《かんが》みると、他の重要で大切な品物と同じように飾られるとは、ちょっと考えられないではありませんか」

「つまり卍堂の中心である堂内に、問題の魔偶を展示した場合、その気が宝亀家の隅々にまで流れる懼れがある。本来なら当然それで良いわけですが、この像だけは例外にせざるを得ない。ということですか」

「ほうっ、やっぱり作家の先生ですな」

　中瀬は素直に感心したらしい。

「だから魔偶は、堂内には置かれていない。そう骨子堂さんは睨んだ。そこまでは分かりましたが、ではなぜ、あなたは玄武口を選ばれたのです？」

「魔偶が厄介な代物であることは間違いない。しかしご主人にとって、他の骨董品とは比べ物にならないほど価値があることも、また事実なわけです。つまり本心では堂内に飾りたいけど、それができない。となると次に考えられる展示場所の候補は、ご主人のお気に入りが実は展示されている、玄武口の通路しかないことが分かります」

「そうなんですか」

　確かめるために言耶が、幹侍郎に視線を送ると、

「骨子堂さんが卍堂に入られたのは、今回を除くと二回でしたかな」

宝亀家の主人は、驚いた顔を中瀬へ向けた。

「はい。その二回で、すべてのお品を拝見できたわけではありませんが――」

「玄武口の通路のことを見抜かれたとは、さすが本職ですなぁ」

「お褒めいただき、恐縮です。どうしてご主人が、あの通路に次点のお気に入りを展示されておられるのか、その訳も存じておるつもりです」

宝亀家の主人である幹侍郎に対しては、中瀬も礼を尽くした態度を見せていたが、このときは傲慢《ごうまん》な顔がちらっと覗《のぞ》いた。

「さて、何でしょう？」

しかし当の幹侍郎は別に気にした様子もなく、単純に興味を覚えたようである。

「ご主人の名字には、お目出度《めでた》い『亀』の字が入っています。そして玄武も、また亀ではありませんか」

「なんと。それは意識しておりませんでした」

「ただ、ちょっと腑《ふ》に落ちないことが……」

珍しく口籠る中瀬に、言わなくとも分かっているという表情をしながらも、なぜか幹侍郎は尋ねた。

「何ですかな。遠慮なく仰ってください」

「それでは、失礼して――。玄武口の通路に、非常に優れたお品があるのは、まず間違いありません。ただ、そういった品の合間に、一緒に並べるには相応《ふさわ》しくない物も、ちらほらと見えるのです。恰も強弱をつけるように。それが儂には、とんと不思議でなりません」

「それはバランスです」

当然のように幹侍郎が応えたが、中瀬だけでなく他の者もぽかんとしている。

「優れた骨董品には、強い気が籠っていることが多い。ですから玄武口の通路にあまり集中させますと、卍堂の気流のバランスが崩れてしまう。その力関係を調整するために、ほとんど気を持っていない品を何点も、わざと並べているわけです」

「なるほど。これは勉強になりました」

中瀬は丁寧に頭を下げたあと、

「腑に落ちないと言えば、もう一つございます。玄武口の通路には、肝心の魔偶はなかったように思われるのですが……」

と幹侍郎を探るような眼差しで窺《うかが》ったが、本人は知らん振りをしている。

「儂が見落としただけ、なのかもしれませんが、どうにも腑に落ちないのは、問題のある魔偶を仕舞っておく特別な箱なり棚が、一向に見当たらなかったことです。骨董品気流説に従えば、通路に展示しているだけでも、その気は母屋に流れるのではないでしょうか。四方へ伝わることはなくても、一方向には……」

中瀬は説明を続けている途中で、はっと息を呑む様子を見せて口を閉じた。それから突然、にやっと笑った。事件が起こる前に、彼自身が魔偶の扱いについて幹侍郎に問い掛けた「それは卍堂に、何らかの仕掛けがあるから、という意味ですか」の意味が、ようやく分かったかのような笑みだった。

「そういう話は、あとでやってくれ」

小間井の苦言を受けて、言耶が寅勇に尋ねた。

「あなたが白虎口を選ばれたのも、同じような理由からですか」

「えっ……分かりますか」

びっくりしたように、彼が両目を見開いている。

「お名前にも白虎口にも、どちらも『とら』の字が入っています」

「……はい。そうなんです」

「一種の験《げん》担ぎですね」

無言で頷く寅勇を見て、苦笑を浮かべている小間井に、言耶が訊いた。

「小間井刑事が青龍口から入ったのは、どうしてです？」

「一番近い朱雀口へ、最初は行こうとした。その前に青龍口と白虎口の通路に目をやったら、後者を歩く人影が、明かり取り用の窓に映った。それで様子を見に行った。序《つい》でに玄武口の通路も覗くと、また人影があった。で結局、ぐるっと卍堂を時計回りに歩く羽目になった。その結果、次に現れた青龍口を、まぁ自然に選んだわけだ」

　はっきりと言わなかったが、小間井が二人の様子を確かめるために各々の通路に近づいたのは、ほぼ間違いないと言耶は思った。要は絶好の機会を利用して、彼らが骨董品を盗み出すのではないか、と刑事は疑ったのである。

「なるほど。刑事さんは、我々の出来心を危ぶんだ。そういうことですな」

「えっ……」

　中瀬はすぐに勘づいたようだが、寅勇はぎょっとしている。

「それで、祖父江さんは？」

　二人が小間井に嚙みつく前に、と言耶が急いで振ると、彼女は困ったような顔で、

「ここを出て、中庭を目指したら、外廊下があって、卍堂が見えました。沓脱石に履物があったので、お借りして、一番近い通路から……」

「それが朱雀口だった。僕と宝亀氏が入ったのも、そこからでした。つまり四人が四つの通路に分かれたのは、本当に偶々だったことになります」

　この言耶の確認に、小間井は小さく頷いてから、

「次は通路に入ってからの、各人の動きだな。中瀬さんは、どうでした？」

「はじめは当然、魔偶だけを捜しました。しかし、そのうち他の骨董品にも目を奪われるようになって……。何しろ玄武口の通路には、次点とはいえご主人のお気に入り

が、そりゃ目白押しですからな。つい儂も商売っ気を出したわけです」

「そうなると曲がり角へ行くまでに、それなりの時間が掛かったことになるか」

「そちらのお嬢さんの、物凄い悲鳴が聞こえたとき、まだ角は曲がっておりませんでした」

「堂内で争うような物音は？」

「今になって振り返れば、そんな気配があったような……。ただ儂も商売柄、いったん卍堂のような所に入ってしまうと、我を忘れますからなぁ」

「彼女の悲鳴を耳にしてから、堂内に駆けつけた？」

「はい。すると硝子棚の向こうに吾良君が倒れていて、その側に刑事さんがおられ、女性編集者さんは朱雀口の通路に……という状態だったわけです」

小間井は次に、寅勇に視線を向けると、

「あなたは、どうでしたか」

「私も、骨子堂さんと似たような……」

「堂内の物音は？」

「微かに聞こえました」

「そのとき、どの辺りにいましたか」

「曲がり角の手前です。そしたら、すぐにとんでもない悲鳴が聞こえて……。怖かったものの見に行くと、骨子堂さんが言われたような有様でした」

「小間井刑事は、如何《いかが》ですか」

　言耶が促すと、

「もちろん魔偶に興味はあったが、お二人ほど熱心ではないので、ゆっくり目に歩く程度で、通路を進んだ。すると最初に、がんっと響く物音が堂の方からして、次にどさっと倒れるような気配を、やはり前方から感じた。少し早足になったところで、彼女の途轍《とてつ》もない悲鳴が聞こえた。それで走って通路の角を曲がり、堂内へ駆け込もうとしたところ、中央に据えられた硝子棚の側に倒れている、吾良君が目に入った」

「そのとき他の三人は、何処にいたんですか」

「祖父江さんは朱雀口の通路から、やや引っ込んだ所で、呆然と突っ立っていたな。ほぼ正面に吾良君が倒れていたんだから、まぁ無理もない。私が吾良君と彼女を見つけて、少ししてから中瀬さんが玄武口の通路から出てきた。寅勇さんは、そのあとになる」

「祖父江さんは？」

　言耶は気遣う口調で尋ねたが、意外に本人はしっかりとした様子で、

「私も刑事さんと、同じような感じで通路を進みました。鳳凰の掛け軸には、思わず足を止めて見入りましたけど、それでも私の方が早く堂内の手前まで着いたので、き

っと歩くのが速かったのだと思います」

「堂内の物音は？」

「掛け軸が飾られている小部屋に入って、それを眺めているときに……。刑事さんが仰ったような、二つの物音が確かに聞こえました」

「どうしました？」

「何だろうと思って、小部屋を出ました。そうしたら……」

「吾良君が倒れていた」

「小部屋を出たとき、すぐ目に入ったのは確かですが、吾良君だとは……いいえ、そもそも人が倒れているとは、まったく認識できなくて……。あれは何……っていう感じで近づいていって、はじめて分かって、それで自然に悲鳴が出て……」

彼女は両の頰《ほお》を両手で押さえながら、

「皆さんのお話を聞いてたら、私、かなりの金切り声を上げたみたいで……」

「無理もありません」

言耶は慰めつつも、先へ進めた。

「祖父江さんが堂内に入ったとき――」

「いえ、ですから私、堂内には入ってなくて……」

「となると朱雀口の通路から見て、左右に当たる白虎口と青龍口の様子は、まったく目に入らなかったわけですね」

残念そうな言耶の物言いに、彼女は申し訳なさそうに答えた。

「はい。それに向かいの玄武口も、中央の硝子棚に遮《さえぎ》られて、満足には見えませんでしたし、私も目を向ける余裕などなくて……」

「仕方ないですよ」

言耶は相槌を打ってから、

「そして最後に、吾良君が席を立ったわけですが、彼がどの通路から堂内へ入ったのか、それは分かりません」

「卍堂へ行ったのは、やっぱり魔偶の盗難を心配してだろうな」

小間井の確認に、幹侍郎が辛《つら》そうな表情で、

「私の骨董品気流説を、吾良は理解してくれましたが……。卍堂の開けっ放し状態は、前々から心配しておりました」

「それなのに宝亀さんは、何だか怪しい作家と夢中で喋っている。その間に一人、また一人と客間を抜け出して、皆が勝手に卍堂へと行く。いくら何でも不用心だと思い、最後に彼も卍堂へ向かった。中庭に着いた彼は、私と同じように明かり取り用の窓から、四つの通路を覗いたのかもしれない。そのうえで一つに入った。ということになるか」

刑事の纏めを聞きながら、そのとき吾良が進んだ通路にいた人物こそ、犯人の可能性が非常に高い――という解釈が、言耶の脳裏に浮かんだ。あの狭い通路を先行者に気づかれずに追い抜くことは、まず不可能だからだ。しかし、敢《あ》えて口にしなかった。わざわざ指摘しなくても、どうやら誰もが察したらしく、しーんと客間は静まり返っている。

しばらく沈黙が続いたあと小間井が、

「ここまでの証言から、探偵作家先生に、何か意見はあるか」

いきなり言耶に推理を促してきた。

「その前に、できれば卍堂の中を、宝亀氏にご案内いただきたいのですが――」

しかし彼が、そう言って刑事と幹侍郎に目を向けると、

「なるほど」

「私なら、いつでも結構です」

すぐに二人から承諾の返答があった。ただ問題になったのは、今から卍堂に行く面子《メンツ》だった。

「小間井刑事も、一緒に行かれますか」

「当たり前だ」

彼がむすっとした顔で返したとたん、

「わ、私も、お供します」

「祖父江さんも？」

言耶は意外に思ったが、自分と刑事と幹侍郎が卍堂へ行ってしまうと、彼女は中瀬と寅勇の三人で客間に残ることになる。その事実に遅蒔《おそま》きながら気づいた。だから彼女は、自分も同行したいと口にしたのだろう。

これは困ったな。

かといって彼女を連れて行けば、その間の中瀬と寅勇の動向が気になる。どうしたものかと言耶が悩んでいると、

「あまり人数が増えても困るか。よし、私と彼女は残るから、先生は宝亀さんと行ってくれ」

小間井が逸早く状況を察したらしく、そう決めた。

言耶と幹侍郎は客間を出ると、先程と同じ廊下と座敷を通り中庭まで出た。沓脱石も同様である。よって朱雀口の通路が、やはり一番近かった。

「別の通路から入りますか」

幹侍郎は気を利かしてくれたようだが、

「いえ、先程と同じで大丈夫です」

言耶はそのまま朱雀口の通路を選んだ。

「四つの通路の展示に、何か特徴はあるのでしょうか。例えば骨董品の種類によって、実は分かれているとか」

そして早速、左右の硝子棚に目を向けることなく質問をはじめた。

「いいえ、特にありません。骨子堂さんが仰ったように、玄武口の通路には、確かに私のお気に入りの品が多い。でもバランスのお話をしたように、あそこには大した価値のない品も、かなり並んでいます」

「つまり魔偶が何処にあるのか、四つの通路の展示傾向から推理するのは、まず無理ということですね」

幹侍郎は満足そうに頷いたが、

「ところで、卍堂に入った回数が最も多いのは、ご主人ご自身を除くと、やはり甥の寅勇氏になりますか」

この質問により、とたんに不機嫌そうになった。

話している間に通路の角——鳳凰の掛け軸が飾られた小部屋の空間——を二人は曲がり、次いで短い通路も通り過ぎて、あっという間に堂内へ着いていた。

「寅勇の母親である妹とは、昔から仲が良くありませんでした。それで今は、ほとんど絶縁しているような状態でして……」

「でも甥御《おいご》さんは、ああして見えられるわけですね」

幹侍郎の不機嫌そうな顔つきが、さらに強くなった。

「あれは母親の、操り人形のようなものです。私には妻も子供もおりませんから、遺産は妹に行きます。でも兄妹《きょうだい》仲が悪いので、私が遺言によって、遺産をそっくり何処かに寄付でもするのではないか、と妹は懼れておるのです。特に吾良を預かるようになってからは、今に養子にするのではないかと、どうやら気が気でないようです。その可能性は、まぁ高いとだけ今は申しておきましょう。それで寅勇に、私の機嫌を取らせようとしている。まぁお恥ずかしい話ですが、そんな事情がございます」

「すみません。立ち入ったことまでお聞きして……」

言耶は謝りながらも、倒れた吾良を異常なまでに注視していた寅勇の様子に、ようやく合点がいった気がした。

「堂内のご案内を、簡単にしますか」

幹侍郎の申し出を、言耶は丁重に断ると、

「それよりも先に四つの通路を、まず巡りたいと思います。次は白虎口へ参りましょうか」

短い通路を進み、曲がり角の小部屋が現れたところで、その中を見た言耶は、一瞬ぎょっと身構えた。

そこに一頭の虎《とら》がいたからだ。一本の太い樹《き》にすっくと前脚を掛けて、半ば立ち上がっている。もちろん剝製《はくせい》だが、今から樹を駆け上がるように見える格好は、正に迫力満点である。小さな子供が目にしたら、きっと泣き出すに違いない。

「ご覧の通り、ごく普通の虎なのが残念です。ただ白い虎の剝製など、そうおいそれと手に入りませんからね」

苦笑する幹侍郎に調子を合わせつつ、言耶は質問を続けた。

「骨子堂さんとのお付き合いは、どんな感じでしょうか」

「私が懇意にしている骨董屋さんの紹介状を持って、二月ほど前に見えられましたので、卍堂をご案内しました」

「そのとき魔偶は、すでにお持ちだったのですか」

言耶の問い掛けに、幹侍郎はにやっと笑うと、

「はい、所有しておりました。しかし骨子堂さんには、何も言いませんでした」

「相手も、それを知らなかった?」

「そのように見えましたね。次は一月後に、今度は商談目的で見えられたので、二、三のちょっとした物を、私は購入しました。そして今回になるわけですが、目当ては魔偶です」

「骨子堂さんは、買い取りたいと?」

「そこまでの話は、まだしておりませんが、向こうも商売ですからね。まったくその

気がないとは、まぁ言えんでしょう」

　怪想舎の経理部の原口が骨子堂の主人から聞いたという話を、もちろん幹侍郎は知らない。言耶は少し迷ったが、結局それを伝えることにした。

「ほうっ、そうでしたか」

　しかし幹侍郎は、特に怒らなかった。むしろ面白がっているようにも見えた。ただし、近々その魔偶を手放すらしいという噂だけは、有り得ないと否定した。

「ここ最近、魔偶の他に求められた物で、如何にも狙われそうな品はありますか」

「どれも価値のあるものですから、そのご質問には『はい』と答えるしかありませんが、魔偶に匹敵する品という意味では、まったくございません」

　白虎口から中庭へ出た二人は、玄武口から再び堂内に進んだ。そして青龍口を通って中庭にもう一度だけ出て、最初の朱雀口から堂内へ入り直した。

　玄武口の小部屋には大きな水槽が据えられ、その中で亀が飼われていた。細かい砂利と石が底に敷き詰められた水辺と、堅い土の陸地とに内部は分かれており、なかなか快適な空間に映ったが、亀にとっては狭い世界だろうか。そして青龍口の小部屋にあったのは、中華圏の伝統的な踊りである龍舞で見るような、伸び縮みできる蛇腹の龍の拵《こしら》え物だった。

　骨董品気流説を唱える割に、四神相応についてては案外いい加減なのだな――というのが四つの小部屋を巡った言耶の率直な感想である。それよりも卍堂の珍奇な構造そのものの方が、恐らく重要なのだろうと再認識できた。

「先程の骨子堂さんのお話ですが――」

「魔偶が齎す影響を抑えるために、この堂に何らかの仕掛けがあるのではないか、というご意見ですね」

堂内の中央に据えられた正四角柱の硝子棚の側に、そのとき二人は立っていた。

「魔偶の特性から考えて、堂内に展示されているとは考えられない。そこで骨子堂さんは、ご主人の次点のお気に入りが集中している玄武口の通路に、それがあると推察された。しかし魔偶と思《おぼ》しき物が見当たらないばかりか、肝心の仕掛けの存在も目につかない。だから腑に落ちない思いを抱かれた」

「それが先程の様子では、どうやら見当をつけられたようでしたな」

「虎の剥製があった、あの小部屋ではないか――と、恐らく骨子堂さんは睨んでいるのではないでしょうか」

「ほうっ、なぜです？」

幹侍郎は動じることなく、むしろ理由を知りたがったようである。

「各々の骨董品が持っている気は、堂内から各通路を流れて、中庭から母屋へ伝わっていくわけです。そのとき、あの小部屋にも気は流れ込むかもしれない。ただ、あそこから出ていくことはないのではないか。そんな風に、きっと骨子堂さんは考えたのでしょう」

「なかなか面白い考察です」

幹侍郎は本当に、単純に面白がっている。

「それで先生は、どうお考えになりますか」

だから言耶にも意見を求めたらしいが、

「今は吾良君の件を、まず優先したいと思います」

そう彼が応えると、とたんに恥じた表情を浮かべた。

「先生と刑事さんにお頼みしておきながら、何とも面目ないです」

「ご主人にとっては、吾良君も卍堂も、どちらも大切な存在でしょうから、無理もありません」

言耶は気にしていないという様子を見せたあと、

「ここの部分だけ、他とは色合いが違うように見えませんか」

彼が指し示したのは、その棚を構成する四つの柱のうちの一つだった。それは白虎口の正面に、ちょうど位置していた。

「あぁ、確かに……。こんな色のくすみは、これまでなかったはずです。つまり吾良は、ここに頭をぶつけたと？」

「小間井刑事の意見も聞く必要はありますが、吾良君が倒れていた場所と、そのときの身体の位置から考えても、かなり蓋然性《がいぜんせい》があると思われます」

「それが事実なら、いったい……」

言耶は辺りの床を見下ろしつつ、

「滑《すべ》り易そうな所は、何処にも見当たりません。となると犯人と揉み合った結果、この柱で吾良君が頭部を打ったと見做すのが、妥当かもしれません」

「つまり殺され掛けたわけではないと……」

「犯人に殺意があったか、またはなかったか、その証明は難しそうです」

「そんな争いが起きたのは、犯人が魔偶を物色していたところを、吾良が見つけたから……」

「諸々《もろもろ》の状況から、そう考えるのが自然でしょう」

「あの子は瘦《や》せていて、体重もありませんので、猫のように物音を立てずに、きっと犯人の背後まで迫ったのだと思います」

「彼に気づいた犯人は驚き、その場でとっさに揉み合いになった。筋は通りますね」

目の前の正四角柱の硝子棚の、上から下までを言耶は眺めつつ、

「吾良君の件が先だと申しておきながら恐縮ですが、ひょっとして魔偶は、ここに展示されているのではありませんか」

一瞬、幹侍郎の眼差しが鋭く光った。それは初対面のときに言耶たちを見詰めた眼光よりも、さらに強い輝きだった。

「先生の探偵の才は、本物ですな」

「いえ、そんな……」

「謙遜なさる必要は、少しもありません。ただ、魔偶の忌まわしい噂と私の骨董品気流説をご存じで、かつ骨子堂さんの見当も見事に推理なさったにも拘らず、ここに展示されていると考えられたことが、どうにも腑に落ちません。なぜでしょう？」

そこで言耶は「真偶」の存在に関する推理を述べたうえで、

「こちらには魔偶だけがあると、当初は思っていました。しかし骨董品気流説を拝聴して、この卍堂に入っているうちに、すでに真偶を手に入れられているのではないか……という疑いが頭を擡《もた》げました。だからこそ魔偶の展示に、絶対の自信を持たれているように見えるのではないか、と考えたわけです」

「ほとほと先生には、感服いたしました」

幹侍郎は極めて真剣な表情で、丁寧に一礼した。

「吾良君が倒れている側で、ご主人は何か呟かれました。とっさに口から出たようでしたが、あれは魔偶の無事を認めたからではありませんか。吾良君に気が向かいながらも、反射的に魔偶も意識した結果、盗み出されていないことを確かめられた。それが可能だったのは、目の前に魔偶があったからではないか、とも考えたわけです」

「私なんぞよりも吾良と、先生はお話が合うかもしれませんな」

「彼が元気になれば、ぜひ色々と語り合いたいですね」

「それにしても真偶という命名が、また宜しい」

にっこりと微笑む相手に、逆に言耶は困った顔つきで、

「偉そうな解釈はしてみたものの、どれが魔偶なのかという肝心な問題は、こうして見ただけでは分かりません」

なぜなら正四角柱の硝子棚の中には、対になっている像が八組も展示されていたからである。恐らく他の七組は、魔偶と真偶を隠すために、わざと置かれているに違いない。卍堂が開放的であるが故に、一応の用心を施したのだろう。

「ところで、魔偶の底に奇妙な文様が刻まれている、という噂は本当ですか」

「はい。なかなか気味が悪くて、奇妙というよりは異様という感じを受けましたが、ご覧になりますか」

いつもの言耶なら、もちろん飛びついていただろう。だが、このとき彼は珍しく躊躇った。どうしてなのか、自分でも分からない。

「……拝見するのは、吾良君の事件の片がついてから、にしたいと思います」

とっさに口から出たのは、そんな言い訳だった。もっともらしく聞こえる台詞だ

が、この場を凌《しの》ぐためであることは、言耶自身も気づいていた。

幹侍郎は怪訝そうな顔をしたが、すぐに「それもそうですな」と納得した。

二人は客間へ戻ると、言耶が卍堂での見聞と会話のすべてを話した。真偶の話では、四人とも驚きを露にした。特に骨子堂の中瀬と寅勇は、かなり悔《くや》しそうな様子である。

「魔偶を見たいとは、別に思わないが――」

そう言いながら小間井は立ち上がると、

「その柱の痕跡だけは、確かめる必要がある」

急いで客間を出ていったのは、さすがに刑事である。

小間井が戻るまでの間、ぜひ魔偶を拝みたいと中瀬が頼むと、この事件を言耶と刑事が解決したあとなら、いくらでも見せると幹侍郎が応えた。

その小間井だが、卍堂に行っただけにしては、妙に時間が掛かった。

「先生の見立ては、恐らく正解だろう」

しかし、その理由は彼が客間に姿を見せたとたん、あっさり判明した。

「まず私が問題の柱を確認したあと、まだ坐間医師がおられたので、一緒に行ってもらった。すると医者の意見も、先生と同じだった。私もそうだ」

言耶はこっくり頷くと、

「客間を最後に出たのは、吾良君でした。そして彼が卍堂へ行ったとき、あそこの四つの通路には、ちょうど四人が綺麗に分かれて入っていた。通路の窓は嵌め殺しで、卍堂内の窓はすべて内側から鍵が下りていました。つまり犯行当時の卍堂は、一種の密室状態だったことになります。ということは四人の中に、犯人がいるわけです」

六

「私も容疑者というわけか」

小間井の口調には面白がっている響きがあったが、

「わ、わ、私も……」

という悲壮な響きを耳にして、言耶は慌てた。

「祖父江さん、どうか落ち着いてください。こういう場合は例外なく、その場にいた人物を全員、ちゃんと等しく疑う必要があります。それに僕は、そうやって順序立てて考えないと、推理を進めることができないのです」

「……わ、分かりました」

とても納得しているようには見えなかったが、彼女が気丈に振る舞ってくれたお陰で、彼はほっとできた。

「まずは卍堂内に於ける、各人の動きを取り上げたいと思います」

言耶は大学ノートに目を落としながら、

「一番に客間を出られた骨子堂さんは、二番目の寅勇氏との間に、三分の時間差があるのですから、誰よりも早く堂内に着けたはずです」

「だから、それは――」

と怒り気味に抗議し掛ける中瀬を、言耶は片手を挙げて制しつつ、

「とはいえ骨子堂さんが入った通路は、最も離れた玄武口でした。そのうえ商売柄、通路の左右に展示された骨董品に対して、興味を覚えて見入ってしまったため、なかなか進めなかったという事情も、極めて信憑《しんぴょう》性があると見做せます」

「い、いや、そう理解してもらえれば……」

一時の怒りの形相が、すうっと中瀬の顔から消えた。もっとも、それも長くはなかった。

「ただし今回、中瀬さんが宝亀家に見えられた、そもそもの理由が問題です」

と言耶が続けて、怪想舎の経理部の原口が聞いたという話を披露したとたん、

「そんな男、儂は知らん」

中瀬が顔を真っ赤にしながら否定した。

「原口氏は覚えていなくても、魔偶に興味はあるが、関わる気はない――と顧客の誰

かに仰ったことは、如何でしょう？」

「断じて、言っておらん」

「ということは骨子堂さんとしても、魔偶には積極的な関心がおありになる。そういうわけですね」

語るに落ちたような格好になったため、しばらく中瀬は絶句していたが、

「ご主人に魔偶を見せて欲しいと、儂は普通に頼んでおる。別に魔偶への興味を隠して、ここへ来たわけじゃない」

開き直るような態度で反論した。しかし、それが事実なのは言耶もよく分かっているため、

「はい、そこに間違いはありません」

いったん認めてから、

「とはいえ第三者に対して、魔偶に関わる気がないと言っておきながら、こうして宝亀家を訪れていることは、やはり引っ掛かります」

「だから言っておらんと、儂は言っておる！」

激昂《げきこう》した中瀬が怒鳴りながら、半ば席を立ち掛けたが、

「まぁまぁ骨子堂さん、お座りなさい。取り敢えず最後まで、ここは先生のお話を聞いてみましょう」

主人の幹侍郎に宥められては、さすがに彼も黙るしかないようで、むすっとしたまま再び座り直した。

「これまでに二回、骨子堂さんは卍堂に入ったことがあります。その二回で、何処にどういった品があるのか、大凡《おおよそ》は分かっていたのかもしれません。何と言っても専門家ですからね。そのため実際は、あまり時間を掛けずに通路を進めた。そうして堂内に入って、前の二回では見かけなかった像に目をつけた。それが魔偶ではないかと考えた中瀬氏が、その像を取り出そうとしたところへ、吾良君が来た。彼が玄武口を選んだのは、中庭から通路にいた骨子堂さんを認めたからです」

「最初から儂を、吾良君は疑っていたとでも？」

「そうなりますね」

再び中瀬が怒り出しそうになったが、

「お二人目は、寅勇氏です」

言耶は構わずに進めた。

「あなたは骨子堂さんより、三分ほど遅れて卍堂に入っています。通路での振る舞いも、中瀬氏と似たようなものだという証言でした」

自分の名前が出たとたん、ぎくっと身体を強張らせた寅勇が、黙って頷いた。

「にも拘らず祖父江さんの悲鳴を聞いたとき、骨子堂さんは曲がり角に達していなかったのに、あなたは手前にいらした。つまり中瀬氏よりも通路を進むのに、時間を掛けていなかったことになります。どうしてでしょう？」

「そ、そんなこと、言われても……」

「しかも、彼女の悲鳴を聞いたのが、通路の曲がり角の手前だったのに、堂内に姿を現したのは最後でした。なぜでしょう？」

「り、理由なんか……」

「あなたは骨董品の専門家ではありませんが、当家への出入りは自由です。それは卍堂にも当て嵌まります」

「け、けど魔偶のことを知ったのは、今日です。骨子堂さんが見えられて、は、はじめて……」

甥の自分にさえ魔偶の所有を教えてくれなかったと、寅勇は伯父を暗に非難しているらしいが、当の幹侍郎は平気な顔である。

「つまり骨子堂さんと、ほぼ条件は同じになりませんか」

「……ち、違う」

「そのうえ吾良君が頭をぶつけた、あの硝子棚の柱は、白虎口側にありました」

「……い、言い掛かりだ」

「吾良君が用心をしていた相手が、あなただったとしたら――。彼が中庭から白虎口にいた、あなたを目にして通路に入ったのだとしたら――」

「その後の考え得る展開は、中瀬さんと一緒か」

小間井の発言に、寅勇が勢いよく首を振り、反対に言耶はこっくりと頷いた。

「三人目は、小間井刑事です」

「おっ、俺の番か」

相変わらず嬉しそうな反応である。

「刑事さんは、通路の明かり取り用の窓越しに寅勇氏を、次いで骨子堂さんを認めた結果、卍堂の外周を四分の三ほど回ってから、青龍口より入りました。この動きに何ら不自然さはありませんが、飽くまでもご本人の証言です」

「嘘を吐いてるのかもしれんぞ」

やっぱり嬉しそうに小間井が応じた。

「でも嘘だった場合、なぜ青龍口を選んだのか、その理由があるはずです。しかし、それが一向に見当たりません。一番近かったのは、朱雀口ですからね。となると寅勇氏と骨子堂さんを認めて、卍堂の周りを回ったからだ――という説明に、やはり信憑性が感じられるわけです」

「何だ、もう容疑は晴れたのか」

小間井の軽口には少しも付き合わずに、

「四人目の祖父江さんですが――」

と言耶が口にしたところで、彼女が半べそをかくような顔になりながら、

「……先生、酷い」

「担当の編集者を疑うとは、鬼のような奴だな」

小間井も早速それを混ぜ返した。どうも段々と曲矢刑事に性格が似てきたのではないか、と言耶は危惧《きぐ》しながらも無視する姿勢で、

「四人の中では彼女の行動が、最も自然だと思われます。客間を出たのも最後でしたし、卍堂も一番近い朱雀口から入っている。骨董品の知識がないので、通路で立ち止まることもなく、素直に堂内まで進んでいる。だから四人の中で――もちろん犯人は別にして――真っ先に堂内へ辿《たど》り着《つ》いたわけです」

と喋り続けたところ、彼女の半べそが元に戻り出した。

「自分の担当編集者だからと、依怙《えこ》贔屓《ひいき》しているんじゃないのか」

すかさず中瀬が嫌味を口にしたが、

「いいえ。飽くまでも客観的に、皆さんの動きを検討しているだけです」

言耶はあっさりと返すだけに留めて、そこから先へ進んだ。

「次は動機の問題です。今度は逆に、祖父江さんから参りましょう」

「はい、どうぞ」

現金なもので、彼女も積極的である。

「そもそも僕と彼女が、こちらにお邪魔したのは――」

言耶はこれまでの経緯を語ったうえで、

「斯様《かよう》な事情で当家を訪れた祖父江さんが、いきなり泥棒に転じたと考えるのは、さすがに無理があります」

「それこそ魔偶に惑わされた……という可能性も否定できんだろ」

中瀬の突っ込みに、

「そ、そうなんです」

意外にも言耶が同意したので、彼女が悲痛な声を上げた。

「せ、先生ぇ、認めてどうするんですか」

「いやいや、物は魔偶だからね。そんな懼れは、十二分にあるはずです」

そこで彼女が再び半べそをかくのを見て、彼は心配いらないと言わんばかりの顔をして、

「しかし祖父江さんは、肝心の魔偶を目にしていません。そのうえ何処にあるのか、どんな像なのか、そういう知識も一切ないわけです。よって魔偶の誘惑を受けるなど、絶対に不可能だったことになります」

「……良かった」

彼女の安堵の溜息を耳にしつつ、言耶は続けた。

「二人目は小間井刑事ですが、彼は色物団の情報を得たからこそ、当家のご主人に注意を促しに来ました。そんな人物が一転して、泥棒と化すとは思えません」

「世の中には、悪徳警官もおりますからな」

中瀬の当《あ》て擦《こす》りに、小間井はむっとしたようだが、言耶に対しては相変わらず巫山戯《ふざけ》た態度を取っている。

「という善良な国民の意見もあるぞ」

「承っておきます。三人目は寅勇氏ですが、彼もまた動機の面から見ると、先の二人と同様のことが言えそうです」

「そんなはずないだろ」

小間井への暴言は冗談だったにしても、これは聞き捨てならないとばかりに中瀬が強い口調で、

「ご主人と甥の関係が、あまり上手くいっていないことぐらい、今日が初対面の作家と編集者と刑事でも、まぁ分かるだろう。だったら伯父が大切にしている魔偶を、この機会に盗み出してやろうと考えても、それほど不思議じゃない」

と捲《まく》し立《た》てるように言ってから、

「いや、ご主人、これは失礼なことを……」

　さすがに不味いと気づいたのか、幹侍郎に頭を下げて謝った。しかし当人は鷹揚《おうよう》に頷いただけで、特に怒りもしない。

　一方の寅勇は、顔を真っ赤にして中瀬に抗議しようとしたが、その勢いに押されて口を挟めなかったようである。しかも伯父が少しも反論しないことに、かなりの衝撃を受けたのか、赤かった顔が見る間に青褪《あおざ》めてしまっている。

「確かに伯父と甥の関係には、色々とあるようですが――」

　と言耶は認めつつも、

「だからといって魔偶を盗んでも、何の問題解決にもなりません。犯人が甥だと分かれば、むしろ余計に関係が拗れるだけです。仮に高値で売ることを目的に盗《と》ったのだとしても、その伝手《つて》が寅勇氏にはありません。もし骨董屋に魔偶を持ち込んだらどうなるか、それは骨子堂さんが一番ご存じでしょう」

「何の詮索《せんさく》もせずに、喜んで買う奴はおるぞ」

　中瀬は断言したものの、

「とはいえ素人が、そういう恰好の相手を見つけられるかどうか、かなり難しくありませんか」

　そう言耶が問い掛けると、渋々ながらも「まぁな」と認めた。

「つまり寅勇さんにも、動機がないってことか」

「ただ……それも魔偶を盗む動機に関しては、ですが」

小間井の確認に、言耶が意味深長な物言いをしたので、

「どういう意味だ？」

「我々は卍堂の事件を、もしかすると誤認していたのかもしれません。魔偶盗難未遂事件の迸《とばっち》りを吾良君が受けた——と捉えたわけですが、実際は違っていた」

「何ぃ？」

「あれが吾良君殺害未遂事件だったとしたら、どうでしょうか。妻子がおられない宝亀氏の遺産は、立派な動機になります」

小間井の視線が言耶から、一気に寅勇へと飛んだ。いや、今や全員が彼を凝視していた。そのため本人の顔面は益々《ますます》、怖いくらい蒼白《そうはく》になっている。

「卍堂の堂内で偶々、寅勇氏は吾良君と遭遇した。そのとき悪魔の囁きが、彼の耳朶《じだ》を打った。今ここで吾良君を亡き者にしたら、魔偶を狙った犯人の仕業と思われるのではないか。自分には魔偶を盗み出す動機がない。まったくないとは見做されないかもしれないが、極めて弱いことは間違いない。だから……と衝動的に実行した。それから逃げようとしたが、自分だけが卍堂から出ると逆に目立つ。そこで白虎口の通路で、凝《じ》っと様子を窺っていると、祖父江さんの悲鳴が聞こえた。でも、すぐに出ていくと怪しまれる。少し待っていると、他の通路から誰かが出てきた気配があった。も

う良いだろうと判断して、彼は堂内へ戻った。という経緯があったために、通路の曲がり角の手前にいたにも拘らず、最後に姿を見せる羽目になったわけです」

「……ち、違います」

寅勇の絞り出すような声が聞こえたあとで、

「失礼ながら先生、その推理は間違っています」

はっきりと幹侍郎が首を振った。この発言に一番驚いたのは、当の寅勇だったかもしれない。あんぐりと口を開けたまま、呆《ほう》けたように伯父を見詰めている。

「やっぱりそうですか」

しかし、それを言耶が認めたときの皆の反応の方が、より驚きに満ちていた。

「おいおい、自分の推理を、あっさり否定するのか」

「作家風情が、偉そうに探偵の真似事なんぞするから、こういうことになる」

「先生、大丈夫ですか」

「えっ……わ、私が犯人じゃ、ないってことですよね」

何も言わなかったのは幹侍郎だけだった。

「寅勇氏が犯人ではないと、宝亀氏が確信されておられる理由を、宜しければお教えいただけませんか」

言耶が丁重に頼むと、やや困惑した顔つきで幹侍郎が、

「残念ながら……という言い方は間違っているでしょうが、甥にそんな度胸はありません。外から入り込んできた吾良など、俺が追い出してやる――くらいの気概があれば、むしろ良かったのかもしれませんが、まぁ言っても詮無《せんな》いことです」

「僕も寅勇氏犯人説を述べながら、彼が堂内に最も近い場所にいたのに、なかなか姿を現さなかったのは、実は臆病《おくびょう》な性格のせいではないのか――という疑いが頭を擡げていました。ですから伯父の宝亀氏のご意見を伺えて、非常に助かりました」

「あのなぁ」

小間井が突っ込み掛けたが、言耶は何事もなかったかのように、

「四人目は骨子堂さんですが――」

と進めようとしたのだが、中瀬が強引に割り込んできた。

「何をほざくつもりか、儂には分かっておる」

「あっ、では代わりにお願いします」

言耶が軽く頭を下げると、相手は苦虫を嚙み潰したような顔で、

「商売が骨董屋なら、魔偶を売り捌《さば》くことも可能である。よって儂の場合、立派に動機が成立する。だから骨子堂の中瀬が、きっと犯人に違いない。という戯言《たわごと》だろ」

「それに対する反論は？」

「もちろん、ある。儂らの商売は、何よりも信用が第一じゃということくらい、あん

たにも理解できるだろう。魔偶の購入者を見つけるのは、まぁ容易《たやす》いかもしれん。高額で売る自信も、そりゃ儂にはある。だがな、一時の儲けのために、これまで築いた信用が、がらがらと崩れることになるのを承知で、そんな莫迦《ばか》な行為をするほど、儂は愚かではないわ」

「いえ、仰る通りです」

「……へっ？」

気の抜けたような声が、中瀬の口から漏れた。

「儂の言ったことを、す、すべて認めるのか」

「はい。一々ごもっともだと、僕も思います」

「そ、そうか。だったら儂も、犯人ではないということに――」

「本来ならなりますね」

と言耶が続けた言葉に、中瀬が絶句している。

「でも骨董屋の商売が、実は隠れ蓑《かくれみの》だったとしたら、どうでしょうか」

「なら、本当の顔は？」

小間井に訊かれて、言耶が答えた。

「色物団のボスである、大判氏です」

ひゅうっと息を呑む気配がしたものの、それが誰かは分からない。

「大判氏とは、恐らく『大判小判』の意味でしょう。そして組織の名称から考えるに、彼は金色が好きなのではないか、という推察ができます。中瀬氏の着物の文様には金糸が織り込まれており、眼鏡の縁には金の螺鈿があしらわれ、口の中には何本もの金歯が見えます」

「な、何を、莫迦な……」

中瀬は怒鳴ろうとしているらしいが、ほとんど喋れない。あとは口をぱくぱくとしているだけである。

「色物団の大判か」

そんな中瀬に、小間井が鋭い眼差しを注いでいる。

「ただ……」

しかし言耶がぽつりと漏らすと、刑事の眼光がたちまち弱まって、

「おい先生、また自分の推理が違ってると、言い出すつもりじゃなかろうな」

「それがですね、ここまでの様々な推理を再吟味してみると、極めて肝心な問題が浮かび上がってくるのではないか……と遅蒔きながら気づいたのです」

「何だ、問題って？」

と小間井は尋ねてから、急に慌てた様子で、

「いや、待て。その前に、骨子堂の中瀬さんが、色物団の大判だという推理は、どう

なる？」

「そうなんですか」

言耶が本人に訊くと、

「もちろん違う。莫迦なことを言うな」

中瀬に怒られた。ただし、これまでの怒りの感情ではなく呆れ果てているような、そんな口調で彼は応じた。

「よし、その件はもういい。で、問題って何だ？」

小間井が先を促すと、言耶が鹿爪《しかつめ》らしい顔で、

「吾良君が倒れていた、その場所です」

「あの硝子棚の横じゃないか。棚の柱の一つに頭をぶつけたと、先生も私も坐間医師も見立てたんだから、その側に倒れてたのは自然だろ」

「では、どうして硝子棚の側で、吾良君は犯人と争いになったのでしょう？」

「あそこで犯人が、魔偶を物色していたからだよ」

「では、なぜ犯人は、あの硝子棚の中に、目当ての魔偶が展示されていると、事前に知ることができたのでしょうか」

「それは……」

と口にした切り、小間井が黙ってしまった。

「何度も卍堂に入っている寅勇氏も、骨董品の専門家である骨子堂さんも、それを察する機会はありませんでした。況《ま》して今日はじめて宝亀家を訪ねた、小間井刑事と祖父江さんが知ることなど、まず不可能でしょう」

「もちろん、そうだ」

「しかし犯人は、魔偶が何処にあるのか、ちゃんと分かっていたのではないでしょうか。だから通路に入ったあと、堂内の硝子棚を目指して、真《ま》っ直《す》ぐ進んだ。四人が客間を出た時刻と通路での各人の動き――この二つを考察すると、犯人が通路で愚図愚図していた時間など、ほとんどなかった。そうとしか思えないのです」

「ちょっと待ってくれ」

小間井は考え込む仕草で、

「犯人が魔偶を盗むのではないかと、吾良君は疑っていたわけだ」

「そこまでの確信はなかったと思いますが、その人物が魔偶の所在を知っていることが、きっと彼は気に掛かっていたのでしょう。だから明かり取り用の窓から、問題の人物を認めた瞬間、吾良君はあとを追って通路へ入ったのです」

「犯人は、誰だ？」

真剣な表情の小間井に、言耶は答えた。

「あなたです」

七

　客間は無気味なほど静まり返っていた。しかも言耶の他は、誰も小間井に目を向けていない。下手に見ると障りがあるとでもいうように、皆が明後日《あさって》の方向に視線を泳がせている。

「ほうっ、どうして私が、魔偶の所在を知ることができたと？」

「刑事さんの、お役目のお陰です」

　小間井が沈黙で応えたので、言耶は続けて、

「当家を訪問して、宝亀氏に会われたのは、色物団が魔偶を狙っているらしい、という情報を伝えて、充分に注意をしてもらうためでした」

「その通りだ」

「小間井刑事は宝亀氏と、空き巣の対策について話し合ったと、僕に仰いました。しかし具体策を検討するためには、魔偶が何処にあって、どういう状態にあるのか、それを知る必要があります。よって刑事さんだけは、事前に魔偶の所在を、宝亀氏から聞いていたはずではないか、と気づいたわけです」

「私が魔偶の所在を知っていると、なぜ吾良君は察することができたんだ？」

「お二人が空き巣対策の話をしていたとき、次から次へと訪問者があったわけですが、その一人目が吾良君でした。つまり彼は客間に入る前に、お二人の話を耳にした可能性がある」

「彼もそのとき、魔偶の在処《ありか》を知ったのか」

「卍堂の正四角柱の硝子棚の前で、宝亀氏に対して魔偶の所在に関する解釈を述べたとき、僕と吾良君は話が合うかもしれない、と言われました。あれは吾良君が、僕と同じような思考によって、魔偶の在処を突き止めていたから――だったのではありませんか」

後半は幹侍郎への確認だったが、本人はしっかりと頷いた。

「やっぱり先生は、名探偵だな。目のつけどころがいい」

小間井はそう褒めてから、

「だけど先生は、私が色物団の情報を得たからこそ、宝亀さんに注意を促しに来たのであり、そんな人物が一転して、泥棒と化すとは思えない――と、ちゃんと言ってるじゃないか」

「普通の真っ当な刑事さんなら、それが当て嵌まります」

「私は違うわけか」

「骨子堂さんが仰ってました。悪徳警官もいる……と」

「ほうっ、どんな悪いことを、私はしたのだろう？」

小間井の無気味に光る瞳を、はったと言耶は見詰めながら、

「東神代町と神代新町で連続した例の強盗殺人事件の犯人は、小間井刑事ではありませんか」

「…………」

相手が絶句している間に、さらに言耶は続けた。

「あの事件では、どうやって犯人が現場の家に、怪しまれずに出入りできたのか、それが謎になっていました。小間井刑事の実家が東神代町にあることを、僕は砂村家の二重殺人事件のときに聞いています。つまり犯人は、被害者たちの近所の顔見知りで、かつ警察官だったために、まったく何の疑いも持たれることなく、各々の家に上がれたのです」

「なるほど」

「失礼な言い方をしますが、初対面の小間井刑事は、決して裕福そうに見えませんでした」

「別に間違ってはいない」

「それなのに砂村家の二重殺人事件が解決したあと、刑事さんは洋もくを燻《くゆ》らし、おまけに自腹で御馳走《ごちそう》をすると仰った」

「ほとぼりが冷めたので、強盗で得た金を使いはじめたわけだ」

「はい。そして富士見村《ふじみむら》の人間消失事件のとき、村内に侵入した『折紙男』と呼ばれる強盗殺人犯が、富士見山《ふじみやま》へ逃げようとした際に、とっさに刑事さんは拳銃《けんじゅう》を撃ちました」

「その通りだが……」

「問題の『折紙男』は、東神代町と神代新町の強盗連続殺人事件の犯人である可能性も捨て置けないと、刑事さんは関係者に喋っています。ある人から、はっきり僕は聞きました」

「そういう疑いもあったのは、確かに間違いない」

「だから刑事さんは富士見村の捕物で、侵入者である『折紙男』を射殺して、あわよくば東神代町と神代新町の事件の罪まで、その人物に被《かぶ》せようとしたのです」

「本物の悪徳警官だな」

「でも同僚に止められて、それは失敗しました」

「あと少しだったのにな」

「ご自分の罪を認められるんですか」

言耶の問い掛けに、小間井は焦る素振りも見せずに、

「本当に私が魔偶の所在を知っていたのなら、先生と宝亀さんが卍堂から戻ってき

て、例の真偶の話をしたときに、他の三人と同じくらい驚いたのは明らかに変じゃないか」

「それは、そういう演技を――」

「したと言われれば、何の反論もできない。けど、そんな演技をしている私を見て、宝亀さんが疑問に思わないか。この刑事は知っていたはずなのに……とな。そうなると私が怪しいと、きっと宝亀さんは疑っただろう。そして先生に、自分の疑惑を話したはずだ」

「……確かに、そうですね」

言耶が物問いたげに、幹侍郎を見やる様子を目にして、

「いやいや、そんな確認をする前に、宝亀さんに尋ねれば済むことだ。刑事に魔偶の在処を教えましたか――とな」

「それが先生、お教えする前に、吾良が入ってきましてな」

幹侍郎が申し訳なさそうに、言耶に伝えた。

「頭の良い子ですから、彼は魔偶の所在を、恐らく知っていたでしょう。だからといって刑事さん以外の者がいる前で、魔偶の話はしたくありません。それに吾良のあと、あまり間を空けずに骨子堂さんが見えられたので余計です」

「そうですか」

と言耶は応じてから、

「いやぁ、本当にごめんなさい。失礼なことを申しました」

すぐさま小間井に謝罪した。だが当人は別に怒った様子もなく、むしろ興味深げに刀城言耶を見詰めている。

これで言耶は、すっかり落ち込んだかに映ったが、すでに彼は沈思黙考に入っている様子だった。そんな作家に向けられる眼差しは、侮蔑、戸惑い、心配、鷹揚、期待と様々な感情が籠っている。もっとも当人には少しも伝わっていないらしく、まったく気にしていない。

「四つの通路に、四人がいた……」

そのうち言耶の呟きが、ぶつぶつと聞こえ出した。

「よって犯行当時の卍堂は、一種の密室状態にあったと見做せるわけだ」

しかし彼自身は、自分が口を開いている自覚がなさそうである。

「だから四人のうちに、犯人がいると考えた」

そんな彼が発する言葉に、皆が耳を澄ませている。

「でも四人とも、魔偶が何処にあるのか知らなかった」

呟きは続く。

「にも拘らず現場が、あの硝子棚の前だったのは、いったいどうしてか」

そこで言耶は全員の顔を見渡してから、

「いえ、真犯人は魔偶の所在を、やっぱり知っていたとしたら……。そして卍堂は、密室でも何でもなかったとしたら……」

「どういう意味だ？」

我慢し切れなくなったように小間井が尋ねた。

「真犯人は、いったい誰なんだ？」

「お里さんです」

小間井を犯人として指摘したときとは、また違った静寂が客間に降りた。

「あの手伝いの女性が……」

「お里さんは日頃から、吾良君と仲が良かった。彼を可愛がっていた。だから魔偶の所在も、彼から聞いて知っていた。とはいえ別に盗み出す気などなかった。ところが今日、宝亀氏に次々と訪問者があった。しかも全員、魔偶が目当てだった。そのため彼女も魔偶を意識せざるを得なくなった。ふと気づくと全員が客間に集まっている。しかも作家が、これから長話をする雰囲気がある。今ここで卍堂へ向かえば、誰にも邪魔されずに魔偶を捜せる。という魔が差した。そこで彼女は卍堂に入った。だけど予想よりも早く、次々と他の人たちもやって来た。彼女が焦っていると、そこへ吾良君が現れた。そして二人は、とっさに揉み合った。そうなった原因は、いきなり後ろに人の気配を感じた彼女が驚いたあまり、だったに違いありません。ですから彼女に、まったく殺意はなかった。そういう意味では、事故に近い――」

「待て、待て」

小間井が慌てて止めながら、

「吾良君は、何処から入った？　四つの通路のどれを選んでも、先に入っていた者に見られたはずだろ。しかし誰も、彼を認めていない」

「宝亀氏は、吾良君は痩せていて体重もないから、きっと魔偶を物色中の犯人の背後に、猫のように物音を立てずに近づいたのでしょう、と仰いました。それと同じことが、朱雀口の通路の小部屋で、鳳凰の掛け軸を眺めていた祖父江さんの後ろで、正に起こったのです」

「あのとき私、小部屋の中まで入ってました――って、先程も言いました」

彼女の再証言が、言耶の推理を補強する格好になったところで、

「そこまでは分かった」

小間井は納得しながらも、ここからが問題だと言わんばかりに、

「だがな、お里が吾良君と揉み合ったとき、すでに四つの通路には四人がいたわけだろ。だったら彼女は、卍堂から逃げ出せないじゃないか」

「そのことにお里さんも、すぐ気づきました。目紛《めまぐ》るしく頭を働かせた彼女は、一か

八かの賭《か》けに出たのです」

「何だ？」

「青龍口の通路の小部屋まで、小走りで向かうことです」

「私が入った、あの通路の？」

「そうです。小間井刑事が通路の角を曲がったのは、祖父江さんの悲鳴を聞いたあとでした。よってお里さんは、刑事さんに見つかることなく、あの小部屋になんとか入れたのです」

「としてもだな、その前を私が通るときに、絶対に見つかったはずだぞ」

「そのままなら駄目でしょう。でも伸び縮みが可能な、蛇腹の龍の拵え物の中に身を潜めていれば、まず見つかりません」

「……さすがに、それは見逃すか」

小間井は悔しがる表情を見せたあと、

「しかし、その推理が有効なら、庭師や料理人も疑う必要がある」

と言いながら幹侍郎を見やって、

「確か料理人は以前、ちょっと悪だったという話でしたね」

「そ、そうですが、とっくに更生しております」

「とはいえ魔偶の話を耳にして、昔の悪い癖が出なかったとも限らない。もし彼に空き巣の前科でもあれば、これは充分に疑う余地があります」

幹侍郎は慌てて首を振りながら、

「いいえ、あの者に限って、それはございません」

「いくら雇主の証言でも、こればかりは――」

そこへ言耶が割って入った。

「でも刑事さん、庭師さんも料理人さんも、二人とも蛇腹の龍の中に入れたとは思えません」

「ノッポさんと、おデブさんですからね。でもお里さんは、かなり小柄です」

「祖父江さん、そういう表現は……」

彼女の物言いを、言耶は窘《たしな》め掛けたのだが、そこで急に黙り込んでしまった。

「先生、どうされたんですか」

だが彼はまったく応じようとはせずに、ひたすら口の中で「長身と巨漢」と繰り返している。

「私の言葉遣いが悪かったのなら、この通り謝ります」

そう言って彼女が頭を下げたのに、依然として言耶の様子は可怪しかった。まるで心ここに在らずのようである。

「何だ？　どうした？」

小間井も気にして尋ねるが、やはり何の反応もない。

「おいおい、幽霊でも見たような顔をしてるぞ」

「……そうかもしれません」

ようやく応えた言耶の声音は物凄く弱々しく響いて、耳にした誰もが背筋に寒気を覚えるほどだった。

「お気を確かに」

幹侍郎に力強く声を掛けられ、はっと言耶は我に返ったようになって、

「やっと分かりました」

「何がだ？」

小間井の問い掛けに、彼は答えた。

「卍堂事件の、真犯人です」

「な、な、何ぃぃ」

驚いたのは刑事だけではなかった。客間にいた全員が、完全に両目を剝《む》いて魂消《たまげ》ている。

「お里じゃないのか」

「ええ、違います」

「それじゃ、いったい誰だ？」

「祖父江偲さんです」

　このとき客間に訪れた静けさは、まったく人間がいない深山幽谷の直中にいるのかと錯覚するほど、しーん……としていた。恐ろしいほどの、それは静寂だった。

　そんな状況の中、やがて言耶が口を開いた。

「お里さんが、仮に魔が差したとして、そこを吾良君に見咎《みとが》められたとしても、まず争いにはならなかったのではないか……という気が、今になってしています」

「私も、そう思います」

　すぐさま幹侍郎が同意した。

「それに万一、そんな事態になってしまった結果、吾良君が転倒した場合は、彼女は逃げようとはせずに、彼を救おうとするのではないでしょうか」

「その通りだと、やはり私も思います」

　再び幹侍郎が賛意を示した。

「お里犯人説が間違いだったのは、取り敢えず措《お》いておくとして――」

　そこへ小間井が割って入った。

「いったい祖父江犯人説は、何処から出てきたんだ?」

「当家の庭師の方を、彼女は卍堂で目にしています。よって長身であることは、分かっていて当然です。しかし料理人さんが巨漢であることを、なぜ彼女は知っているのでしょう？」

「それは先生、見たからです」

彼女が即答した。

「何処で？」

「卍堂へ行く途中です」

「それが事実だとしても、どうして彼が料理人だと分かったのですか」

「えっ……」

「当家にいらっしゃるのは、宝亀幹侍郎氏と吾良君、使用人のお里さんと庭師と料理人、この計五人であることは間違いありません。でも、それを幹侍郎氏が話されたとき、あなたは別の座敷で休んでいた。つまり卍堂へ行く途中で、本当に巨漢の人物に出会っていたとしても、彼が料理人であるとは判断できないはずなんです。この家に使用人が何人いるのか、そもそも料理人が雇われているのか、それさえあなたは知るはずないのですから」

「間違えました。料理人さんを見たのは……」

「別の座敷で休んでいたとき、ではあり得ません。僕が行ったとき、ずっと寝ていたと言ってましたよね」

「だったら、なぜ彼女は知ってる？」

小間井の疑問に、言耶は別の座敷での彼女との会話——事件を解決する自信があるのかと問われ、ないと答えたこと——を再現したあと、

「あのとき『かといって逃げるにしても……』と、あなたは言い掛けました。あれは『逃げるにしても、これこれの障害があって難しい』という意味ではなかったでしょうか。つまり『逃げるにしても、あんな巨漢が門番をしていては難しい』と」

「休んでいた座敷を、こっそり抜け出してたのか」

「彼女自身が、もちろん逃げるためです。その前に、この客間での我々の会話も、きっと盗み聞きしていたのでしょう。だから料理人が巨漢であることを知っていた」

「けど魔偶が卍堂の何処にあるのか、彼女には分からなかったはずだろ」

「はい。しかし推理することは、充分に可能でした」

「どうやって？」

そこで言耶は、下宿の離れで彼女に真偶の話をしたことを説明してから、

「この仮説が頭にある状態で、宝亀氏の骨董品気流説を聞いた場合、卍堂の中心に魔偶と真偶があるのではないか——と当て推量することは、それほど難しくないと思われます」

「先生も同じように、そう推理されましたな」

幹侍郎の言葉を受けながらも、中瀬がかなり困惑した顔で、

「女性編集者が怪しいというのは、確かにそうかもしれん。けど、刑事さんと同様に動機がないと、作家先生は言っていたではないか。お里なら魔が差したで、まぁ足りたかもしれんが、作家を連れて当家を訪問した編集者に、その動機はちょっと弱いのではないか」

「魔偶に惑わされたから……」

ぽつりと寅勇が呟いたものの、

「肝心の魔偶を目にする前に、それはないな」

あっさりと中瀬は否定してから、再び言耶に問い掛けた。

「それでも、魔が差したと？」

「いいえ、最初から魔偶を盗み出すつもりでした」

「いくら何でも、それは可怪しいだろ」

小間井の突っ込みに、言耶は忸怩《じくじ》たる思いを抱いたような様子で、

「彼女が本物の、祖父江偲さんであったら――ですけど」

中瀬も小間井も言葉が出てこないのか、小口を開けたままである。幹侍郎と寅勇は、ぎょっとした顔つきをしている。

しかし当の彼女は澄んだような瞳で、真っ直ぐに言耶を見詰めていた。

「本当に僕は、迂闊《うかつ》でした。もっと早く気づくべきでした」

「いったい私は、何者なんですか」

彼女の単刀直入な質問に、言耶は答えた。

「これは飽くまでも推測に過ぎませんが、あなたは色物団の珊瑚さん――ではありませんか」

「何ぃぃぃ」

即座に小間井が反応したが、言耶はそれに取り合わずに、

「赤い珊瑚を粉末にすると、黄色がちのピンク色になる。それを珊瑚色と呼ぶのですが、あなたの衣服とバッグは、正に珊瑚色でしょうか」

「骨子堂さんの着物と眼鏡と歯の金を見て、色物団の大判だと告発された先生の推理は、見事に外れていませんでしたか」

「いやぁ、面目ないです」

その言葉とは裏腹に、言耶は少しも恥じた様子を見せずに、

「大家さんが仰っていた、近頃の空き巣は立派な身形をした紳士に見える格好をしている、という話は正しかったのです。ただし大家さんの所に現れたのは、紳士ではなくサラリーガールの姿をしていた。あなたは表で声を掛けたが、家の中から返事がなかった。それで裏に回ったところを、僕に見つかった。てっきり留守中に訪ねてきた怪想舎の編集者である祖父江偲さんだと、僕は勘違いをしてしまった。別に言い訳す

るつもりではありませんが、それは無理もないと自分でも思うのですが、そのあとが情けなかった」

「何がです？」

「とっさに僕は、刀城言耶だと名乗った。しかし、あなたの反応が鈍かったので、筆名の東城雅哉を出しました。でも、作家を訪ねてきた編集者が、その本名を知らないということが、普通あるでしょうか。百歩譲ってそうだったとしても、刀城言耶と東城雅哉ですよ。すぐに察しがついて当然ではありませんか」

「そういうものですか」

のほほんとしている彼女に、さらに言耶が悔しそうに、

「そんなあなたを部屋に上げると、デビュー作が掲載された『宝石』と『書斎の屍体』の最新号と祖父江偲さんの名刺を、僕はご丁寧にも並べて目の前に置いた。初対面の作家に執筆依頼をするのに、肝心の雑誌を持ってこないのは、よく考えると変です。それなのに僕は、あなたのことは大家さんから聞いている、とまで教えてしまった。ここまでお膳立《ぜんだ》てが揃えば、僕が誰と勘違いをしているのか、子供にでも分かったでしょう」

「しかも先生はお仕事のことを、ご自分から喋ってくださいました」

「そこにも手掛かりはあったのです。新人の編集者が短篇の執筆依頼に訪れたのに、

いくら当の作家と話が弾んだからといって、自分の判断で勝手に長篇連載の依頼をするわけがない」

「そういうものなんですね」

「飽くまでも最初は、僕の誤解を利用して、あの場を誤魔化すつもりだった。もしくは僕の隙を突いて、何か盗めればと考えた」

「お言葉ですが、あの部屋で価値のありそうなものは、特に見当たりませんでした。ご本の中には高値で売れるものもあったでしょうが、私にその知識はありません」

　そこへ小間井が割って入った。

「おいおい、ということは自分が、色物団の珊瑚だと認めるんだな」

　すると彼女が澄ました顔で、

「今ここから怪想舎に連絡をして、祖父江偲さんの所在を確かめたら、すぐに分かることですからね。ここくらいのお宅なら、きっとお電話もお持ちでしょう？」

　そう言って幹侍郎に確認を取ると、彼女はまるで中断などなかったかのように、言耶に先を促す仕草をした。

「そのとき天啓が、あなたに閃《ひらめ》いた。色物団でも狙っている魔偶を、僕を利用することで盗み出せるのではないか——と。そこで僕の興味を引くために、怪想舎の経理部の原口という架空の人物から聞いた、という設定で魔偶を話題にした」

「だ、だから儂は、そんな男など知らんと言ったんだ」

中瀬が怒りを露にしたので、言耶は「すみません」と謝ってから、

「その罠《わな》に、まんまと僕は嵌まってしまった。持主が魔偶を手放す気だというのも、もちろん嘘でした。それはご主人に、すでに確認済みです。そうとでも言わないと、僕が腰を上げないと踏んだからでしょう。そうして宝亀家まで連れてこられた。門を挟んで応対したお里さんに、あなたは僕の部屋から持ってきた『宝石』と『書斎の屍体』と名刺を渡した。二冊の雑誌は仕方なかったとしても、名刺は明らかに可怪しい。新しい名刺を差し出すのが、あの場合は自然です。でも、あなたにはできなかった。なぜなら祖父江偲さんではなかったからです」

「他にも失敗はありますか」

「何を呑気《のんき》なことを言ってる」

小間井が呆れながらも怒り出したが、言耶の邪魔まではしなかった。

「最初に通された客間で、宝亀氏と探偵小説談義になったとき、あなたの無知振りが披露されてしまった。いくら何でもあそこで、僕は気づくべきでした」

「確かに、そうでしたな」

幹侍郎が合いの手を入れたが、そこに言耶を非難するような感じは少しもない。

「卍堂では、いったい何があった？」

小間井が最も気になることを尋ねたので、

「間違っていたら、訂正してください」

そう言耶は彼女に頼んでから、

「僕と宝亀氏が夢中で喋っていたとき、客間から卍堂へ向かう人が出はじめた。あなたは焦ったものの、僕の担当編集者という立場があるため、すぐには席を立てない。骨子堂さん、寅勇氏、小間井刑事と続いて、ようやく自分も客間を出た。魔偶が何処にあるのか、その見当はつけていた。だから朱雀口の通路を選んで、最短距離で堂内を目指した。同じことが吾良君にも言えました。彼は誰かを疑っていたわけではなく、とにかく一刻も早く魔偶を確認したかった。よって二人は他の三人よりも早く、卍堂の中心に着けたわけです。そこで彼女が例の硝子棚を物色しているのを、吾良君は目の当たりにした。それで揉み合いが起きた。でも他の三人は、まだ通路の角を曲がる前だった。倒れた彼を見ると共に、そのときの卍堂の様子を察した彼女は、とっさに自分が発見者になる道を選んだ」

「通常、発見者は疑われるものだが、彼女には先生の担当編集者という隠れ蓑があったからな。上手い手だと思うぞ」

小間井が妙に感心している。

「刑事さんが吾良君を検めて、息があると言ったとき、彼女は混乱したように見えました。あれは彼が死んだものと、彼女が思っていたからです。それに彼が助かると、自分の犯行がばれてしまう。だから体調が優れない振りをして、別室で休ませてもらうように取り計らい、隙を見て逃げようとした」

「しかしだ、門の前には巨漢の料理人がいた」

「これが卍堂事件に於ける、僕の最終的な解釈です」

　と言いながら言耶は、彼女をしっかりと見詰めながら、

「吾良君と揉み合いになったけど、あなたに殺意はなかったんじゃないですか。だとしたら正直に何もかも認めて、これまでの自分の罪を償われては如何です？」

八

　刀城言耶は『書斎の屍体』の八月号を手にして、それはもうご満悦だった。怪想舎からの初依頼で書いた怪奇短篇「あれの居る家」が、真夏の怪談特集号に掲載されている。仮に自作が載っていなくても、国内外の怪奇小説がずらっと並ぶ雑誌が目の前にあるのだから、彼の機嫌が良いのも領けた。しかも自分の短篇まで入っている。にやにや笑いが止まらないのも無理はなかったわけだが……。

「先生、その笑みは止めてください。かなり無気味です」

言耶の正面に座っている本物の祖父江偲から、苦情が出た。ちなみに場所は、彼が下宿をしている鴻池家の離れである。

「失礼なことを言うなぁ」

と返したものの、相変わらず言耶の笑みは消えない。

「無気味と言えば、『あれの居る家』のあれが、本当に厭でした。あんな怖いもん、どうして書かはったんですか」

「あのね、『真夏の怪談特集号なので、ぞっとする怖いお話をお願いします』と言ったのは、祖父江君じゃないか」

「そうなんですけど、限度いうもんがあります。怖くても面白く読めて、飽くまでも娯楽として楽しめる。それが小説やないですか。なのに先生の作品は、ほんまに怖うて……。しかも、怖いだけで終わるんですよ。そんなもんを読まされる、か弱くて可愛い編集者の、私の立場にもなって欲しいです」

「恐ろし過ぎる怪奇小説を書いた――と、文句を言われるとは思いもしなかった。世も末だな」

「反応されるのは、そこだけですか。か弱くて可愛いにも、ちゃんと触れて下さらないと」

「不毛な会話はよそう」

という不毛な会話が続いたあとで、

「宝亀家の卍堂の事件ですけど、やっぱり書かはる気はないんですか」

取り敢えず棚上げになっているはずの執筆依頼について、偲が蒸《む》し返《かえ》したので、言耶は困ったものだという顔をした。

「最初に断ったように、書くとしても事件の熱《ほとぼ》りが冷めてからだよ」

「鉄は熱いうちに打て、という言葉もあります」

そう口にしたものの偲は、はっと思い当たったかのような様子で、

「犯人の珊瑚さんですが、殺人罪に問われる懼れはあるんでしょうか」

「いや、多分そんなことはないと思う。ただし色物団としての、過去の罪もあるわけだから、まず実刑は免《まぬが》れないだろう。けど若いから、充分にやり直しは利くよ」

「私に化けるくらいの、美人らしいですから、そら大丈夫です」

「まだ若いからな」

「うちと同じ美人の要素が、きっと更生に役立ちます」

「若いからな」

「先生ぇ――」

彼女から物凄い返しが来る前に、と言耶は慌てて話題を逸《そ》らした。

「卍堂事件のあと、宝亀家で起きた地震のこともあるしな」

「あっ、あの気持ちの悪い……」

偲の表現は、誇張《こちょう》でも何でもなかった。地震の知らせを小間井から聞いたとき、彼自身も似た感覚に囚われたからだ。

「卍堂と母屋が、綺麗に半分だけ潰れたというのだから、何とも恐ろしい」

「それって……」

彼女が皆まで言わなくても、言耶には分かったので、

「うん、確かめたわけではないけど、並んで展示されていた真偶と魔偶の、きっと魔偶側に当たる卍堂と母屋の方が、ちょうど半分だけ崩れ落ちたんだと思う」

「まさか小説化することで、何か障りが……」

ここで偲を怯《おび》えさせて、卍堂事件の執筆依頼を反故《ほご》にする誘惑に言耶は駆られたが、それは恥ずべき行為だとすぐに思い直した。

「いや、それはないだろう」

「だったら、先生――」

「いやいや、待ってくれ。実際の話、先程のような差異を、僕の読者が十二分に分かった頃に、あの卍堂事件は書くべきだと思うんだ」

「はっ、差異て何ですか」

「片方は美人だけど、もう片方は……」

「うちに喧嘩を売ってはるんですね」

「いえ、違います」

言耶が急いで首を振ったのは、もちろん言うまでもない。

「冗談はさておき――」

「何や、冗談やったんですか」

とたんに偲の機嫌が直ったのを見て、言耶はほっとしながら、

「例えば今後、僕が巻き込まれた事件を小説化することがあったら、その度に祖父江偲という怪想舎の編集者を登場人物として出しておく。すると彼女は関西弁が残る口調で喋り、興奮すると自分のことを『私』ではなく『うち』と言い出す事実を、読者は知ることになる。そこには僕こと刀城言耶が、彼女を『祖父江君』と呼ぶことも含まれる。そういった知識を拙作の読者が持ったうえで、あの卍堂事件を小説化した作品に目を通したら、いったいどうなる？」

「珊瑚さんが化けた祖父江偲は、まったく関西弁を喋りません。興奮するような場面でも、依然として自分のことは『私』と言います。そして先生は彼女のことを、ずっと『祖父江さん』と呼ぶわけですから……」

たちまち偲の顔に笑みが広がった。

「たった今、先生の仰ったことが、すべて伏線になるんですね」

それは面白そうな作品を作家に書いてもらえると期待したときの、正に編集者が浮かべる微笑みだった。

「ただし、絶対に忘れてはならない注意点がある」

「何ですか」

「一人称の『僕』で書く場合、地の文で珊瑚さんのことを『祖父江偲』と記しても、何ら問題はない。『僕』自身が彼女のことを、完全に『祖父江偲』だと信じ切っているからだ。でも三人称で書くとき、会話文の中でなら良いが、地の文で『祖父江偲』と記すのは厳禁になる」

「どんなときも、例外なく？」

「本物の祖父江偲について書く場合は、もちろん大丈夫だ。また三人称でも視点人物である刀城言耶の心理を描くときは、僕が珊瑚さんを祖父江偲と誤認しているのだから、やっぱり問題はない。だけど、それ以外の三人称の地の文で、明らかに珊瑚さんのことなのに、それを『祖父江偲』と記すのは絶対に許されない。作者が読者に対して、嘘を吐く行為になるからね」

「何か偉う難しそうですから、だったら卍堂事件は先生の一人称で——」

「書いた方が楽だけど、それじゃ面白くないだろ」

「先生って、マゾですか」

「君には、恐らくサドの血が……」

「だから私と先生って、こんなにも気が合うんですね」

「…………」

「先生ぇ？」

言耶が何も応えないでいると、偲が低くて怖い声を出したので、

「何の話だよ。とにかくそういう事情もあるので、卍堂事件の執筆は、まだまだ先になる」

そう言耶は改めて言い渡した。これで当分は、この件に煩わされることもないな――と彼は思ったのだが、

「だったら私も、張り切らんといけませんね」

偲が不穏な台詞を吐いたので、訳が分からないながらも言耶は、ぎくっと思わず身構えた。

「どうして祖父江君が、張り切るんだ？」

「だって先生が巻き込まれる事件を、担当編集者としては、ちゃんと用意する必要があるやないですか」

「そ、そんなことない」

「待ってても事件なんて、向こうからやって来ませんよ。それに先生だけが巻き込ま

れても、そこに私がおらんと意味がありません」

「祖父江君は、僕の担当編集者として、ちらっと登場するだけで――」

「それでは読者の記憶に、ちっとも残りません」

「け、けど……」

「先生が探偵の才を発揮できるような事件を、今後はうちが探し出してきますから、まぁ心安らかにしていて下さい」

「いや、とてもそんな気には……」

という経緯があって刀城言耶は、祖父江偲が持ち込む不可思議な事件に於いて、嫌でも探偵役を務めざるを得ない羽目になってしまったのである。

椅《い》人《じん》の如き座るもの

一

〈人間工房〉と呼ばれる荒川の町工場跡を改装した店舗で、〈人間家具〉を作る職人がいる――という噂を祖父江《そふえ》偲《しの》が耳にしたのは、寒風が吹く一月下旬のことだった。

彼女は戦後にできた新興出版社〈怪想舎《かいそうしゃ》〉の編集者である。同社は探偵小説専門誌『書斎の屍体』が成功したお蔭で、版元としては小さいながらも勢いがあった。江川《えがわ》蘭子《らんこ》などの人気作家の連載を実現させるなど、業界でもかなり注目されている。

偲は『書斎の屍体』で作家の刀城言耶《とうじょうげんや》（筆名は東城雅哉《とうじょうまさや》）の編集担当者だったが、それ以外に〈異界探訪〉という一風変わった企画にも携わっており、ちょうど次回の記事をどうするか頭を痛めているところだった。

この異界探訪とは、作家以外の斯界の人物に編集者が取材して記事にする企画である。もちろん作家でなければ誰でも良いわけではなく、相手の職業に何かしら探偵小説的な興味が含まれていることが、その選別の条件になっていた。文筆家とは異なる世界を探るという意味で、異界探訪などという大仰な名前がついていた。

これまで取り上げた人物には、警視庁の鑑識課職員、大学病院の法医学教室の教授、映画の特撮技術者、興信所の所長、国鉄職員、住宅会社の設計士などがいたが、それが去年辺りから、人体標本職人、刺青師、毒蛇捕り名人、鳥獣剝製師といった職種にまで、かなり広がり出してきている。

それまでの連載が、探偵小説の持つ言わば理知性に焦点を当てた人選だったとすれば、最近の探訪は怪奇性に片寄っていたかもしれない。取り敢えず思いつく取材先を片っ端から訪れた結果、その周囲に目を向けざるを得なくなったわけだ。

そんな状況の中、祖父江偲が次回の異界探訪に選んだのが、家具職人の鎖谷鋼三郎《くさりやこうざぶろう》だった。

鋼三郎は〈鎖谷木材〉という裕福な材木商の家に、三男として生まれた。上には兄二人に三つ子の姉が三人いる、文字通りの末っ子だった。その所為《せい》か幼い頃から甘やかされて育ち、それが持って生まれた人見知りの性格と合わさって、すっかり内弁慶になってしまった。

とはいえ癇癪を起こして暴れない限り、至って扱い易い子供だった。材木の切れ端さえ幾つか与えておけば、それでいつまでも飽きることなく遊んでいた。幼少の頃は積み木代わりにしていたが、刃物の扱いを覚える歳になると、すぐに彫る楽しみに目覚めた。最初は出鱈目に彫っていたが、そのうち版画を作りはじめ、それが軈《やが》て彫像へと変化する。旧制中学校に進む頃には、自分が彫った様々な像を部品に、椅子や机や本棚などの奇っ怪な家具を組み立てるようになる。

敗戦後、父親の鋼蔵《こうぞう》は戦死した長男と次男の代わりに、三男の鋼三郎を鎖谷木材の後継ぎにするつもりだった。しかし彼は、家業を姉たちの夫に譲るので、自分は家具を作る工房を開きたいと、そう強固に主張した。

この三つ子の姉たちの夫というのが、実の三兄弟だった。長女には照吉《てるよし》、次女には照次《てるつぐ》、三女には照三《てるぞう》が婿養子となり、三人とも鎖谷木材の社員に納まっていた。

そこで鋼蔵は自分が社長に留まりながら、照吉には副社長、照次には専務、照三には常務の椅子を与えて、三人の婿たちを教育することにした。その一方で鋼三郎には資金を出し、荒川の外れの砂濠町《すなほりまち》の町工場を買い取って改修してやり、そこに彼が望む家具作りの工房を持たせた。

住居と仕事場と倉庫からなる建物を、鋼三郎は〈人間工房〉と名づけた。なぜなら彼の作る家具は全て人体をデフォルマシオンしており、その用途に応じて特有の名前で呼ばれていたからだ。

一例を上げると――、
人間が肘掛け椅子に両手と両足を広げて座った格好そのままを、独り用の肘掛け椅子として作った「椅人《いじん》」。

四つん這いになって頭を上げている人の尻の穴に、別の四つん這いになった人の頭を突っ込むという形を、何人も連続させて長椅子に仕立てた「長椅人《ちょういじん》」。四人の侏儒《こびと》が独りで一枚の板を頭上に抱え上げている机の「机人《きじん》」と、四人の侏儒が板の四隅を持っている机の「四机人《よんきじん》」。

肩車をした三人の子供が、それぞれ両腕を違う方向に伸ばしている帽子とコート掛けの「柱人《ちゅうじん》」。

直立している妊婦の両の乳房、身重の腹、大きな尻が引き出しとなった箪笥の「箪人《たんじん》」。

同じく直立している肥満した大男の顔、胸部、腹部、二の腕、太腿が空洞になっている本棚の「本人《ほんじん》」。

――といった特異な造形のものばかりである。

何よりも鋼三郎が拘《こだわ》って腐心したのが、如何に人体の生々しさをそのまま残すか、という問題だった。ただし幾ら人間の姿を完全に残せても、家具としての役目を果たせなければ全く意味がない、と彼は考えた。

例えば全裸の人間が椅子に座った格好の状態で椅人を作った場合、膝から曲がった二本足だけでは、忽ち後ろに倒れてしまう。椅子でいうと前脚しかない状態なので、人が座るどころか満足に床の上に置くこともできない。そこで不本意ながら、尻から尾のような三番目の足を伸ばす苦肉の方策を取らざるを得なかった。

この椅人の足以上に彼を悩ませたのが、人が腰を下ろす座の部分である。椅人が女性であれば問題はない。両足を閉じて座る格好で作れば良いからだ。利用者は、その女性の膝の上に腰を下ろす寸法になる。

しかし、椅人が男性となると話は別である。椅子に座って広げた両足の間には何もないため、そのままでは腰を下ろせない。またまた不本意ながらも、両足の間に板を張るという方法で対処せざるを得なかった。

こういう継ぎ足し――という表現を鋼三郎はした――を、彼は一番嫌った。だが、役に立たない家具を作るつもりも更々なかった。人体の格好を損なわないように注意しながら、用途に応じた家具作りをする。この矛盾を解決するために、彼が次第に人体改造への道を進みはじめたのは、極めて自然だったかもしれない。

椅人の男性版の改良型では、最初から第三の足として猿に似た尾が作られ、両足の間には肥大した陰嚢が幕のように張られた、何ともグロテスクな作品が仕上がった。

こういった鋼三郎の姿勢は、なかなか理解されなかった。人体造形を追求した芸術作品を目指すわけでも、人体構造を活かした実用性重視の家具作りを行なうわけでも、どちらでもなかったからだろう。

案の定、鋼三郎の作品は売れなかった。噂を聞きつけた物好きな人がぽつぽつと買うくらいで、その多くが倉庫に仕舞われている状態だった。

とはいえ生活していくためにはお金がいる。材料のほとんどは鎖谷木材から融通して貰えたが、他からも買いつけていたので経費も掛かる。そのため毎月、父親の鋼蔵からまとまった金額を、鋼三郎は受け取っていた。世間的には独立したように見えたが、実際は親の脛《すね》を齧《かじ》っている有り様だった。

これに日頃から腹を立てていたのが、照三だった。照吉と照次も内心では面白くなかったようだが、共に表に出すことはなかった。何よりも副社長と専務の仕事が忙しくもあり且つ面白く、義弟の問題まで手が回らないというのが実情だったらしい。

長男と次男に比べて、三男には経営者の才覚が欠けていた。とても常務の器ではなかった。だが鋼蔵は、照吉と照次と同等の働きを照三にも望んだ。鎖谷木材の常務として、その地位に相応《ふさわ》しい成果を厳しく求めた。

ここで鋼蔵が、この婿には過大な期待を抱かずに常務の任を解き、本人の力が発揮できる部署にでも異動させていれば、事態は変わっていたかもしれない。あるいは当人が、義父の会社を辞めて他に職を探していれば、何も起きずに済んだ可能性はかなり高い。

しかし、お互いにとって不幸な状態が長く続いた。その結果、照三は鬱憤の捌け口を、鋼三郎に向けるようになる。ふらっと人間工房に立ち寄っては、彼が得意とする毒舌で、ねちねちと義弟をいたぶるのだ。同じ三男でありながら、余りにも違い過ぎる境遇に、恐らく彼は手前勝手な怒りを感じていたのだろう。

だが、鋼三郎は取り合わなかった。照三が訪ねて来れば相手はしたが、義兄の挑発に乗ることはなかった。ただ黙々と人間家具作りに励むだけだった。向こうが彼の作品について、批評めいた言葉を口にするまでは……。

人間家具師である鎖谷鋼三郎には、折田健吾《おりたけんご》という弟子が一人だけいた。過去にも弟子入りを志願する変わり者が、実は幾人もいたのだが、木材の切れ端と鑿《のみ》などの道具を渡され、「好きなものを彫ってみろ」と言われる腕試しに合格して、鋼三郎のお眼鏡に適う者は一人もいなかった。

折田健吾の祖父は、信越でも有名な木地師《きじし》だった。彼の父も彼自身も、そんな祖父の後を継いでいた。まだ修業中ではあったが、彼が栃の木で作る木鉢には祖父の手触りが感じられると、漸く《ようや》同業者に誉められるまでになっていた。

ところが、あるとき町に出た健吾は、立ち寄った古道具屋で奇妙な椅子を目にして、物凄い衝撃を受ける。

「人間椅子……」

旧制中学校時代、密かに友達から借りて読んだ江戸川乱歩の作品集に収められていた短篇の題名が、思わず口から零《こぼ》れた。だが実際その椅子は、そんな風に表現するしかない代物だった。

　ただ、乱歩の「人間椅子」は大きな革張りの肘掛け椅子——その中に当の椅子職人が入るという奇想の物語——だったわけだが、健吾が目にした椅子は違った。それは可憐な少女が肘掛け椅子に座っている格好そのままに作られていた。そういう意味では乱歩の「人間椅子」以上に、正に人間椅子だった。

　健吾はその椅子に一目惚れした。小さな山村で生まれ育った所為か、十八歳になるまで人間の女性を好きになった体験など皆無だった彼が、たちまち椅子の少女に参ってしまった。

「いや、椅子として作られた少女を好きになったのか、それとも少女を模《かたど》って作られた椅子に惚れたのか……」

　彼は自分でも分からなかった。

　しかし、その後の行動は早かった。古道具屋の主人から鎖谷鋼三郎のことを聞き出すと、祖父と父に半ば勘当されるようにして、健吾は独りで上京した。右も左も分からない東京で、彼は真っ直ぐ砂濠町の吾妻《あづま》通りにある人間工房へと向かった。そして鋼三郎の試験に見事に合格して、その日のうちに砂濠町で下宿先を見つけると、もう翌日から工房で働くようになっていた。

　健吾が弟子入りした頃から、人間工房の仕事が増え出した。ある外国の好事家の目に留まったことが切っ掛けで、欧米から注文が入るようになった。鎖谷鋼三郎は、日本では依然として奇人変人扱いだったが、外国では芸術家として急速に認められつつあった。

以上の情報を祖父江偲は、異界探訪を行なうための事前調査だけでなく、人間工房を訪問した後の追加取材――それは既に『書斎の屍体』の仕事範囲を超えていた――によって入手した。

そこまで彼女がのめり込んだのには理由があった。それは訪れた人間工房で、不可解な人間消失事件に遭遇したためである。

二

やたらに風が強くて寒さに凍えるその日、祖父江偲がカメラマンを伴い、荒川の外れの砂濠町にある吾妻通りの人間工房を訪れたのは、正確に午後四時である。

取材だけでなく写真撮影もあるので、本当はもっと早い時間にしたかった。しかし、電話での遣り取りで鋼三郎が最初に提示したのは、午後六時だった。朝の八時から夕方の六時まで仕事をするため、それが終わってからにして欲しいと言われた。そこを頼み込んで四時に早めて貰った手前、絶対に遅れるわけにはいかない。

人間工房は吾妻通りの一番奥の左手にあった。通りの突き当たりは板塀で、その向こうは隅田川だった。そのため半ば朽ちた板塀の隙間から、びゅうびゅうと風が吹き込んできて、とにかく寒い。

偲としては一刻も早く工房内に入って、とにかく暖を取りたかった。

「……こんにちは」

そんな思いとは裏腹に、彼女には似合わない遠慮がちな声を出しつつ、

「怪想舎の『書斎の屍体』から参りました、編集者の祖父江偲と申します」

人間工房という四文字が大きく記された両開きの曇硝子《ガラス》戸を、頭を下げながら恐る恐る開けた。

硝子戸を入ると広い土間があって、敷かれた筵《むしろ》の上に材料の木材や道具類が散乱している。暖房は火鉢が二つある切りだったが、外に比べると天国のような暖かさと言える。どうやら玄関戸を入ったところから、既に家具作りの作業現場になっているらしい。

そこに二人の男がいた。一人は小さな丸椅子に腰掛けた大柄で無表情な男で、凝っと宙を睨んでいる。恐らくその人物が、鎖谷鋼三郎だろう。ただし偲たちが訪れたことには気づいていないのか、全くぴくりとも動かない。

「この度は、お世話になります」

偲が椅子に座った男を気にしつつ、まるで囁くように挨拶したのは、作業の邪魔を少しでもされると鋼三郎が激怒することを、電話の会話だけで身を以て学んでいたからだ。きっと今、彼は考え事の最中なのだろう。

「ご苦労様です」

筵に直接座っていたもう一人の若い男が立ち上がると、偲に一礼した。それから鋼三郎と思われる男の様子を窺いつつ、静かに声を掛けはじめた。

「師匠、取材の方がお見えになりました」

「………」

「師匠、お約束された雑誌の取材です」

「…………」

「師匠、もう四時になりますよ」

「……うん?」

そこで漸く鋼三郎は我に返ったらしく、近くに立つ偲と同行のカメラマンを繁々と見詰めてから、

「ああ、例の取材か」

少し迷惑そうな顔をしたので、彼女はどきっとした。

「ちょっと待ってくれ」

鋼三郎は丸椅子から立ち上がると、玄関戸を背にして右手に見える扉へと、そのまま姿を消してしまった。

「先日、お電話を取り次いで下さった方ですよね。鎖谷先生のお弟子さんですか」

残った若い男に尋ねると、折田健吾ですと自己紹介されたので、透かさず偲は訊いてみた。

「先生のご機嫌は如何です？」

「普通だと思います。先程は家具の意匠について、きっと考えておられたのでしょう。だからお二人にも気づかれなかった。でも、大丈夫ですよ。師匠が嫌がられるのは、突然の訪問で仕事の邪魔をされることです。祖父江さんは事前に約束をされていますから、全く何の問題もありません」

「そうお聞きして、ほっとしました」

「無口な方ですが、そちらがお尋ねになることには、ちゃんと答えられるはずです。ただ、私の口から申し上げるべきでは、ないのかもしれませんが――」

「何でしょう？　どうかご遠慮なく仰って下さい」

取材直前に人間家具職人に関する注意事項を耳にできるのであれば、それに越したことはない。

「安易に師匠の作品批判はなさらない方が宜しいかと……。もちろん、その自由は何方《どなた》にもあるわけですが――」

「分かりました」

尚も説明しようとする健吾を遮り、偲は即答した。

「べ、別に取材の遣り方に、口出しするつもりは毛頭……」

あっさりと偲が受け入れたので、逆に健吾は不安になったのか、頻《しき》りに謝ろうとしている。

「いえ、そう教えていただいて、むしろ感謝したいくらいです」

「ほ、本当ですか」

まだ少年らしさの残る顔で健吾が安堵する様子を見て、偲は微笑ましくなった。

「ええ。作家もそうですが、芸術家と呼ばれる人種には、得てして一癖も二癖もあるような人が――」

調子に乗って具体例を示しながら話すと、とても熱心に健吾が聞いている。きっと普段は無口な師匠と二人だけのため、第三者とのお喋りが新鮮なのかもしれない。

「他にもですね、民俗学が専門の怪奇作家がいるのですが、この先生がもう――」

更に調子に乗った偲が、刀城言耶について話しはじめたときだった。

「どうぞ」

右手の扉が開いて、鋼三郎が顔を見せた。

「……あっ、はい！」

慌てて健吾に一礼すると、偲はカメラマンを促しつつ部屋に入った。

そこは事務所兼応接室らしく、奥には事務机と書類棚と本棚が、手前には応接用の机と椅子が置かれてあった。尤も事務所側の机と棚は普通の作りだったが、応接の家具は四机人と椅人で揃えられている。

勧められるままに偲が椅人に座ると、鋼三郎は事務机の向こうから何の変哲もない丸椅子を持ってきて、それに腰掛けた。どうやら自分では、人間家具を使う習慣はないらしい。

鋼三郎がストーブを点けたが、部屋は完全に冷え切っている。偲は一旦脱いだコートを羽織ると、早速取材をはじめた。簡単な生い立ちから人間家具の製作を思い立った切っ掛けまで、相手の様子を慎重に窺いつつ質問していく。

鋼三郎は決して愛想が良くなかったが、訊かれたことには全て答えてくれた。彼の周囲を動き回って撮影するカメラマンには、時折むっと怒りの表情も見せたが、特に苦言を口にすることもなく、我慢しているようだった。

意外にも取材に協力的な彼の態度に接した所為か、つい偲は油断した。尋ねたいと思いながら、訊かない方が無難だろうと判断していた質問が、ぽろっと口から出てしまった。

「巷で囁かれている奇怪な噂については、どう思われますか」

「噂とは？」

不味《まず》い……と察したときは、もう遅かった。

「どんな噂なんだ？」

曖昧に誤魔化せない雰囲気が、その場に漂っていた。

「……先生のお作りになった家具が、そのー、動いたというような……ですね」

「ほうっ、例えば？」

「箪人の向きが、朝になると丸っ切り変わっていたとか……」

「……………」

「夜中にふと見ると、四机人の侏儒のうちの一人が手を離して、天板を支えていなかったとか……」

「……………」

「椅人に座って転寝《うたたね》をしていると、背後から抱き締められて飛び起きたとか……」

「……………」

「人間家具が部屋の中にあると、それに見詰められている気が、偶《たま》にするとか……」

「……………」

鋼三郎が怒り出さないのを良いことに、偲は事前の下調べで耳にした巷の奇っ怪な噂を、次々と口にした。実は今回の取材で最も尋ねたかったのが、この噂に関する本人の感想である。

とはいえ機嫌を損ねて、取材拒否をされては元も子もない。そのため自粛していたのだが、こうなっては仕方ない。偲は覚悟を決めることにした。

「こういう噂に関しては、先生はどう思われますか」

「馬鹿者！　私の作品を愚弄するつもりか！」

今にもそう怒鳴られるかと身構えていると、

「光栄だな」

全く予想外の反応を示され、偲はびっくりした。

「そんな噂を立てられ、お腹立ちではないのですか」

「どうして？」

真顔で返されたので、偲が言葉に詰まっていると、

「それほど私の人間家具が、生々しいということじゃないか」

鋼三郎がはじめて笑みらしき表情を浮かべ、それまでの無口さが嘘のような熱の籠った口調で、滔々《とうとう》と喋り出した。

「人間家具というのはその呼び名の通り、家具であると共に人間を表現している。人体の持つ美醜を追求しているのだ。とはいえ家具である以上、それぞれの用途を蔑《ないがし》

ろにするなど以ての外だ。そこには必ず人体のデフォルマシオンが必要になる。人体の彫像でありながら家具でもあるという矛盾の狭間で、如何に双方の良さを引き出して作品にするか。それが人間家具の本質なのだ。そこを突き詰めた結果、私は人体の奇形化を試みるようになった。これは一見、人体そのものを活かしたい、という私の主張に相反するように見えるかもしれない。だが——」

この語りは十分近くも続いた。己の人間家具論を存分に話せた所為か、その後の鋼三郎は機嫌が良かった。お蔭で倉庫に仕舞われた主な作品と、仕事場での鋼三郎を撮影したいという申し出にも、難なく承諾してくれた。

事務所兼応接室よりも更に冷え冷えとした倉庫での作品撮影を終え、火鉢が二つだけとはいえまだ暖かい仕事場に戻って、偲がほっとしながら鋼三郎個人の写真撮りについて、カメラマンと打ち合わせをしているときだった。

突然、がらっと玄関戸が開いて、背広姿の若い男が入って来たかと思うと、

「うちの常務は、まだこちらですね」

鋼三郎に対して何とも横暴な口の利き方をした。

「元村《もとむら》さん、常務さんならお昼頃に帰られましたよ」

それに応えたのは健吾だったが、元村と呼ばれた若い男は、飽くまでも鋼三郎を見詰めている。

「まだいるんでしょ。そろそろ会社に戻る必要があるので、私が迎えに来たと伝えて下さい」

「いえ、ですから常務さんは――」

尚も説明しようとする健吾に向かって、元村が首を振った。

「ここを出たのなら、常務は真っ直ぐ帰社されたはずだ。お戻りになっていないのは、まだここにいらっしゃるからだ」

「確かにお帰りになりました」

「いや、帰っているはずがない」

健吾と元村が遣り取りを繰り返す中で、鋼三郎はさっさと仕事に戻っている。

元村という男は短気な性格なのか、そんな鋼三郎の態度に腹を立てているようだったが、いきなり何も言わずに工房を飛び出してしまった。

「どういうことです？」

呆気に取られた顔の健吾に、鋼三郎を気にしつつも、偲が小声で尋ねると、

「鎖谷木材の常務さんというのは、師匠の一番下の――といっても三つ子なんですが――お姉さんの旦那さんで、ちょくちょく工房にお見えになります。ただ今朝は随分と早くにいらっしゃって、それでお昼にはお帰りになったはずなんです」

やはり鋼三郎の様子を窺いながら、健吾が教えてくれた。

「立ち入ったことをお訊きするようですが、お二人の仲は余り良くないのですか」

元村と健吾の口調から、偲は何となく感じるものがあった。既に鋼三郎は仕事に没頭しているので、少しくらい突っ込んだ話をしても聞こえそうにもない。

「それは……」

とはいえ、さすがに健吾が口籠った。弟子の自分がぺらぺら喋ることではないと、きっと思ったのだろう。

そこへ、工房から飛び出した元村が戻って来た。

「やっぱり常務は、まだいらっしゃるじゃないか」

「えっ？」

健吾が怪訝な顔をすると、元村は惚《とぼ》けるなとばかりに、

「この通りに入る角の散髪屋の主人と、その向かいの煙草屋の婆さん、それに通りの中程にある八百屋の女将《おかみ》が、今朝の八時頃に常務を目にしている」

「この前の吾妻通りを歩いて、うちの工房へと向かわれている姿ですね」

「当たり前だ」

確認する健吾に、ぶすっとした口調で元村は応えると、

「しかしな、出て行く姿は誰も見ていない」

「それは皆さん、それぞれ仕事がありますから――」

「通りに入ってここに向かう姿は、三人とも見てるんだぞ。なのに帰る姿だけ三人とも見逃すなんてことがあるか」

「ないとも言えませんが……」

健吾の返しを元村は無視すると、一人だけ我関せずの鋼三郎に詰め寄って、とんでもない台詞《せりふ》を口にした。

「常務は何処です？　まさかあなたが暴力を振って、そのまま放置してるんじゃないでしょうね」

「そんな……」

健吾が抗議し掛けて、ちらっと鋼三郎を目にしたのが、偲には分かった。その様はまるで元村と同じ疑念を、彼も感じているかのようだった。

「この前、人間家具と呼ばれる芸術作品を常務が批評されたとき、あなたは激怒して、もう少しで乱暴な振る舞いに及ぶところだったというじゃありませんか」

健吾が黙ってしまったので、元村が勢いづいた。

「そのときの模様を私は、ちゃんと常務から聞いています。もし万一そんなことがあれば、如何にあなたでも、こちらとしては警察に連絡して――」

「殴る価値もない」

顔もあげずに、いきなり鋼三郎が吐き捨てた。

「な、何ですって」

元村が更に詰め寄っても、鋼三郎は仕事の手を休めることなく、

「見る目のない奴の批評など、俺は気にせん」

「しかし、この前――」

「ああ、怒った。だから今朝は、相手にしなかった」

「なのに常務がお昼までいたのは、変じゃないですか」

「帳簿を調べたいと言うから、好きにさせた」

「はい」

そこで偲は片手をあげると、自ら調整役を買って出た。このままでは取材に差し支えるためだったが、実はそれ以上に、この騒動に事件性を感じ取ったからである。

偲は元村に名刺を渡し、今日の取材の説明をした。それから鋼三郎と健吾、そして元村の間に入って三人の話をまとめた。その結果、次のようなことが分かった。

今朝の八時頃、鎖谷木材の常務の照三が人間工房を訪れた。普段は仕事中に訪ねて来るが、それでは鋼三郎と突っ込んだ話ができないので、そんな早い時間を選んだらしい。このとき仕事場には、既に鋼三郎と健吾がいた。

照三の用件は、この数ヵ月ずっと同じだった。鎖谷木材からの融資を見直し、他よりも安く見積もった材料費を正規の価格に戻すこと、この二点である。尤もこれらは

鋼三郎の父である、鎖谷木材の社長の判断に依っており、照三が口出しできる問題ではなかった。しかし彼は、どうにも人間工房の存在が目障りだったようで、何とか鎖谷木材との関係を切ろうとしていた。

それが上手くいかずに、先日は人間家具を馬鹿にするような発言をして、もう少しで鋼三郎に殴られるところだった。今朝、事務所で木材の仕入れの帳簿を調べたいと言ったのも、何か不正でも見つけて糾弾できれば、という魂胆だったに違いない。

この照三の相手を、鋼三郎は五分ほどしかしていない。すぐに喧嘩になったため、事務所兼応接室に義兄だけを残して出て来てしまったからだ。

よって午前中はずっと、鋼三郎と健吾の二人は仕事場に、照三は独りで事務所兼応接室に籠っていたことになる。健吾によると帳簿を捲っているような物音が、時折ぱらぱらと室内から聞こえていたという。

軈《やが》て正午になり、いつものように健吾が隣町の蕎麦屋に出前を頼みに行こうとして、照三の分も必要かと考え師匠に尋ねた。そこで鋼三郎は改めて、義兄がまだ帰っていないことを思い出した。それで健吾を蕎麦屋に行かせている間に、さっさと照三を追い出すことにした。

ちなみに隣町の蕎麦屋までは、往復で二十分ほど掛かるという。一日中ほとんど工房に閉じ籠っている健吾にとって、昼食の注文は良い気晴らしになるらしい。ただし今日は、吾妻通りを出て少し歩いたところで蕎麦屋の出前と出会《でくわ》したので、そこで注文を済ませることができた。そのため工房には五分ほどで戻れた。

ところが、その間に帰ったはずの照三の姿を、通りの住人の誰一人として目にしていないことが、元村の聞き込みで判明した。特に通りの出入り口である二つの角に位置する、理髪店の主人と煙草屋の老婆の証言は、やはり重要視せざるを得ない。

吾妻通りは大した長さのない、こぢんまりとした商店街である。その中でも人間工房の占める割合が大きく、人間家具という特異な作品作りをしている所為もあって、何かと町の人たちの注視の的になっていた。そのため工房に出入りする人間は、町の人たちに自然と観察されていたらしい。

通りの突き当たりが板塀で、その先は隅田川である。人間工房を出た照三は、通りを戻って帰るしかない。その途中で商店街の店に立ち寄っていないのは、既に元村が確認している。

つまり照三は、吾妻通りを歩いている最中に、ふっと消えてしまったとしか考えられないことが判明したのである。

そんな風に偲が、人間工房に於ける今朝から昼までの人の動きをまとめた途端、

「常務が本当に、ここを出ていれば──ですが」

当初から抱いているらしい疑念を、元村が改めて口にした。

「どういう意味ですか」

鋼三郎が黙ったままなので、師匠に代わってと思ったのか、それに健吾が応じた。

「そのままの意味だよ。君が蕎麦屋に行っている間、あの人と常務の間で揉め事が起こった」

あの人とは、言うまでもなく鋼三郎だろう。

「そのとき、きっと常務は暴力を振われたんだ。ぐったりした常務を見て、あの人は不味いと思った。そこで取り敢えず倉庫に運んでおき、後で対処しようと――」

「無理です」

きっぱりと健吾が否定した。

「私が帰るまで、今日は五分しかありませんでした。たった五分で師匠が喧嘩をして、常務さんをどうこうしただなんて、どう考えても無理でしょう。第一ここに戻ったとき、もう師匠は仕事場におられました」

「なら午後から――」

「それも有り得ません。蕎麦屋から私が戻って、四時に祖父江さんがお見えになるまで、師匠が仕事場を離れたのは、ご自宅の厠《かわや》に立たれたとき一回だけでした。それもすぐに戻られました」

人間工房は仕事場の左手が自宅で、右手が事務所兼応接室になっている。この三つの建物の裏手が、全て倉庫だった。倉庫には仕事場と事務所兼応接室から入れるが、自宅から直接は行けない。

「だとしたら、まだ常務はあそこに――」

元村が事務所兼応接室に目をやったので、今度は偲が否定した。

「先程まで取材をしてましたので、あの部屋に誰もいないのは間違いありません」

「だったら一体、常務は何処に行ったって言うんだ!?」

元村の激昂した声が土間に響き渡り、それからしーん……とした後で、

「調べたらいいだろ」

ぼそりとした鋼三郎の声が聞こえた。

「工房の中を見ても宜しいんですね」

「ああ。ただし作品には触るな」

「分かりました。では調べさせて貰います」

二人の遣り取りを偲が見詰めていると、

「あんたも立ち会ってくれ」

そう鋼三郎に言われた。ここは第三者を介入させた方が良いと、恐らく判断したからだろう。

仕事場に鋼三郎とカメラマンの二人を残して、偲と健吾と元村の三人は、まず事務

所兼応接室に入った。

部屋を見回してすぐ、ここには人を隠せる空間など何処にもないと、元村にも分かったらしい。だから彼も等閑《なおざり》に事務所側の机の下を覗いて、念のために帳簿類が仕舞われている棚と、本棚を確認しただけだった。

健吾は余り入ったことがないのか、やや物珍しそうに室内を眺めつつ、二人の邪魔にならないようにと気を利かせて、ずっと部屋の隅に立っていた。

偲も元村と同様、一通り室内を確認すると、あとは本棚に注目した。ちなみに並んでいたのは、人体について触れた医学書と木材に関する専門書ばかりである。ただ、そこに一冊だけ春陽堂版の江戸川乱歩『屋根裏の散歩者』があったのは、恐らく同書に「人間椅子」が収録されているからに違いない。

彼女が本棚を眺めていると、

「ここはもういい。問題は倉庫だ」

元村が事務所側の奥にある引き戸を、健吾に開けさせた。

「まず私が入る」

そう言って彼の姿が消えてすぐ、

「やっぱり、ここじゃないか！」

鬼の首でも取ったかのような、興奮した元村の声が響いた。

「どうしました？」

急いで偲も倉庫に向かうと、引き戸を入ったばかりの地点で、元村が鼻息も荒く突っ立っていた。

二人の目の前には、色褪せたシーツで覆われた鋼三郎の人間家具が、ぷーんと微かに仮漆《ワニス》の臭いが漂う中、がらんとして冷蔵室のように冷え切った広い空間に、ずらずらと倉庫の三分の二ほどを埋め尽くす勢いで、整然と並べられている。

シーツの群れ以外には、引き戸の正面の隅に道具類や塗料などが仕舞われた棚があるだけで、他の調度類は一切ない。本当にただの倉庫だった。

先程は作品の種類に応じて何点かのシーツを剝いで貰い、カメラマンが撮影を行なった。しかし個々の写真よりも、売れなくても作り続けた人間家具の全てが、シーツに覆われた状態で仕舞われている光景そのものが、とても絵になると偲は思った。盛り上がったシーツの形から、椅人が一番多いらしいと分かるところなど、何とも言えない視覚的な面白さがある。これでグラビアに迫力が出ると、偲は単純に喜んだ。

だが、元村の興味は別にあったようで、

「ほら見ろ」

追いついた偲と健吾を見遣りながら、またしてもとんでもないことを言い出した。

「彼奴《あいつ》はきっと、このシーツの下の何処かに、常務の死体を隠したに違いない」

「まさか……」

咄嗟に偲は反論し掛けて、言葉を呑んでしまった。鋼三郎と照三の険悪な関係と、人間工房から照三は出ていないという疑惑の双方に鑑みると、強ち《あなが》馬鹿にはできないと感じたからだ。

とはいえ元村が、片っ端からシーツを捲《まく》りはじめたのには、偲も驚いた。

「止めて下さい！」

思わず健吾が制止したが、一向に元村は聞く耳を持たない。両者の間で小競り合いが起き、慌てて偲が止めに入った。

「お二人が喧嘩をして、どうするんですか」

「しかしな、君もここが怪しいと思うだろ？」

元村に訊かれ、少し迷ったが偲は頷いた。はっと健吾の息を呑む気配がして、勝ち誇ったように元村が続けた。

「やっぱり誰が見ても、そうだろう。彼奴は大柄で力もある。一方の常務は中肉中背より、やや細身といった感じだ。彼奴が常務を担ぎあげて、ここに運び込むなんて、きっと朝飯前――」

「で、でも！」

健吾が叫んだ。

「師匠にはそんな時間がありませんでした」

「折田さんが蕎麦屋に行って戻って来るまでの五分間では、向こうの部屋からここまで常務さんを運んで、更に隠すなんてことはできなかったでしょうね」

偲が相槌を打つと、元村は疑わしそうな声音で、

「全く無理だと言うのか」

「ぎりぎり可能だったとしても、隠せるのは倉庫の出入り口付近だけです。つまり元村さんが今、シーツを捲った辺りになります」

「……………」

考え込んでしまった元村に対して、更に偲は追い打ちを掛けるように、

「それに今、ふと想像したのですが――。常務さんが如何なる状態におられるにしても、身体の自由は利かないのではないでしょうか」

「ああ、恐らくそうだろうな」

「となると単にシーツを掛けるだけでは、常務さんを隠すのは無理ですよね」

「それは……」

元村にも、彼女の言わんとしていることが分かったらしい。

「ざっと見ただけでも、シーツが掛けられているのは、椅人と長椅人と机人か四机人、それに柱人か箪人か本人の何れかだと、それぞれの形から分かります。つまり常

務さんをシーツで覆って隠しただけでは、一目で見つけられてしまう。そこだけ他とは違う形になりますからね」

「…………」

「しかも、どのシーツの端も床についていません。作品の足元が少し見えています。ですから長椅人や四机人の下に、常務さんを押し込むこともできないわけです。かといって椅人に座らせたのでは、そこだけシーツが盛り上がって、これもすぐに分かってしまう」

「だ、だったら――」

元村が吠えた。

「柱人か箪人か本人か、とにかく立っている家具に、常務を縛りつけたんだ」

「そんな時間はなかったと、既に証明されています」

「…………」

「第一それでは、常務さんの分だけ横幅が増えるうえに、彼の足が見えてしまうじゃないですか」

「…………」

「鋼三郎さんには、とにかく時間がなかった。事務所兼応接室と倉庫にも、常務さんを隠せる場所は見当たらない。この二点は、はっきりしています」

「…………」

すっかり黙り込んでしまった元村が、ぼそっと口を開いた。

「……確かにな。けど、常務はここから帰っていなくて、彼奴が怪しいという二点も、はっきりしていないか」

尤もだと感じたものの、偲は肯定の意思を示すことなく倉庫内を見回した。窓の存在を忘れていたからだ。しかし、どの窓も汚れており、その周囲の壁も同様の有り様である。仮に人間の出入りがあれば、絶対に痕跡が残ったに違いない。

「常務さんは窓から外に出た、または出されたわけでもないようですね」

そんな偲の指摘に、元村は無反応だった。尚も未練たらしくシーツを捲っていたが、急に踵を返したので、慌てて偲と健吾も後に続いた。

仕事場に戻った元村は、自宅も確認したいと言い出した。さすがに鋼三郎が怒るかと思ったが、あっさり認めた。その結果、居間と寝室と台所と厠から成る自宅の何処にも、やはり照三を隠せそうな場所などないことが判明した。

吾妻通りの商店街の人々と元村、鋼三郎と健吾、全員の話が本当だとすれば、鎖谷照三は何処にも行き場のない空間内で、忽然と消えてしまったことになる。

「明らかに奇人変人ですけど、ちゃんと才能もあるいう人物には、先生も興味ありますよね」

怪想舎の担当編集者である祖父江偲が、私は何も企んでませんよという表情を取り繕いながら、飽くまでもさり気ない口調でそんな台詞を吐いた。

「違います？」

顔を覗き込むように訊かれ、もちろんあるよ——と応え掛けたところで、刀城言耶は慌てて口を噤《つぐ》んだ。つい十日ばかり前にも彼女の口車に乗って、厄介事に巻き込まれたばかりである。ここは慎重に応えた方が良いかもしれない。

厄介事というのは、昨年末に御屋敷町として有名な株小路町《くひこうじまち》で起こった元公爵令嬢殺害事件だった。どうにか解決できたから良かったものの、もし彼の手に余っていたら、あの深代《みよ》という少女は今も怖い思いをしたままだったろう。

もちろん言耶には何の責任もない。しかし事件の詳細を知ってしまった以上、そういうわけにはいかない。できる限りのことをしたいと考えるのが、やはり人情ではないか。

事件の解決後に、言耶が自分の気持ちを述べると、

「先生の場合は、人情いうより根性です」

偲が妙な言い方をした。

「根性？」

「はい、探偵根性です」

「そ、そんなものないよ」

「失礼しました。名探偵としての知的興味と言い直した方が、ぴったりでした」

「あのね、そもそも僕は探偵なんかじゃないし——」

否定しようとする言耶に、偲は大きく首を振りつつ、

「学生時代から既に、幾つもの奇怪な事件を解決してはるやないですか。作家になる前から、もう先生は探偵やったんです」

「いや、僕は普通の作家でしかない」

「文壇で〈放浪作家〉や〈流浪の怪奇小説家〉と、はたまた一部では〈反探偵〉とか呼ばれてはる人の、どこが普通なんですか」

刀城言耶は昔から怪異譚に目がなかった。特に日本の各地に伝わる怪談伝承が好きで、その蒐集に学生時代から取り組んでいた。軈て自ら集めたネタで怪奇小説を書きはじめ、それが高じて〈東城雅哉〉の筆名で作家になったのだが、怪異譚蒐集は趣味

と実益を兼ねて今も続けている。そのため常に地方を飛び回っており、気がつけば「放浪作家」や「流浪の怪奇小説家」と呼ばれていた。

「それにですね」

　と祖父江偲の反論は続く。

「先生は前に仰いましたよね。作家いうのは他の職業のように、自らの意思でなれるものやないって。あるとき出版社や読者に『この人は作家や』と認められて、はじめてなるものやって」

「うん。確かにそう言ったけど――」

「探偵も同じや思います」

「えっ？」

「幾ら難事件や怪事件を解決したからいうて、自分で『俺は名探偵や』と主張してもあかんのです。逆に言いますと、世間が認めさえすれば誰であろうと、その人は名探偵になるわけですよ。で、先生が正にそれです」

「そう思ってるのは、きっと祖父江君だけだと思うけど……」

「違います。現に各出版社気付で、先生には奇々怪々な事件の依頼が舞い込んでるやないですか」

　そこで偲は、いきなり困惑した表情になると、

「ただ先生の場合、不可解な事件の謎に、合理的な推理によって快刀乱麻を断っ――いうのとは違うところが、ちょっと悩みの種なんですよね」

「名探偵じゃない証拠だよ」

透かさず言耶が反撃したが、あっさり偲は無視すると、

「飽くまでも論理的な推理を行なったうえで、どうしても残る謎に対しては、その不条理性を受け入れる必要もあるいう先生のお考えを、私は理解しているつもりです」

刀城言耶が「反探偵」と呼ばれる理由が、実はここにあった。だが、その詳細を知る者はまだ少ない。

「せやけど、やっぱり――」

と言い掛けたところで、急に偲は思いついたように、

「そうや！　そういう問題もありますから、今後の依頼は怪想舎の私宛に統一しましょう。その方が先生も遣り易いやないですか」

何が――と訊き掛けて、言耶は止めた。これ以上この話が長くなることを懸念したからだ。

「あっ、先生の新しい呼び方を考えつきました」

しかし偲は、お構いなしに関係のない話を続ける。

「〈探偵作家〉いうんはどうです？　探偵にして作家なので、ご自身が解決した事件

を自ら小説にできる利点が……って、そうですわ。　既に先生はやられてましたね」

「あのね、祖父江君」

さすがに言耶も呆れた。やられてましたね――もないものである。問題の元公爵令嬢殺害事件の顚末を短篇に仕立てて、『書斎の屍体』の次号に掲載したいからと、渋る言耶の尻を叩いて執筆依頼を受けさせたのは、彼女なのだ。

今日は矢のような督促から逃れて息抜きをするために、言耶は外出した。ここ数日の寒さが嘘のように、一月の下旬にしては珍しく暖かい。そこで神保町の古書店を回り、お気に入りの喫茶店〈エリカ〉で珈琲を味わいながら、民俗学関係の文献や欧米の怪奇小説集といった「収穫物」に目を通して、英気を養うつもりだった。

ところが、いつもの席に座って珈琲を注文したあと、さぁどの本を手にしようかとわくわくしていると、

「刀城先生！」

明るく元気過ぎるお馴染みの声が聞こえて、次の瞬間には、もう祖父江偲が目の前に座っていた。

「先生、水臭いやないですか。神保町にお見えになるんやったら、私に一声お掛け下されば宜しいのに」

「……いや、ちょっと休憩がてら来ただけだから」

「それやったら尚更です。ちゃんと私が先生の慰労をさせていただいて――あっ、何か今、嫌そうな顔されませんでした？」

「め、滅相もない」

言耶は慌てて首を振ったが、偲の疑わしそうな眼差しを受けて、つい目を逸らせてしまった。

「先生？」

「……はい」

「お原稿は進んでいるんですよね」

「……も、もちろん」

「そりゃそうですよねぇ。こうして神保町まで出て来られて、ゆったりと珈琲を味わってらっしゃるんですから、きっとご脱稿間際なんでしょうね」

関西弁で捲《まく》し立てる偲の喋りにも圧倒されるが、わざと標準語を丁寧に使う口調には、何とも言えぬ恐ろしさがある。

「ここで休まれた後は、一気にご脱稿でしょうか。今夜辺り、とても嬉しいご連絡をいただけそうで、うちはもう胸が一杯です」

祖父江偲が自分のことを「うち」と言い出すと、まず碌なことがない。調子に乗り過ぎて我を忘れかけているか、何かに腹を立てている証拠だったからだ。

「い、いや、まだそこまでは……」

「あら、そんなことございませんでしょう？　こうしてご休憩をなさっていらっしゃるんですから」

更なる偲の追い込みに、つい言耶は呟いてしまった。

「全然ゆったりできてないし、珈琲も味わってないけど……」

「何て言わはりました？」

「えっ……」

「ゆったりと珈琲を味わえないのは、うちの所為やと？」

あっ……と思ったときには遅かった。不自然に微笑んでいる祖父江偲の顔が、言耶の眼前に迫っていた。

「うちが来たので、ゆっくり寛げないと仰るわけですね」

「ち、違う。誤解だ」

とにかく話を逸らそうと言耶は思った。

「えーっと……祖父江君は、どうしてここに？　誰か作家と待ち合わせじゃないのかい？　だったら僕なんかに構わず――」

「うちは休憩するために来ただけです」

「へっ……」

「なかなか原稿を書かない作家の督促に疲れたうら若き有能な美人編集者が、その倦怠《アンニュイ》な気分を払うために、一杯の珈琲に安らぎを求めて喫茶店の扉を開けた――いう感じでしょうか」

「うら若き有能な美人編集者だって？」

きょろきょろと言耶が店内を見回していると、更に不自然な微笑みを深めた偲の顔が、より近づいて来て、

「先生、締切を早めて原稿枚数を増やしますよ」

「か、軽い冗談じゃないか」

「ちっとも笑えません」

「……はい」

言耶が殊勝に俯いて、この場を何とか逃れる算段をしていたときである。偲が冒頭の台詞を口にしたのは。

ただし、単に奇人変人譚を話題にしたいだけではなく、そこには裏があるような気がした。これまでの話の流れから考えて、言耶にささやかな報復をする意味でも、また何か厄介事を頼もうとしているようにも思えてならない。彼女は上手く取り繕っているが、さすがに言耶も学習する。下手に興味を示して、また事件に巻き込まれては大変である。

「奇人変人ですか。でも僕が好きなのは、地方に伝わる怪異譚ですからね」

さり気なく逃げを打ったが、それくらいで引き下がる偲ではない。

「けったいな物を作る、変わった職人がいるんですけどね」

「何を作るんです？」

取り敢えず言耶は尋ねたが、

「机とか椅子とかの家具を――」

という偲の説明を聞いて、益々この話に興味をなくした。

「やっぱり僕には向いていない話じゃないかな」

「ちゃんと最後まで聞いて下さいよ」

「その話に怪談は絡むのかい？」

「……全く絡まんわけやないです」

「ということは、主ではないんだ」

「そうですけど――」

「なら、いいよ」

言耶には珍しく、きっぱりと拒絶した。

「せやけど先生、この話は聞いておかはった方が絶対に――」

にも拘《かかわ》らず偲が尚も言い張ったので、言耶は切り札を出すことにした。

「だけど、僕には時間がないよ。ほら、『書斎の屍体』の原稿を書かないといけないからね」

偲には珍しく、ぐっ……と言葉に詰まったようである。

「それにね」

あの祖父江偲を言い負かしたという法悦感からか、言耶が禁断の名前を口にした。

「奇人変人なら、クロさんだけで充分だよ」

「偉大なる市井の民俗学者であられる、阿武隈川烏《あぶくまがわからす》先生ですか」

言耶がぼやいて偲が持ちあげる阿武隈川烏とは、京都の由緒ある神社の跡取りながら、日本各地の怪異な伝承や習俗や儀礼に興味を持つ余り、全国を民俗採訪している民間の民俗学者だった。

「うん。あの人を超えるような奇人変人は、そうざらにはいないはずだから」

「何と申しましても烏大明神様ですものね」

刀城言耶の大学の先輩に当たるのだが、傍若無人、大食漢、自分勝手、吝嗇家、日和見主義、他人には非常に厳しく自分には物凄く甘い、厚顔にして傲慢で我が儘という困った性格の持ち主で、学生時代から常に揉め事を起こしていた。その尻拭いをさせられるのが、いつも言耶だった。

「奇人変人と呼ばれる人でも、その変な部分、奇な部分以外は案外まともだったりするだろ。でもクロさんの場合は、ほとんど全部が変で奇なんだから正真正銘の奇人変人だよ」

「そこが阿武隈川烏大先生たる所以《ゆえん》でしょうね」

とにかく阿武隈川という男は、後輩の言耶を弄《いじ》るのが大好きで、本人に言わせると「これも修行のためや」と訳の分からない理屈があるらしいのだが、言耶にとっては迷惑以外の何物でもない。それでも付き合いを止めなかったのは、阿武隈川に何処か憎めないところがあったのと、彼が全国の怪異譚に通じていたからだろうか。その情報網の恩恵を、言耶も被っているのは間違いなかった。いや、やっぱり一番の理由は、阿武隈川烏が刀城言耶から離れなかった所為だろう。

「そんなクロさんと、僕はずっと付き合ってきたんだから、もう奇人変人さんは結構だよ」

「でも先生、あの方は別格でいらっしゃいますからね」

「ちょっと祖父江君、さっきから君は……ぐぇぇ！」

そのとき急に、言耶は背後から首を絞められ仰天した。咄嗟に振り払って後ろを向くと、何と阿武隈川烏がいるではないか。

「せ、先輩！　いつの間に？」

大食漢だけあって、阿武隈川は巨軀である。にも拘らず彼は、いざとなると猫のように忍び足で移動できる特技を持っていた。誰にも見つからずに盗み食いをするためではないかと、密かに言耶は思っている。

「誰が天才の奇人変人やねん」

そう言いながら阿武隈川が、言耶の横の椅子へ強引に座った。太っているので普通の成人男子の二倍は場所を取る。

「そんなこと言ってませんよ」

奇人変人とは呼んだが、天才などとは一言も口にしていない。

「言うたやないか。阿武隈川烏は人格者にして才能溢れる天才民俗学者やけど、少しだけ奇人変人の気があるて」

どうすれば言耶と偲の会話がそう聞こえるのか、本当に不思議だった。だが、それを指摘すると間違いなく阿武隈川が怒り出す。だから言耶は黙っていた。

「学生時代から散々世話になっとる先輩に対して、お前は奇人変人呼ばわりするような、恩知らずな奴なんや」

「確かにお世話になっていますが――」

それ以上に先輩の世話も否応なくさせられているのだから、何をか言わんやである。しかし阿武隈川は言耶に先を続けさせず、独りで滔々と喋りはじめた。

「大体やな、奇人変人いうたら、お前の方がよっぽどそうやないか。自分の知らん化物や妖怪の話をちょっとでも耳にしたら、もう我を忘れて暴走するんやからな。その話の詳細を聞くまでは、仮に語る相手が化物自身やったとしても、絶対に食いついて離れん。何が何でも話を聞き出そうとする。その場の雰囲気や、各人の都合なんかにはお構いなしにや。しかも、そういう怪異譚に絡む事件にしょっちゅう首を突っ込んでは、周りの迷惑も顧みず、能力もないのに探偵の真似事をしよる。やれやれ……ほんまにいかれとるわ。そういう暴走したお前の尻拭いを、俺がどんだけしてきたか。孝行したいときに偉大なる先輩はおらずやからな、お前も今のうちに、この烏大明神様を大切にして――」

という阿武隈川の饒舌に閉口する言耶の前で、笑いを堪《こら》えている偲の姿があった。

「祖父江君」

言耶が低いながらも、恨みの籠った囁き声で、

「後ろにクロさんがいたのを、君は知っていたな」

「さぁ、うちは気づきませんでしたけど」

「しらばくれるのはよせ」

「そんなこと言われても、ほんまにうちは知らんかったんです」

「こんな大きなものが、目に入らないわけないだろ」

「そうですか」

「当たり前だ。こんなものが――」

「誰がこんなものやねん」

阿武隈川が再び言耶の首を絞めてから、祖父江偲に向き直った。

「その家具職人の話って、面白いんか」

「はい。なかなか奇怪でもあります」

「そらええ。こりゃ温《ぬる》い珈琲やな」

「あっ、クロさん、それは僕の――」

言耶の抗議を無視して、阿武隈川は言耶の珈琲を一気に飲み干すと、改めて三つ注文した。

「僕はそろそろ帰りますから、いいですよ」

「阿呆、何でお前の分を、俺が注文せんといかんねん」

「でも、三つって――」

「一つは偲ちゃんの分で、二つは俺のや」

言耶は呆れた。だが、とにかくこの場は帰ってしまうに限ると思い、

「それじゃ祖父江君、原稿は必ず締切までに仕上げるから心配しないように。ではクロさん、また――」

と挨拶して立ったのだが、でんっと阿武隈川が横に座ったまま動かない。巨漢の彼

が通してくれなければ、壁際の席から言耶は出られないのに、全く動く素振りを見せないのだ。

「ちょっとクロさん」

抗議したが、阿武隈川は涼しい顔で、

「偲ちゃんの話を、まだ聞いてへんやろ」

「ですから、それは先輩お独りで――」

「お前も聞くんや」

「僕は興味ありません」

「興味がのうても、お前のことやから聞いた話は、そうそう忘れんやろ」

意味が分からず言耶が怪訝な顔をしていると、

「後から話の細部を忘れた思うても、お前が一緒に聞いとったら、なんぼでも確認できるやないか」

相変わらず自分勝手な理由を、阿武隈川が口にした。

「そんなときは、祖父江君に尋ねればいいでしょ」

「阿呆、彼女は編集の仕事で忙しいやないか」

「ぼ、僕も原稿書きで大変ですよ」

「おお、おおっ、へボな売れん三文作家の癖に、原稿書きで大変とは偉そうによう言うわ」

阿武隈川としては偲に同意を求めたらしいのだが、

「刀城先生の作品は、とても人気があるんですよ」

あっさり否定されて途端に不機嫌になるところなど、本当に単純で分かり易い男である。

祖父江偲が時として刀城言耶を弄るのは、本人に自覚があるかないかは別にして、言わば愛情の裏返しと言えた。だが、それが阿武隈川烏には理解できない。言耶を扱《こ》き下ろすことに歓喜を見出す同士だと、完全に勘違いしている。

ただし今はお互いの利害が一致していたので、偲も阿武隈川に加勢した。

「先生、せっかくクロさんもおられるんですから、ご一緒に話を聞いて下さい」

「祖父江君、せっかくという副詞の使い方を、君は完全に間違っている」

「またまた、そんなこと仰って——あっ、ちょうど珈琲が来ましたよ。私の分を差し上げますから、ほらご機嫌を直して、どうか座って下さい」

「でも……」

「ああっ、ごちゃごちゃと煩《うるさ》いやっちゃな!」

阿武隈川が横で吠えた。言耶が偲に優しくされたのが気に入らないのか、頓珍漢なことを言い出した。

「珈琲くらいのことで、大の男が愚図るな」

「ぼ、僕は何も――」

「さっき飲んだばかりやろ」

「あれは、クロさんが――」

「しかも女性から譲って貰うやなんて、恥を知れ」

「いいですか、そもそもクロさんが、僕の珈琲を飲んで――」

「煩い！　俺のを半分やるから、それで手を打て」

言耶の珈琲は無視して、独りで二杯分を注文したことは棚に上げての、この言い分である。

「おい、お礼は？」

そのうえ礼まで強要されて、ほとほと言耶も疲れたのだが、

「……ありがとうございます」

そこは長年の腐れ縁と、常に年配者を立てる言耶の性格から、気がつけば普通に頭を下げていた。

「先輩に甘えるのも、大概にせえよ」

「……はぁ」

「俺みたいに優しい人ばかりやないぞ」

「…………」

「言うまでもないが、皆の珈琲代はお前が払え」

この止めの一言で、言耶は抵抗を諦めた。さっさと偲の話を聞いて終わらせるのが、どうやら一番良さそうだと悟ったのだ。

「それで祖父江君、なかなか奇怪でもある問題の家具職人というのは、一体どんな人物なんだい？」

「鎖谷鋼三郎さんと仰る方で、実は『書斎の屍体』の〈異界探訪〉の記事で、彼の〈人間工房〉と呼ばれる仕事場を、つい二日前に取材したばかりなんです」

「人間工房だって？」

刀城言耶が先程までの興味のなさから一転、いきなり食いついてきた様を目にした祖父江偲は、心の中で北叟笑《ほくそえ》みつつ二日前の取材の様子を話しはじめた。

四

「なるほど、興味深い出来事ですね」

祖父江偲の話が終わると、鹿爪らしい顔で刀城言耶が呟いた。その横では阿武隈川烏がお汁粉を飲んでいる。彼に言わせるとお汁粉は食べるものではないらしい。

三人は場所を、軽食も出す〈ヒル・ハウス〉に移していた。まだ三時も過ぎていないのに、「夕飯を食う」と言い張る阿武隈川を宥《なだ》めるためである。彼は席に座るや否や、メニューにある食べ物を片っ端から注文しはじめ、偲が人間工房での不可思議な消失劇を語っている間、ずっと食べ続けていた。

「ふむふむ、まだ食べてへんのは……」

普段は絶対に見られない虚心な態度でメニューを見詰める阿武隈川には構わず、偲は熱い眼差しを言耶に注いだ。

「そうでしょう。吾妻通りには商店街の人たちの目があった。せやから照三さんは人間工房を出て帰ったわけやない。ところが工房内の何処を捜しても、彼は見つからへん。本人の意思で玄関以外のところから出たはずもないし、そんな出入り口もない。この状況に鋼三郎さんとの険悪な関係を加味すると、どうしても人間家具職人が怪しいいうことになる。でも、彼には義兄をどうこうする時間が全くなかった。かっとなって殴り、殺してしもうた可能性はあるにしても、その後始末をする余裕は絶対になかった。そのうえ工房内に人を隠せる場所は皆無だったとなると、これって密室状態からの人間消失いうことになりませんか」

「確かに」

言耶は頷きながら、学生時代に別の大学の先輩から聞いた、大阪の鐘埼《かねざき》の長屋で起きた顔無《かおなし》という化物に絡む子供の消失事件と、この話が少し似ているなと思った。現場の地理的な状況が近いためだろうか。

しかし、もちろん偲に教えるつもりはなかった。そんなことをすれば更に一本、新たに短篇を書く羽目になってしまう。

「やっぱりそうですよね」

言耶の思惑など露知らず、偲はご機嫌だった。人間工房の騒動に事件性があると、彼が素直に認めたからだろう。だが、その機嫌の良さも、言耶の次の一言で呆気なく崩れた。

「面白い話をありがとう。では、僕はこれで失礼するから――」

「えっ？　ええっ⁉　か、帰らはるんですか」

「うん。まだ仕事があるからね」

「ちょ、ちょっと待って下さい。謎解きは？　照三さんは何処に消えたんです？」

「僕が関わる問題じゃないよ」

「そ、そんなことありません。人間家具に纏わる奇っ怪な噂もあることですし――」

「でも、噂止まりだろ。それに照三氏が消えてしまった件に、人間家具の怪異譚が関わっているわけでもない」

「首小路町の事件のときは、怪異が絡んでいたから引き受けはった言うんですか」

株小路町は事件のあと、おどろおどろしくも「首小路町」と呼ばれるようになっていた。

「あれは祖父江君が強引に、僕を巻き込んだのと、あの事件を解決しなければ、深代ちゃんの心が休まらないだろうと考えたからだ。でも今回は違うだろ」

「い、いえ、えーっと……」

偲は宙に目を泳がせてから、

「この謎が解けなければ、私の心が一向に休まりません」

うるうると訴えるような眼差しで言耶を見詰めた。

「うん、それは気の毒だな」

ぱっと彼女の顔が明るくなったのも束の間、すっくと立ち上がる言耶を見て一気に曇った。

「そんなぁ……」

暫《しば》し偲は呆然としたようだが、次の瞬間、すぐ阿武隈川に泣きついた。

「阿武隈川大先生、鳥大明神様、どうか刀城先生をお止め下さい」

「なっ、分かったやろ」

二人の話を全く聞いていないかに見えたのに、ちゃんと理解していたらしく、阿武隈川は嬉しそうに頷くと、次の食べ物を注文してから、

「こいつはな、そういう薄情な奴やねん。偲ちゃんの会社の経費で散々美味しいもんを食べときながら、いざとなったら逃げ出すような輩やねん」

「クロさん、僕は珈琲しか飲んでません」

言耶が抗議すると、

「珈琲だけでは不服や言うんか。全く口の卑しい奴やで」

「クロさんにだけは言われたくないです」

「おお、いっちょ前な口を利くやないか」

「とにかく──」

いつしか言耶が座り直し、阿武隈川と遣り合う光景を見て、偲はしめしめと思った。しかし、いつまで経っても二人の不毛な会話が終わらないため、次第に痺れが切れてきた。

「何方《どちら》が何を注文されても構いませんから、そろそろ人間工房の事件に話を戻しませんか」

「せやな」

阿武隈川が相槌を打って追加注文をする横で、言耶が疲れた顔をしている。

「それで刀城先生──」

徐《おもむろ》に偲が水を向けようとすると、意外にも阿武隈川が割って入ってきた。

「こいつと違《ちご》うてな、俺は食べた分だけ、ちゃんと仕事するからな。まぁ心配せんでもええ」

「……はい」

　正直とても有難迷惑だったが、さすがの偲も本人には言えない。

「でも、クロさん――」

　謎解きなんかできるんですか、と暗に仄めかすのが精一杯である。ただ、それを阿武隈川に察しろというのは、余りにも無謀な要求だった。

「何や？」

「い、いえ。では、ご意見をお聞かせ下さい」

「うおっほん」

　わざとらしく阿武隈川は咳払いをすると、

「簡単な事件や。これが解けんようでは、阿武隈川烏の弟子は名乗れんぞ」

　とわざわざ言耶を睨《ね》めつけると、

「健吾が蕎麦屋に行っとる間に、鋼三郎は事務所兼応接室に入って、照三に帰れと言うた。しかし、そこで争いが起こった。その結果、恐らく鋼三郎は照三を殺《あや》めてしもうたんやな。愚図々々しとったら健吾が帰って来る。そこで鋼三郎は、急いで照三の死体を隠す細工をしたんや」

「どうやったんです？」

「部屋の中にあってもおかしないもんが、実は見当たらんかった。それに偲ちゃんは気づかんかったやな」

「何でしょう？」

「コート掛けや」

「えっ……」

「鋼三郎はコート掛けの横木を全て取り去ると、中心の柱に照三の死体を縛りつけて、それを倉庫に運び入れた。もちろん立てた状態にして、その上からシーツを被せたわけや。これやったら照三の身体の幅しかないから、シーツを通して見た場合、人間家具の柱人とも箪人とも本人とも同じに映って見分けがつかんやないか」

どうだとばかりに見得を切る阿武隈川に、

「あのー、クロさん？」

遠慮がちな様子で偲が、

「そんな時間はなかったと、ご説明しましたよね」

「へっ？」

「健吾さんがお昼の注文に行って帰るまで、いつもは二十分ほど掛かるのが、その日は五分で済んでいます。とてもそんな細工をする時間など、鋼三郎さんにはありませんでした」

「せやったかな」

「それにですね、仮にそういった細工が可能だったとしても、コート掛けの足元はシーツから食《は》み出しますから、倉庫に並べられた作品を目にしたとき、元村さんでも私でも、あるいは健吾さんでも、必ず誰かが気づいたはずです」

「そう、そうなんや」

阿武隈川は大きく頷くと、

「お前が陥るであろう誤った解釈を、ちゃんと事前に俺がしといたったから、後は自分でやってみろ」

と如何にも尊大な物言いで、いきなり言耶に下駄を預けてしまった。

「どうして僕が――」

「つべこべ言うな」

言耶も一応は抗議したが、傍若無人な阿武隈川の一声でどうやら諦めたらしい。

「クロさんの推理は無茶苦茶だったけど、二つだけ正しいことを言っている」

仕方ないとばかりに、偲に向かって口を開いた。

「何でしょう？」

「鋼三郎氏が恐らく照三氏に暴力を振って、不幸にも殺めてしまったらしいこと」

「もう一つは？」

「この事件の真相が、かなり単純であること」

「そうなんですか。でも、健吾さんが工房を離れたのは、たった五分ですよ」

「照三氏が殺害されたのは、お昼ではなく朝だよ」

「えっ……。けど午前中ずっと帳簿を捲る音を、健吾さんが確かに聞いてます」

「照三氏がお昼までいた場合、祖父江君たちが人間工房を訪ねたのが四時だから、ストーブが止められてから四時間は経った計算になるので、事務所兼応接室が冷えていたのは分かる。しかし、コートを羽織るほど寒かったというのは変じゃないか」

「そう言われれば……。でも室内が寒かったことに、どんな意味があるんです？」

「窓が開いていた証拠さ」

「何のために？」

「その日は風が強かった。そこで鋼三郎氏は窓を開けて、帳簿の頁が自然に捲られるようにして、さも照三氏が調べているように演出したんだ」

「あっ……」

「恐らく人間家具を中傷されて、思わず何かで殴ったんだろう。ところが打ち所が悪くて、照三氏は死んでしまう。いつまでも仕事場に戻らないと、健吾氏に変に思われる。お昼になれば彼が蕎麦屋に行くので、その間にどうにかしようと思った」

「しかし彼は二十分ではなく、その日に限って五分で戻って来てしまったので――」

と言耶の後を受けて推理を巡らせ掛けた偲は、そこで早くも詰まったらしい。

「あれ？　でも健吾さんが戻ったとき、既に鋼三郎さんは仕事場にいたって……」

「最初は鋼三郎氏も、その二十分間で照三氏の始末をつけようとしたに違いない。ただ、ある理由でそれができなかった。四時には取材があるため、事務所兼応接室は使うだろう。倉庫も見せて欲しいと言われるかもしれない。そのうえ夕方になると元村氏が来ることも、きっと鋼三郎氏は考えたんだと思う」

「絶体絶命ですよね」

「うん。ただ、これら諸々の問題を解決するのに、問題のある理由が皮肉にも使えそうだと、彼は気づいた」

「教えて下さい。ある理由って何なんです？」

「死後硬直だよ」

「えっ？」

「朝の八時過ぎに照三氏を殺めて、それをお昼過ぎまで放っておいた所為で、遺体の上半身に死後硬直の現象が起こってしまった。どう始末するにしても、これでは甚だ遣り難い。そこで更に午後の四時まで放っておいて、死後硬直が全身に及ぶのを待つことにした。人間は死後、四、五時間で上半身が、七、八時間で下半身が硬直するからね」

「その知識を……」

「人体に興味がある鋼三郎氏なら、死後硬直を知っていてもおかしくはない。参考図書もあったみたいだし」

「でも全身が硬直したら、余計に大変なことになりませんか」

「遺体が普通の状態だったら、そうだろう。でも、恐らく照三氏は絶命したとき、椅人に座っていたんだと思う」

「あっ……」

「肘掛けに両腕を乗せて、両足を開いた状態でね」

「………」

「鋼三郎氏は遺体そのものを使って人間の椅人を作り、それを倉庫の家具の椅人の中に隠す方法を思いついたんだ」

「けど、そのままでは倒れてしまいます」

「応接室にあった丸椅子を使ったのさ。恐らく凶器もこれじゃないかと、僕は睨んでいる。君が椅人に座ったとき、鋼三郎氏はわざわざ事務机の丸椅子を持ってきたという。いつもそうしていたと見るよりは、応接用の丸椅子を別の用途に使用してしまったため、と考える方が自然だろう。これで遺体を椅人にできるうえ、凶器も隠せる正に一石二鳥だったわけだ」

「…………」

「倉庫に仕舞われていたのは、売れなくても作り続けた人間家具の全てだったという。つまり鋼三郎氏の昔の作品だ。にも拘らず仮漆の臭いが漂っていたと、君は言った。なぜなら鋼三郎氏が靴と靴下を脱がせた遺体の両足の先に、偽装用の仮漆を塗ったばかりだったからさ」

「あのとき、あそこに……」

照三の死体があったのだと考えた偲は、思わず顔を顰《しか》めたようだったが、すぐに疑問を口にした。

「それだと丸椅子の足が、シーツから食み出しませんか」

「倉庫の一番奥の椅人と遺体を摩り替え、そのうえでシーツの前を上げて両足を強調しておけば、丸椅子に気づく者などいないと踏んだのかもしれない」

「実際に誰も分かりませんでしたからね」

「靴と靴下だけは脱がせるにしても、衣服は着せたままで問題はない。仮に脱がせたとしても、柱人に掛けて隠せるからね」

「それにしても……」

偲は慄《おのの》きつつも呆れたような口調で、

「私とカメラマンを待たせた状態で、そんな大胆なことが……」

「そのときしか機会がなかったからね。鋼三郎氏も必死だったと思うよ」

「いえ、その前に照三さんの遺体を、よく朝の八時から夕方の四時まで、鋼三郎さんは応接室に放っておきましたね。健吾さんに覗かれたら、一巻の終わりなのに」

「君が言っていたじゃないか。健吾氏は事務所兼応接室の中を、物珍しそうに眺めていたって。普段から、ほとんど入ったことがなかった証拠だよ」

「あっ、そうか」

偲は納得すると、

「先生、ありがとうございます」

にこっと微笑んでから、さっと立ち上がった。

「この人間工房事件は、首小路町の事件が脱稿したら、すぐに取り掛かって頂くということで、あんじょう宜しくお願いします」

「えっ？」

「締切と枚数につきましては、近いうちにご連絡させて頂きます」

「い、いや……」

「あっ、『書斎の屍体』への掲載でしたら、次々号になります」

「祖父江君、そうじゃなくて……」

「では、失礼します」

言耶たちに一礼して、素早く勘定を済ませると、あっという間に祖父江偲はいなくなった。

「あれ？　偲ちゃん帰ったんか」

またまた眺めていたメニューから顔を上げた阿武隈川が、彼女の不在に気づいて、詰まらなそうな表情を浮かべた。

「しゃーないな。おい、夕飯に付き合《お》うたるから喜べ。もちろんお前の奢りや」

そして途方に暮れている言耶を強引に誘い、後輩が後に続くことを全く疑いもせずに、さっさと店を出て行った。今頃は近くの食堂の前で、夕食に何を食べようかと考えているに違いない。

「そんな……」

刀城言耶の呟きと溜息が、彼しかいない席で空しく響くばかりだった。

主な参考文献

藤森照信＝編・文、増田彰久＝写真、伊東忠太＝絵・文『伊東忠太動物園』筑摩書房／1995

柴田宵曲＝編『奇談異聞辞典』ちくま学芸文庫／2008

須永朝彦＝編訳『江戸奇談怪談集』ちくま学芸文庫／2012

小泉和子＝編『少女たちの昭和』河出書房新社／2013

鬼窪善一郎＝語り、白日社編集部＝編『新編 黒部の山人 山賊鬼サとケモノたち』山と溪谷社／2016

赤坂憲雄『性食考』岩波書店／2017

沖田瑞穂『怖い女 怪談、ホラー、都市伝説の女の神話学』原書房／2018

解説

末國善己（書評家）

太平洋戦争中は、英米由来の敵性文学でエログロ色も強いため当局の圧力を受けた、あるいは作家や出版社が過度に自主規制したなど諸説あるが、探偵小説を書くのが難しい空気があり、捕物帳、スパイ小説、科学小説、秘境冒険小説などへシフトする探偵小説作家も多かった。それだけに日本の敗戦は探偵小説作家に解放感をもたらしたようで、疎開先の岡山県吉備郡岡田村（現在の倉敷市真備町岡田）で村の人たちと玉音放送を聴いた横溝正史は、エッセイ『途切れ途切れの記』の中で「戦争未亡人」や「子供たちを戦地へ送り出している親御さん」に「遠慮」しながらも、「さあ、これからだ！」と本格探偵小説を書く決意を固めたと書いている。

同じように感じたのは横溝だけではなかったようで、一九四六年頃から「ロック」「ぷろふいる」「妖奇」といった探偵小説専門誌が続々と創刊された。その中でも、創刊号に戦後の本格ミステリ復活の狼煙《のろし》を上げたとも評されている横溝の『本陣殺人事件』を掲載し、新人の発掘なども積極的に行った「宝石」は最も長く刊行され、戦後のミステリの発展に大きな役割を果たした。

三津田信三が生み出した作家にして名探偵の刀城言耶《とうじょうげんや》は、「宝石」の懸賞募集に応募した「百目鬼《どめき》家の百怪」が一等当選してデビューしたとされているので、戦後の探偵小説ブームの波に乗って登場した作家の一人との設定になっている。なお「宝石」の公募新人賞からは、飛鳥高、香山滋、山田風太郎、島田一男、日影丈吉、土屋隆夫、中川透（鮎川哲也）ら錚々《そうそう》たるミステリ作家がデビューしている。

ホラーと本格ミステリを融合した〈刀城言耶〉シリーズの節目となる十冊目で、『密室《ひめむろ》の如き籠《こも》るもの』『生霊《いきだま》の如き重《だぶ》るもの』に続く三冊目の短編集となる本書『魔《ま》偶《ぐう》の如き齎《もたら》すもの』は、言耶が学生時代に遭遇した怪事件をまとめた前作『生霊の如き重るもの』に対し、大学を卒業し筆一本で生活を始めた頃に言耶が直面した怪事件が五編収録され、その中にはホラー短編集『ついてくるもの』のノベルス版に収められた〈刀城言耶〉シリーズの「椅人《いじん》の如き座るもの」も含まれているので本書が決定版といっても過言ではあるまい。表題作では、怪想舎《かいそうしゃ》の編集者・祖父江偲《そふえしの》と言耶の出会いが描かれており、シリーズの中でも重要な位置付けの作品集となっている。

現在の皇居はもとは江戸城で、その東側は江戸初期に埋め立てられるまで日比谷入江と呼ばれる湿地帯が広がっていた。埋立地は平坦だが、江戸城の西側は武蔵野台地の東端が川に侵食され台地と谷地が入り組んでいるため今も坂が多い。古書の街として有名な神田神保町《かんだじんぼうちょう》に隣接する白砂坂《しらすざか》に建つ旧家で二重殺人が起こる「妖服《ようふく》の如き切るもの」は、坂の街である都心部の地形が効果的に使われている。

仲の悪い剛義《つなよし》、剛毅《ごうき》兄弟が白砂坂の上と下にある家で分かれて暮らす砂村《すなむら》家では、紆余曲折の末、剛義の息子・昭一《しょういち》が剛毅と、剛毅の息子・和一《かずいち》が剛義の家で生活していた。坂の下にある剛毅の家で働く志津子《しづこ》が、回覧板を持って近所を回り帰宅したところ、日本剃刀《かみそり》で喉を裂かれた剛毅の死体を発見。ほぼ同じ時間に坂の上の剛義も同じ日本剃刀で殺されていた。現場の近くでは、犯人が不明の強盗殺人事件が連続していたが、警察は遺産を狙った和一と昭一による交換殺人を疑っていた。ただ容疑者二人には、凶器を受け渡す時間がなかったことが判明する。

現場周辺では、電信柱に掛けられた外套《がいとう》が人に覆いかぶさる様子が目撃されており、その外套が憑《つ》いた人を操る怪異「妖服」であるとの怪談も広まっていた。

同じ手掛かりを与えられた複数の探偵が次々と推理をする多重解決が、ミステリのジャンルとして定着して久しい。〈刀城言耶〉シリーズも多重解決ものだが、登場する探偵は言耶だけで、推理を組んでは否定し、また別の推理をする、を繰り返す一人多重解決とでもいうべき変則的なスタイルになっている。言耶が『本陣殺人事件』を思わせるトリックやチェスタトンが考案した有名なトリックなど、凶器移動のありとあらゆる可能性を検討していくだけに、ラストに明かされる真相は衝撃が大きい。謎が解かれると、事件とは無関係にしか思えないエピソードの中に伏線が織り込まれていた事実が浮かび上がるので、緻密な計算が光る。

太平洋戦争に敗れた日本は、GHQが宗教団体を認可制にして国が監督する宗教団体法を廃止し、認証制に変えて宗教法人の設立、規則変更、解散などを自由に行えるようにした宗教法人令を出し、さらに日本国憲法の施行で政教分離、信教の自由が認められた。こうした状況に敗戦による人心の不安が加わり、〝神々のラッシュアワー〟と呼ばれるほど数多くの新興宗教団体が誕生した。宗教的なコミューンを舞台にした「巫死《ふし》の如き甦るもの」は、こうした史実を背景にしている。

言耶は、西東京にある節織村《ふしおりむら》で織物業をまとめる旧家・巫子見《ふしみ》家の娘・藤子《ふじこ》から相談を受ける。藤子の兄・不二生《ふじお》が復員してきたが、巫子見家所有の小山で自分の思想に共鳴する村人たちと共同生活を始め、村との境界に高い塀を築いた。しかし不治の病にかかった不二生は、自分は不死（不二生の言葉では「巫死」）で、死んだら復活すると語るようになり、多くの仲間に去られたが六人の女性だけが残った。ある日、強盗事件の犯人を追う警察が塀の中に入るが、徹底した捜査をしたのに不二生の姿がなかったというのだ。残された女性たちは、「巫死」の不二生はいったん姿を消したが、やがて復活すると証言したという。

「巫死」や復活は宗教の教義上に存在しても、現実には起こり得ないというのが一般的な常識である。これに対し言耶は、「巫死」や復活を信じる人たちがいることを前提にして、不二生が消えた方法と動機を解明しており、合理的なのに禍々《まがまが》しいロジックには圧倒されるのではないだろうか。

エドガー・アラン・ポーの短編「マリー・ロジェの謎」は、名探偵オーギュスト・デュパンが、実際に起きた殺人をモデルにした難事件を幾つかの新聞記事を手がかりに推理していた。またエラリー・クイーンの短編「神の灯」は、屋敷の消失という魅惑的な謎を作り、後の作家に多大な影響を与えている。同じ山中に建つ屋敷で怪異に遭遇した二人の手記を読み、興味を持って取材した新聞記者からも話を聞いた言耶が安楽椅子探偵となり、屋敷の構造が変わる謎に挑む「獣家《けものや》の如き吸うもの」は、ミステリ史に残る名作二編を継承、発展させた作品となっている。

怪談の手記から始まるのでホラーテイストが強く、それが言耶の推理でシンプルに解明されるので短編らしい切れ味がある。

「魔偶の如き齎すもの」は、骨董《こっとう》品を展示、収納する卍《まんじ》型の建物内で発生した殺人事件の犯人を、四人の容疑者の中から捜し出す王道的な館ものの本格ミステリである。

言耶の下宿を訪ねた祖父江偲は、同僚から聞いたという怪談を披露する。それは像の底に奇妙な文様が刻まれ、手にした人間に幸福と禍《わざわい》をもたらすため骨董業界で噂になっている魔偶と呼ばれる土偶の話だった。祖父江偲と魔偶を所有する宝亀《ほうき》幹侍郎《みきじろう》を訪ねた言耶は、幹侍郎が骨董品を展示、収蔵している「卍堂」で起きた事件に遭遇する。被害者は、「口」形に「く」の字型の通路が四つあり、上から見ると卍型になっている卍堂の「口」形の部分で発見されたが、四つの通路には骨董商「骨子堂《こつしどう》」の中瀬、幹侍郎の甥の寅勇《とらお》、小間井《こまい》刑事、祖父江偲がいる密室状態だった。

容疑者が限られているだけに、言耶の一人多重解決は、容疑者の行動を克明に追ったり、動機を探ったりするなど濃密で、登場人物を次々と犯人と名指しする展開は小《お》栗虫太郎《ぐりむしたろう》『黒死館殺人事件』を彷彿させ、長編に匹敵する重厚さがある。

ここまで収録作を読み進めると、各事件には都内を荒し回っているらしい連続強盗犯の影が見え隠れする。そのためミステリが好きなら、連作短編形式ではお馴染みの仕掛けがあると考える読者もいるはずだ。ただ著者は、そうした読者の予想を踏まえ、さらに上の仕掛けを用意している。本作の仕掛けは、〈刀城言耶〉シリーズのファンか、初めてシリーズに触れるかでまったく違った様相になるので、事前に『山魔《やまんま》の如き嗤《わら》うもの』などを読んでおくことをお勧めしたい。

「椅人の如き座るもの」は、作中に江戸川乱歩「人間椅子」への言及があるように、乱歩の名作短編へのオマージュとなっている。その他にも、人気作家とされている江川蘭子は、戦前に江戸川乱歩、横溝正史、甲賀三郎、大下宇陀児《おおしたうだる》、夢野久作、森下雨《う》村《そん》がリレー形式で書き継いだ合作『江川蘭子』のヒロインと同じ名前になっているなど、探偵小説史を使った著者の遊び心がちりばめられているのも面白い。

材木商の跡取りだった鋼三郎《こうざぶろう》は、三つ子の姉の夫たちに会社を譲って人型の家具を作る職人になった。鋼三郎が立ち上げた〈人間工房〉の経営には実家の援助が不可欠で、それを快く思わない義兄の一人とトラブルになっていた。祖父江偲が鋼三郎を取材した日、工房の事務所兼応接室で帳簿を調べていた義兄が姿を消した。鋼三郎が義兄を殺し死体を隠した疑惑が出るも、犯行が可能なのは弟子が蕎麦屋へ行った時間だけで、しかも弟子は途中で蕎麦屋の店員に会って注文を伝えたのでいつもより早い五分で帰宅しており、この短時間で死体を処理するのは不可能だった。

椅子職人が革張りの椅子の中に入る乱歩の「人間椅子」とは異なり、鋼三郎が作るのは人体をデフォルメした家具である。これは尊厳を剥奪し、人間を家具や調度として扱うポゼッションプレイに近い発想といえる。ポゼッションプレイは沼正三『家畜人ヤプー』が有名だが、明治末には「燭台だと思ったのは、仙吉が手足を縛られて両肌を脱ぎ、額へ蠟燭を載せて仰向いて坐って居るのである」との一節がある谷崎潤一郎の短編「少年」が書かれている。本作のトリックは、人間を家具として扱うポゼッションプレイの延長線上にあり、設定と謎解きの融合が鮮やかだ。

〈刀城言耶〉シリーズは、怪異が合理的に解決されるミステリになるのか、合理的な解決の先に不条理を置いたホラーになるのか最後まで判然としないところが魅力の一つとなっている。本書にはミステリ要素が強い作品が集められているが、ラストには短編らしく余韻のある恐怖もあり、ホラー好きも満足できるだろう。

さて〈刀城言耶〉シリーズは、生名《いな》鳴《なぎ》地方の虫経村《むしくびりむら》に伝わる「忌名《いな》の儀礼」の最中に殺人事件が起こる十一作目『忌名の如き贄《にえ》るもの』が刊行されている。シリーズの続きが気になる方は、早く手に取って欲しい。

本書は二〇一九年七月、小社より単行本として刊行され、文庫化に際し、二〇一二年九月刊行の講談社ノベルス『ついてくるもの』より「椅人の如き座るもの」を収録しました。

|著者|三津田信三　編集者を経て2001年『ホラー作家の棲む家』(講談社ノベルス/『忌館《いかん》』と改題、講談社文庫)で作家デビュー。2010年『水魑《みづち》の如き沈むもの』(原書房/講談社文庫)で第10回本格ミステリ大賞受賞。本格ミステリとホラーを融合させた独自の作風を持つ。主な作品に『忌館』に続く『作者不詳』などの〝作家三部作〟(講談社文庫)、『厭魅《まじもの》の如き憑くもの』に始まる〝刀城言耶《とうじょうげんや》〟シリーズ(原書房/講談社文庫)、『禍家《まがや》』に始まる〝家〟シリーズ(光文社文庫/角川ホラー文庫)、『十三の呪《じゅ》』に始まる〝死相学探偵〟シリーズ(角川ホラー文庫)、『どこの家にも怖いものはいる』に始まる〝幽霊屋敷〟シリーズ(中央公論新社/中公文庫)、『黒面の狐』に始まる〝物理波矢多〟シリーズ(文藝春秋/文春文庫)などがある。刀城言耶第三長編『首無《くびなし》の如き祟るもの』は『2017年本格ミステリ・ベスト10』(原書房)の過去20年のランキングである「本格ミステリ・ベスト・オブ・ベスト10」1位となった。

魔偶《まぐう》の如《ごと》き齎《もたら》すもの

三津田信三《みつだしんぞう》

講談社文庫

定価はカバーに
表示してあります

2022年6月15日第1刷発行

発行者──鈴木章一
発行所──株式会社　講談社
東京都文京区音羽2-12-21　〒112-8001
電話　出版　(03)　5395-3510
　　　販売　(03)　5395-5817
　　　業務　(03)　5395-3615

KODANSHA

デザイン─菊地信義
本文データ制作─株式会社新藤慶昌堂
印刷───株式会社KPSプロダクツ
製本───株式会社国宝社

Printed in Japan

ISBN978-4-06-528274-8

講談社文庫刊行の辞

二十一世紀の到来を目睫に望みながら、われわれはいま、人類史上かつて例を見ない巨大な転換期をむかえようとしている。

世界も、日本も、激動の予兆に対する期待とおののきを内に蔵して、未知の時代に歩み入ろうとしている。このときにあたり、創業の人野間清治の「ナショナル・エデュケイター」への志を現代に甦らせようと意図して、われわれはここに古今の文芸作品はいうまでもなく、ひろく人文・社会・自然の諸科学から東西の名著を網羅する、新しい綜合文庫の発刊を決意した。

激動の転換期はまた断絶の時代である。われわれは戦後二十五年間の出版文化のありかたへの深い反省をこめて、この断絶の時代にあえて人間的な持続を求めようとする。いたずらに浮薄な商業主義のあだ花を追い求めることなく、長期にわたって良書に生命をあたえようとつとめるところにしか、今後の出版文化の真の繁栄はあり得ないと信じるからである。

同時にわれわれはこの綜合文庫の刊行を通じて、人文・社会・自然の諸科学が、結局人間の学にほかならないことを立証しようと願っている。かつて知識とは、「汝自身を知る」ことにつきていた。現代社会の瑣末な情報の氾濫のなかから、力強い知識の源泉を掘り起し、技術文明のただなかに、生きた人間の姿を復活させること。それこそわれわれの切なる希求である。

われわれは権威に盲従せず、俗流に媚びることなく、渾然一体となって日本の「草の根」をかたちづくる若く新しい世代の人々に、心をこめてこの新しい綜合文庫をおくり届けたい。それは知識の泉であるとともに感受性のふるさとであり、もっとも有機的に組織され、社会に開かれた万人のための大学をめざしている。大方の支援と協力を衷心より切望してやまない。

一九七一年七月

野間省一

講談社文庫 最新刊

三津田信三
魔偶《まぐう》の如き齎《もたら》すもの
若き刀城言耶《とうじょうげんや》が出遭う怪事件。文庫初収録「椅人《いじん》の如き座るもの」を含む傑作中短編集！

宮城谷昌光
俠骨記〈新装版〉
軍事は二流の大国魯《ろ》の里人曹劌《そうかい》は、若き英王同《どう》に見出され——。古代中国が舞台の名短編集。

佐々木裕一
将軍の宴〈公家武者信平《のぶひら》ことはじめ(九)〉
将軍家綱の正室に放たれた刺客を、秘剣をもって退治せよ！　人気時代小説シリーズ。

中村天風
真理のひびき〈天風哲人 新箴言註釈《しんしんげんちゅうしゃく》〉
『運命を拓く』『叡智《えいち》のひびき』に連なる人生哲学の書。中村天風のラストメッセージ！

中村ふみ
異邦の使者 南天の神々
無実の罪で捕らわれている皇妃を救うため、飛牙《ひが》と裏雲《りうん》はマニ帝国へ。天下四国外伝。

松野大介
インフォデミック〈コロナ情報氾濫〉
新型コロナウイルス報道に振り回された、この2年余を振り返る衝撃のメディア小説！

黒木　渚
檸檬の棘
十四歳、私は父を殺すことに決めた——。歌手にして小説家、黒木渚《くろきなぎさ》が綴《つづ》る渾身の私小説！

本格ミステリ作家クラブ選・編
本格王2022
本格ミステリの勢いが止まらない！　作家・評論家が厳選した年に、一度の短編傑作選。

講談社タイガ

保坂祐希
大変、大変、申し訳ありませんでした
SNS炎上、絶えぬ誹謗中傷、謝罪会見、すべて謝罪コンサルにお任せあれ！　爽快お仕事小説。

藤澤清造　西村賢太 編・校訂

狼の吐息／愛憎一念

藤澤清造　負の小説集

解説・年譜＝西村賢太

貧苦と怨嗟を戯作精神で彩った作品群から歿後弟子・西村賢太が精選し、校訂を施す。新発見原稿を併せ、不屈を貫いた私小説家の〝負〟の意地の真髄を照射する。

ふN1

978-4-06-516677-2

藤澤清造　西村賢太 編

根津権現前より

藤澤清造随筆集

解説＝六角精児　年譜＝西村賢太

「歿後弟子」は、師の人生をなぞるかのようなその死の直前まで諸雑誌にあたり、編集・配列に意を用いていた。時空を超えた「魂の感応」の産物こそが本書である。

ふN2

978-4-06-528090-4

三國青葉　損料屋見鬼控え 3
宮西真冬　誰かが見ている
宮西真冬　首の鎖
宮西真冬　友達未遂
南　杏子　希望のステージ
村上　龍　愛と幻想のファシズム(上)(下)
村上　龍　村上龍料理小説集
村上　龍　新装版 限りなく透明に近いブルー
村上　龍　新装版 コインロッカー・ベイビーズ
村上　龍　歌うクジラ(上)(下)
向田邦子　新装版 眠る盃
向田邦子　新装版 夜中の薔薇
村上春樹　風の歌を聴け
村上春樹　1973年のピンボール
村上春樹　羊をめぐる冒険(上)(下)
村上春樹　カンガルー日和
村上春樹　回転木馬のデッド・ヒート
村上春樹　ノルウェイの森(上)(下)
村上春樹　ダンス・ダンス・ダンス(上)(下)

村上春樹　遠い太鼓
村上春樹　国境の南、太陽の西
村上春樹　やがて哀しき外国語
村上春樹　アンダーグラウンド
村上春樹　スプートニクの恋人
村上春樹　アフターダーク
村上春樹 佐々木マキ絵　羊男のクリスマス
村上春樹 佐々木マキ絵　ふしぎな図書館
村上春樹 糸井重里　夢で会いましょう
村上春樹・文 安西水丸・絵　ふわふわ
U・K・ル＝グウィン 村上春樹訳　空飛び猫
U・K・ル＝グウィン 村上春樹訳　帰ってきた空飛び猫
U・K・ル＝グウィン 村上春樹訳　素晴らしいアレキサンダーと、空飛び猫たち
U・K・ル＝グウィン 村上春樹訳　空を駆けるジェーン
T・ファリッシュ著 B・ルート絵 村上春樹訳　ポテト・スープが大好きな猫
村山由佳　天翔る
睦月影郎　密通妻
睦月影郎　快楽アクアリウム
向井万起男　渡る世間は「数字」だらけ

村田沙耶香　授乳
村田沙耶香　マウス
村田沙耶香　星が吸う水
村田沙耶香　殺人出産
村瀬秀信　気がつけばチェーン店ばかりでメシを食べている
村瀬秀信　それでも気がつけばチェーン店ばかりでメシを食べている
虫眼鏡　東海オンエアの動画が6.4倍楽しくなる本〈虫眼鏡の概要欄 クロニクル〉
森村誠一　悪道
森村誠一　悪道 西国謀反
森村誠一　悪道 御三家の刺客
森村誠一　悪道 五右衛門の復讐
森村誠一　悪道 最後の密命
森村誠一　ねこの証明
毛利恒之　月光の夏
森　博嗣　すべてがFになる〈THE PERFECT INSIDER〉
森　博嗣　冷たい密室と博士たち〈DOCTORS IN ISOLATED ROOM〉
森　博嗣　笑わない数学者〈MATHEMATICAL GOODBYE〉
森　博嗣　詩的私的ジャック〈JACK THE POETICAL PRIVATE〉
森　博嗣　封印再度〈WHO INSIDE〉

講談社文庫　目録

森　博嗣　幻惑の死と使途〈ILLUSION ACTS LIKE MAGIC〉
森　博嗣　夏のレプリカ〈REPLACEABLE SUMMER〉
森　博嗣　今はもうない〈SWITCH BACK〉
森　博嗣　数奇にして模型〈NUMERICAL MODELS〉
森　博嗣　有限と微小のパン〈THE PERFECT OUTSIDER〉
森　博嗣　黒猫の三角〈Delta in the Darkness〉
森　博嗣　人形式モナリザ〈Shape of Things Human〉
森　博嗣　月は幽咽のデバイス〈The Sound Walks When the Moon Talks〉
森　博嗣　夢・出逢い・魔性〈You May Die in My Show〉
森　博嗣　魔剣天翔〈Cockpit on knife Edge〉
森　博嗣　恋恋蓮歩の演習〈A Sea of Deceits〉
森　博嗣　六人の超音波科学者〈Six Supersonic Scientists〉
森　博嗣　捩れ屋敷の利鈍〈The Riddle in Torsional Nest〉
森　博嗣　朽ちる散る落ちる〈Rot off and Drop away〉
森　博嗣　赤緑黒白〈Red Green Black and White〉
森　博嗣　四季　春～冬
森　博嗣　φ《ファイ》は壊れたね〈PATH CONNECTED φ BROKE〉
森　博嗣　θ《シータ》は遊んでくれたよ〈ANOTHER PLAYMATE θ〉
森　博嗣　τ《タウ》になるまで待って〈PLEASE STAY UNTIL τ〉
森　博嗣　ε《イプシロン》に誓って〈SWEARING ON SOLEMN ε〉
森　博嗣　λ《ラムダ》に歯がない〈λ HAS NO TEETH〉
森　博嗣　η《イータ》なのに夢のよう〈DREAMILY IN SPITE OF η〉
森　博嗣　目薬α《アルファ》で殺菌します〈DISINFECTANT α FOR THE EYES〉
森　博嗣　ジグβ《ベータ》は神ですか〈JIG β KNOWS HEAVEN〉
森　博嗣　キウイγ《ガンマ》は時計仕掛け〈KIWI γ IN CLOCKWORK〉
森　博嗣　χ《カイ》の悲劇〈THE TRAGEDY OF χ〉
森　博嗣　ψ《プサイ》の悲劇〈THE TRAGEDY OF ψ〉
森　博嗣　イナイ×イナイ〈PEEKABOO〉
森　博嗣　キラレ×キラレ〈CUTTHROAT〉
森　博嗣　タカイ×タカイ〈CRUCIFIXION〉
森　博嗣　ムカシ×ムカシ〈REMINISCENCE〉
森　博嗣　サイタ×サイタ〈EXPLOSIVE〉
森　博嗣　ダマシ×ダマシ〈SWINDLER〉
森　博嗣　女王の百年密室〈GOD SAVE THE QUEEN〉
森　博嗣　迷宮百年の睡魔〈LABYRINTH IN ARM OF MORPHEUS〉
森　博嗣　赤目姫の潮解〈LADY SCARLET EYES AND HER DELIQUESCENCE〉
森　博嗣　まどろみ消去〈MISSING UNDER THE MISTLETOE〉
森　博嗣　地球儀のスライス〈A SLICE OF TERRESTRIAL GLOBE〉
森　博嗣　レタス・フライ〈Lettuce Fry〉
森　博嗣　僕は秋子に借りがある I'm in Debt to Akiko〈森博嗣自選短編集〉
森　博嗣　どちらかが魔女 Which is the Witch?〈森博嗣シリーズ短編集〉
森　博嗣　喜嶋先生の静かな世界〈The Silent World of Dr.Kishima〉
森　博嗣　そして二人だけになった〈Until Death Do Us Part〉
森　博嗣　つぶやきのクリーム〈The cream of the notes〉
森　博嗣　ツンドラモンスーン〈The cream of the notes 4〉
森　博嗣　つぼみ茸《きのこ》ムース〈The cream of the notes 5〉
森　博嗣　つぶさにミルフィーユ〈The cream of the notes 6〉
森　博嗣　月夜のサラサーテ〈The cream of the notes 7〉
森　博嗣　つんつんブラザーズ〈The cream of the notes 8〉
森　博嗣　ツベルクリンムーチョ〈The cream of the notes 9〉
森　博嗣　追懐のコヨーテ〈The cream of the notes 10〉
森　博嗣　カクレカラクリ〈An Automaton in Long Sleep〉
森　博嗣　DOG&DOLL
森　博嗣　森には森の風が吹く〈My wind blows in my forest〉
森　博嗣　アンチ整理術〈Anti-Organizing Life〉
諸田玲子　森家の討ち入り
森　達也　すべての戦争は自衛から始まる

本谷有希子 腑抜けども、悲しみの愛を見せろ
本谷有希子 江利子と絶対〈本谷有希子文学大全集〉
本谷有希子 あの子の考えることは変
本谷有希子 嵐のピクニック
本谷有希子 自分を好きになる方法
本谷有希子 異類婚姻譚
本谷有希子 静かに、ねぇ、静かに
茂木健一郎 「赤毛のアン」に学ぶ幸福《しあわせ》になる方法
森林原人 セックス幸福論〈偏差値78のAV男優が考える〉
桃戸ハル編・著 5分後に意外な結末〈ベスト・セレクション〉
桃戸ハル編・著 5分後に意外な結末〈ベスト・セレクション 黒の巻・白の巻〉
桃戸ハル編・著 5分後に意外な結末〈ベスト・セレクション 心震える赤の巻〉
森功 高倉健〈隠し続けた七つの顔と「謎の養女」〉
望月麻衣 京都船岡山アストロロジー
山田風太郎 甲賀忍法帖〈山田風太郎忍法帖①〉
山田風太郎 伊賀忍法帖〈山田風太郎忍法帖③〉
山田風太郎 忍法八犬伝〈山田風太郎忍法帖④〉
山田風太郎 風来忍法帖〈山田風太郎忍法帖⑪〉
山田風太郎 新装版 戦中派不戦日記

山田正紀 大江戸ミッション・インポッシブル〈顔役を消せ〉
山田正紀 大江戸ミッション・インポッシブル〈幽霊船を奪え〉
山田詠美 晩年の子供
山田詠美 A《エイ》2《トゥ》Z《ズィ》
山田詠美 珠玉の短編
柳家小三治 ま・く・ら
柳家小三治 もひとつ ま・く・ら
柳家小三治 バ・イ・ク
山口雅也 落語魅《ミ》捨《ステ》理《リ》全集〈坊主の愉しみ〉
山本一力 深川黄表紙掛取り帖
山本一力 牡丹酒〈深川黄表紙掛取り帖(二)〉
山本一力 ジョン・マン1 波濤編
山本一力 ジョン・マン2 大洋編
山本一力 ジョン・マン3 望郷編
山本一力 ジョン・マン4 青雲編
山本一力 ジョン・マン5 立志編
椰月美智子 十二歳
椰月美智子 しずかな日々
椰月美智子 ガミガミ女とスーダラ男

椰月美智子 恋愛小説
柳広司 キング&クイーン
柳広司 怪談
柳広司 ナイト&シャドウ
柳広司 幻影城市
柳広司 風神雷神(上)(下)
薬丸岳 闇の底
薬丸岳 虚夢
薬丸岳 逃走
薬丸岳 刑事のまなざし
薬丸岳 ハードラック
薬丸岳 その鏡は嘘をつく
薬丸岳 刑事の約束
薬丸岳 Aではない君と
薬丸岳 ガーディアン
薬丸岳 刑事の怒り
薬丸岳 天使のナイフ〈新装版〉
山崎ナオコーラ 可愛い世の中
矢月秀作 A《ア》C《ク》T《ト》〈警視庁特別潜入捜査班〉

矢月秀作 ACT《アクト》2 告発者〈警視庁特別潜入捜査班〉
矢月秀作 ACT《アクト》3 掠奪〈警視庁特別潜入捜査班〉
矢野 隆 我が名は秀秋
矢野 隆 戦《いくさ》始末
矢野 隆 乱
矢野 隆 長篠の戦い〈戦百景〉
矢野 隆 桶狭間の戦い〈戦百景〉
矢野 隆 関ヶ原の戦い〈戦百景〉
山内マリコ かわいい結婚
山本周五郎 さぶ〈山本周五郎コレクション〉
山本周五郎 白石城死守〈山本周五郎コレクション〉
山本周五郎 完全版 日本婦道記(上)(下)〈山本周五郎コレクション〉
山本周五郎 戦国武士道物語 死《し》處《しょ》〈山本周五郎コレクション〉
山本周五郎 戦国物語 信長と家康〈山本周五郎コレクション〉
山本周五郎 幕末物語 失蝶記〈山本周五郎コレクション〉
山本周五郎 逃亡記 時代ミステリ傑作選〈山本周五郎コレクション〉
山本周五郎 家族物語 おもかげ抄〈山本周五郎コレクション〉
山本周五郎 繁《しげ》あね〈美しい女たちの物語〉
山本周五郎 雨あがる〈映画化作品集〉

柳田理科雄 スター・ウォーズ 空想科学読本
柳田理科雄 MARVEL マーベル空想科学読本
靖子靖史 空《くう》色《しき》カンバス〈瑞空寺《ずいくうじ》凸凹《でこぼこ》縁起《えんぎ》〉
安本由佳・山本理沙 不機嫌な婚活
山中伸弥・平尾誠二・惠子 友情〈平尾誠二と山中伸弥「最後の約束」〉
山手樹一郎 夢介千両みやげ(上)(下)〈完全版〉
夢枕 獏 大江戸釣客伝(上)(下)
唯川 恵 雨心中
行成 薫 ヒーローの選択
行成 薫 バイバイ・バディ
行成 薫 スパイの妻
柚月裕子 合理的にあり得ない〈上水流《かみづる》涼子《りょうこ》の解明〉
吉村 昭 私の好きな悪い癖
吉村 昭 吉村昭の平家物語
吉村 昭 暁の旅人
吉村 昭 新装版 白い航跡(上)(下)
吉村 昭 新装版 海も暮れきる
吉村 昭 新装版 間宮林蔵
吉村 昭 新装版 赤い人

吉村 昭 新装版 落日の宴(上)(下)
吉村 昭 白い遠景
横尾忠則 言葉を離れる
米原万里 ロシアは今日も荒れ模様
横山秀夫 半落ち
横山秀夫 出口のない海
吉田修一 日曜日たち
吉本隆明 真贋
吉本隆明 フランシス子へ
横関 大 再会
横関 大 グッバイ・ヒーロー
横関 大 チェインギャングは忘れない
横関 大 沈黙のエール
横関 大 ルパンの娘
横関 大 ルパンの帰還
横関 大 ホームズの娘
横関 大 ルパンの星
横関 大 スマイルメイカー
横関 大 K2〈池袋署刑事課 神崎・黒木〉

2022年 3 月15日現在